GUIDE DE SURVIE EN TERRITOIRE ZOMBIE

Né en 1972 à New York, Max Brooks est le fils du célèbre Mel Brooks (*La Folle Histoire de l'espace*, *Frankenstein junior*...) et de l'actrice Anne Bancroft. Membre entre 2001 et 2003 de l'équipe créative du « Saturday Night Live », il a également joué dans plusieurs séries télévisées et prêté sa voix à des personnages d'animation (*Batman*, *Justice League*). Il vit aujourd'hui à Los Angeles.

Paru dans Le Livre de Poche :

WORLD WAR Z

MAX BROOKS

Guide de survie en territoire zombie

(Ce livre peut vous sauver la vie)

TRADUIT DE L'ANGLAIS (ÉTATS-UNIS) PAR PATRICK IMBERT

CALMANN-LÉVY

Titre original :

THE ZOMBIE SURVIVAL GUIDE

Première publication : Three Rivers Press,
New York, 2003

Illustrations de Max Werner

Pour Maman et Papa.
Et pour Michelle, qui donne un sens à ma vie.

Introduction

Les morts sont parmi nous. Zombies, goules, somnam-
bules – appelez-les comme vous voudrez –, jamais
l'humanité n'a connu péril plus dangereux (en dehors
d'elle-même, bien entendu). Gardons-nous de les considérer comme de simples prédateurs avides de chair
humaine. Ce sont avant tout des parasites, que nous
hébergeons malgré nous.

Les plus chanceuses de leurs victimes finissent
dévorées vivantes, déchiquetées et nettoyées jusqu'aux
os. Les autres viennent grossir les rangs de leurs meurtriers, transformées à leur tour en monstres carnivores
putrescents. Face à de telles horreurs, les techniques de
combat conventionnelles s'avèrent inefficaces. Il en va
de même pour les *raisonnements* conventionnels. Notre
science du meurtre, pourtant minutieusement déve-
loppée et améliorée depuis la nuit des temps, s'avère
parfaitement inutile face à un ennemi qui n'est pas
« vivant » au sens technique du terme.

Faut-il en conclure que les morts-vivants sont invincibles ? Non. Peut-on les arrêter ? Oui. Le meilleur allié
des zombies, c'est notre ignorance ; leurs pires
ennemies ? L'information et la connaissance. C'est la

raison d'être de cet ouvrage : fournir les bases nécessaires et suffisantes pour échapper à ces bêtes féroces.

Abordons le seul mot-clé à retenir : *survie*. Pas *vic-
toire*, ni *conquête*, mais *survie*. Ce livre n'a pas l'ambi-
tion de vous transformer en chasseur de zombies professionnel. Ceux qui souhaitent suivre cette voie iront
chercher conseil ailleurs. Il ne se destine pas non plus à
la police ou à l'armée. Si les autorités officielles se déci-
daient enfin à reconnaître et à affronter la nouvelle
menace, policiers et militaires disposeraient alors de
toute une logistique inaccessible aux simples particuliers. C'est à ces derniers que ce guide de survie
s'adresse en priorité. À ceux dont les ressources sont
limitées, mais qui n'ont pas pour autant l'intention de se
laisser faire.

Bien entendu, d'autres compétences de base – survie
en milieu hostile, aptitude au commandement, maîtrise
des premiers secours – peuvent se révéler utiles en cas
de rencontre avec un mort-vivant. Nous avons cependant choisi de ne pas les inclure dans les chapitres qui
suivent, car le lecteur curieux trouvera facilement les
manuels appropriés qui les détaillent de manière exhaustive. De façon plus générale, tous les sujets ne concernant pas directement les morts-vivants ont été volontairement laissés de côté.

Grâce à ce guide, vous apprendrez à identifier vos
ennemis, à choisir les armes adéquates et à maîtriser les
meilleures techniques de combat. Vous saurez improviser en cas d'urgence, vous préparer à l'attaque et
garder la tête froide dans le feu de l'action. Ce livre
envisage également l'extinction de la race humaine en
tant qu'hypothèse crédible, un scénario macabre qui

verrait les morts-vivants accéder au statut d'espèce dominante sur terre.

Évitez de sauter les passages qui vous paraissent par trop hypothétiques. Les éléments rassemblés ici constituent le fruit d'une longue et douloureuse expérience pratique. Le texte que vous vous apprêtez à lire est étayé par des données historiques, des études en laboratoire, des recherches sur le terrain et des témoignages oculaires (y compris celui de l'auteur) sérieux. Même l'hypothèse de l'extinction de la race humaine s'appuie sur des cas réels. La plupart des crises passées sont décrites au chapitre *Épidémies recensées*, en fin de volume. Leur lecture édifiante vous prouvera que toutes les leçons de ce guide tirent leur essence de faits historiques.

Ce préambule établi, gardez à l'esprit que la théorie n'est qu'une facette parmi d'autres du combat pour la survie. C'est à vous de découvrir le reste. Les concepts de *libre arbitre* et de *volonté de vivre* acquièrent tout leur sens quand les morts-vivants envahissent les rues. Sans ces deux aspects fondamentaux, rien ne vous protégera.

Quand vous aurez tourné la dernière page de ce livre, ne vous posez qu'une seule question : que faire ? Finir votre existence dans la résignation ou relever la tête et crier au monde « Je ne veux pas être une victime ! Je survivrai » ?

À vous de choisir.

Note de l'auteur

Ce livre sortant tout droit du cerveau d'un citoyen des États-Unis, ses pages contiennent de nombreuses références culturelles propres à « l'Amérique » au sens large. Par exemple, le culte voué aux automobiles et aux armes à feu peut sembler curieux au lecteur étranger, voire vain, étant donné l'ampleur de la crise actuelle. C'est sans doute vrai. Mais si certains exemples pratiques typiquement américains ne s'appliquent pas aux autres pays, la théorie qui les sous-tend n'en reste pas moins valable en tant que telle. Ce livre est donc loin de ne concerner que l'Amérique. Les notions de stratégie et les différentes techniques développées ici s'adressent à tous ceux qui désirent survivre, quels que soient leur nationalité ou leur lieu de résidence.

La menace zombie atteint aujourd'hui une envergure internationale. Avec une densité de population élevée, une relative absence de criminalité, un contexte socio-économique stable et plus de six décennies sans conflit majeur, l'Europe occidentale et les îles britanniques sont certainement plus vulnérables aux morts-vivants que beaucoup d'autres régions du globe. Ceux qui espèrent que le Parlement européen résoudra une attaque zombie aussi facilement qu'une grève de routiers feraient mieux de se rappeler ce qui s'est produit la dernière fois qu'un fléau a frappé leur pays. Il suffirait de cinq zombies en Andalousie pour générer une épidémie qui déferlerait sur le pays de Galles moins de trois semaines plus tard.

Paradoxalement, les citoyens de pays isolés comme l'Australie ou la Nouvelle-Zélande courent le risque de *trop* se sentir à l'abri. On verra notamment au chapitre des *Épidémies recensées* que l'isolement ne constitue *jamais* une garantie. On pourrait croire que les habitants des pays concernés trouveront refuge dans les nombreuses zones dépeuplées et reculées propres à ces régions du monde. Théoriquement, oui. Mais en pratique, non. L'*outback* australien ou les Alpes du Sud constituent certes des abris efficaces, mais comment s'y rendre ? Comment y vivre ? Et que faire si des zombies y ont déjà élu domicile ?

Que vous soyez originaire du Cap, de Glasgow, de Dublin ou de Hobart, ce livre vous concerne pareillement. Il est grand temps d'en finir avec nos querelles de clocher et de s'unir contre ce risque global d'extinction. Le nationalisme n'a plus son mot à dire. Les morts-vivants menacent le monde entier, au monde entier de s'unir et de survivre.

Les morts-vivants : mythes et réalités

Le voici qui sort de terre, le corps rongé de vers et souillé d'ordures. Dans ses yeux ne brille aucune vie. De sa peau n'émane aucune chaleur. Dans sa poitrine, aucun battement. Son âme est aussi vide, aussi obscure que le ciel nocturne. Il se rit de l'épée et méprise la flèche, car rien ne peut blesser sa chair. Il errera sur la terre pour l'éternité à la recherche du sang des vivants, et festoiera sur les os des damnés. Gardez-vous ! Voici le mort-vivant.

Texte hindou d'origine inconnue
(Vers 1000 av. J.-C.)

ZOM-BIE : (Nzùmbe) n. Voir aussi ZOM-BIES pl. 1. Corps réanimé qui se nourrit de chair humaine. 2. Sort vaudou censé ressusciter les morts. 3. Dieu-serpent dans la mythologie vaudou. 4. Personne qui agit ou se déplace d'un air abattu, « comme un zombie ». [Terme d'origine ouest-africaine.]

Qu'est-ce qu'un zombie ? D'où viennent-ils ? Quels sont leurs points faibles, leurs points forts, leurs besoins, leurs désirs ? Pourquoi se montrent-ils si hostiles envers nous ? Avant d'aborder les détails techniques, il vous faut commencer par connaître la nature exacte de l'ennemi auquel vous faites face.

Faisons d'abord la part des choses entre le mythe et la réalité. Les morts-vivants n'ont rien à voir avec la « magie noire » ou quelque autre force surnaturelle. Ils tirent leur existence d'un virus baptisé « solanum », terme latin imposé par Jan Vanderhaven, l'homme qui a « découvert » la maladie.

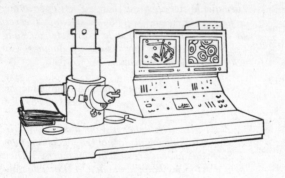

SOLANUM : LE VIRUS

Le solanum envahit la circulation sanguine à partir de la blessure initiale et atteint rapidement le cerveau. Par un processus encore inexpliqué, le virus utilise les cellules des lobes frontaux pour se multiplier, ce qui les détruit au passage. Pendant cette phase, toutes les fonctions corporelles s'arrêtent. Si le cœur du sujet infecté cesse de battre, on considère ce dernier comme officiellement « mort ». Néanmoins, bien qu'en sommeil, le cerveau fonctionne encore. Et le virus transforme ses cellules les unes après les autres pour construire un organe totalement nouveau, ce qui se caractérise par une totale indépendance vis-à-vis de l'oxygène. En supprimant ce besoin essentiel, le cerveau du mort-vivant peut commander toutes les fonctions normales du corps humain – sans toutefois jamais en dépendre. Une fois sa mutation achevée, le nouvel organe réanime le corps dans son ensemble et le transforme en une chose qui n'a que très peu de ressemblance – d'un point de vue strictement physiologique – avec ce qu'elle était au départ. Certaines fonctions restent les mêmes, d'autres sont modifiées ou bien cessent totalement.

Le nouvel organisme est alors un zombie, un mort-vivant.

1. Origine

Malgré des recherches intensives, nous n'avons pas encore isolé le virus du solanum à l'état naturel. Eau, air, sol, quel que soit l'écosystème ciblé, tous les tests se sont révélés négatifs, faune et flore incluses. À l'heure où nous écrivons ces lignes, les expériences se poursuivent.

2. Symptômes

La chronologie qui suit montre l'évolution des symptômes chez un sujet contaminé. Elle peut varier de plusieurs heures en fonction des individus.

– H + 1. Douleur et cyanose (bleu-violet) autour de la zone infectée. Cicatrisation immédiate de la blessure (si l'infection provient effectivement d'une blessure).

– H + 5. Fièvre (38-39,5 °C), frissons, délire léger, nausées, douleurs aiguës aux articulations.

– H + 8. Engourdissement des extrémités et des zones infectées. Fièvre accrue (40-42 °C), délire sévère, perte de la coordination musculaire.

– H + 11. Paraplégie, engourdissement général, ralentissement du rythme cardiaque.

– H + 16. Coma.

– H + 20. Arrêt cardiaque. Cessation de l'activité cérébrale.

– H + 23. Réanimation.

3. Transmission

Le solanum se transmet très facilement et s'avère mortel dans 100 % des cas. Fort heureusement pour nous, le virus ne se propage ni par l'air, ni par l'eau. On n'a jamais relevé le moindre cas d'infection naturelle. La maladie ne se transmet que par échange direct de fluides. Même s'il s'agit du moyen de contamination le plus fréquent, la morsure d'un zombie est loin d'en être la seule cause possible. On a relevé des cas de transmission par simple frottement d'une blessure ouverte contre celle d'un mort-vivant, voire par éclaboussures après une explosion. En revanche, l'ingestion directe de chair contaminée (en supposant que la personne n'ait aucun abcès buccal) entraîne une mort définitive sans réanimation. La haute toxicité de la chair de zombie n'est plus à démontrer aujourd'hui.

Nous ne possédons aucune information – historique, expérimentale ou autre – quant aux effets d'un rapport sexuel avec un mort-vivant. Mais comme on l'a vu plus haut, les propriétés du solanum laissent imaginer des risques d'infection élevés. Faire de la prévention sur ce sujet n'a aucun sens, dans la mesure où les personnes suffisamment dérangées pour tenter pareille expérience n'ont sans doute que faire de leur propre sécurité. Certains diront qu'étant donné la nature crayeuse des fluides corporels des morts-vivants, la possibilité d'une contamination après un contact sans morsure reste faible. On se contentera de rappeler qu'il suffit d'un seul organisme pour initier un nouveau cycle.

4. Contamination interespèces

Le virus du solanum est mortel pour toute créature vivante, quelle que soit son espèce, sa taille ou son écosystème. La réanimation proprement dite ne concerne toutefois que l'espèce humaine. Des études ont montré que si le solanum contaminait un animal, ce dernier mourrait en quelques heures, ce qui rendrait la carcasse inoffensive. Les animaux infectés succombent avant que le virus ait le temps de se reproduire. La contamination par piqûre

d'insecte (les moustiques, par exemple) est également à écarter. La recherche est formelle : insectes et parasites sentent immédiatement un hôte potentiel contaminé et s'en éloignent dans 100 % des cas.

5. Traitement

En cas de contamination, il n'y a plus grand-chose à faire pour sauver la victime. Le solanum est un virus, pas une bactérie, et ne se soigne donc pas avec des antibiotiques. L'immunisation – seule méthode pour combattre un virus – est sans objet, un dosage même minimal conduisant systématiquement à une contamination générale. Des recherches génétiques sont en cours. On évoque des anticorps humains plus puissants, des cellules plus résistantes et même un antivirus capable d'identifier et de détruire le solanum. D'autres traitements encore plus radicaux sont également à l'étude, mais on ne saurait présager de leurs succès futurs. Lors d'affrontements en situation réelle, on a parfois amputé le membre infecté immédiatement après morsure, mais de telles méthodes restent douteuses et n'offrent pas un taux de réussite supérieur à 10 %. Il y a de fortes chances pour qu'un être humain soit condamné à l'instant même où le solanum envahit son système vasculaire. Si le malade envisage le suicide, il faut lui rappeler que c'est avant tout son cerveau qu'il doit détruire. On a rapporté des cas de sujets porteurs du virus, décédés pour d'autres raisons, mais quand même réanimés par la suite. Cette situation se produit généralement si le sujet meurt plus de cinq heures après infection. Quoi qu'il en soit, toute personne tuée après avoir été mordue doit être immédiatement mise hors d'état de nuire (voir « Destruction des corps », page 40).

6. Réanimation de sujets préalablement décédés

On a évoqué l'idée de réanimer des cadavres frais par injection de solanum. C'est absolument impossible. Les zombies ignorent les cadavres et ne peuvent donc leur transmettre le virus. Des expériences menées après la Seconde Guerre mondiale (voir le chapitre *Épidémies recensées* en fin de volume) ont montré qu'une injection de solanum sur un sujet mort est inutile, l'absence de pulsations cardiaques interdisant tout flux sanguin. Une injection cérébrale directe s'avère également inefficace, les cellules mortes ne pouvant réagir au virus. Le solanum ne *crée* pas la vie, il l'altère.

APTITUDES DES ZOMBIES

1. Aptitudes physiques

On entend trop souvent dire que les morts-vivants possèdent des pouvoirs surhumains : force exceptionnelle, extrême vivacité, télépathie, etc. Certaines histoires parlent de zombies capables de voler ou de se déplacer sur des parois verticales comme des araignées. Si ces allégations font leur petit effet au cinéma, la véritable goule n'a pas grand-chose à voir avec le démon surnaturel et omnipotent qu'on veut bien nous décrire. Gardez à l'esprit qu'un mort-vivant – d'un point de vue pratique – est tout simplement *humain*. Ce qui change, c'est la façon dont le nouveau corps fraîchement réanimé est utilisé par le cerveau infecté. Un zombie ne peut en aucun cas voler, sauf si l'humain dont il est issu (en quelque sorte) en était capable. Même constat pour les champs de force, la téléportation, la capacité à traverser des surfaces solides, la lycanthropie, les crachats de flammes et autres talents mystiques qu'on attribue parfois aux morts-vivants. Considérez le corps humain comme une boîte à outils. La cervelle du zombie n'a *que* ces outils à disposition. Rien d'autre. Impossible d'en créer à partir de rien. Cela étant, il lui arrive de les utiliser de façon peu orthodoxe, ou de pousser leur durabilité au-delà des limites humaines généralement admises.

A. Vue

Les yeux d'un zombie sont identiques à ceux des humains normaux. Mais s'ils restent capables de transmettre un signal lumineux au cerveau (en fonction de leur état de décomposition), la façon dont ce dernier les interprète est une autre histoire. Les recherches n'ont rien donné quant aux capacités visuelles des morts-vivants. Ils peuvent repérer une proie à une distance comparable aux standards humains, mais la question de savoir s'ils font la différence entre un mort-vivant et une personne saine fait encore débat. Une des théories en vigueur stipule que les mouvements produits par les humains, beaucoup plus rapides et coordonnés que ceux des morts-vivants, attirent immédiatement leur attention. On a conduit des expériences dans lesquelles des humains ont tenté de jeter la confusion parmi les zombies en imitant leur démarche caractéristique. Jusqu'ici, aucune de ces tentatives n'a abouti. On a également suggéré que les zombies étaient dotés d'une vision nocturne, détail qui expliquerait leur habileté à chasser de nuit. Cette théorie a fait long feu depuis qu'on a constaté que *tous* les zombies font d'excellents chasseurs nocturnes, y compris ceux dont les yeux ont disparu.

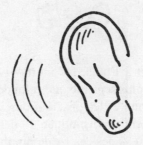

B. Ouïe

Il ne fait aucun doute que les zombies possèdent une excellente oreille. Non seulement ils entendent les sons, mais ils peuvent aussi en déterminer la provenance. Leur portée utile moyenne correspond globalement à celle de l'oreille humaine. Des tests sonores à très hautes et très basses fréquences ont produit des résultats négatifs. Ils ont également montré que les zombies étaient attirés par tous les bruits, et pas seulement ceux produits par les créatures vivantes. On a aussi confirmé que les zombies pouvaient entendre des sons inaudibles pour un humain moyen. Le plus probable, sauf découverte récente et/ou tenue secrète, c'est que les zombies dépendent *de tous leurs sens*. En effet, les humains privilégient la vue depuis la naissance et ne développent les autres sens que si celle-ci disparaît. Ce handicap ne s'applique peut-être pas aux morts-vivants. Si tel est le cas, cela expliquerait leur capacité à chasser, à se battre et à se nourrir dans l'obscurité la plus totale.

C. Odorat

Contrairement à l'ouïe, les morts-vivants paraissent avoir un odorat plus sensible que celui des humains. Les tests de laboratoire et les observations *in situ* montrent qu'ils parviennent à distinguer l'odeur d'une proie vivante dans 100 % des cas. À de nombreuses reprises, dans des conditions de vent idéales, les zombies ont réussi à sentir des corps frais à plus d'un kilomètre de distance. Encore une fois, cela n'implique pas que les zombies aient un odorat *physiologiquement* plus développé que celui des humains. Ils s'en servent tout simplement mieux. On ne sait pas quelle sécrétion en particulier signale la présence d'une proie : sueur, phéromones, sang, etc. Par le passé, des personnes ont tenté de traverser des zones contaminées en essayant de « masquer » leur odeur corporelle avec du parfum, du déodorant ou d'autres substances chimiques aromatiques. Aucune de ces tentatives n'a jamais réussi. On mène désormais des expériences pour tenter d'isoler et de synthétiser l'odeur des créatures vivantes, afin de s'en servir comme leurre contre les morts-vivants. Un produit vraiment opérationnel n'est toutefois pas encore à l'ordre du jour.

D. Goût

On sait peu de chose sur le goût des morts-vivants. Les zombies distinguent la chair humaine de la chair animale, et c'est assurément la première qu'ils apprécient le plus. Les goules possèdent également la remarquable aptitude à préférer la chair fraîche aux charognes. Un corps humain mort depuis douze à dix-huit heures ne constitue déjà plus une nourriture acceptable. Idem pour les cadavres embaumés ou conservés par un moyen quelconque. Que cette question relève du « goût » ou non reste à prouver. L'odorat joue peut-être un rôle, mais il s'agit sans doute d'un instinct différent, qui reste encore à découvrir. Pourquoi préfèrent-ils la chair humaine ? Les scientifiques travaillent nuit et jour sur cette question à la fois déconcertante, frustrante et terrifiante.

E. Toucher

Les zombies n'éprouvent pas de sensation physique au sens physiologique du terme. Toutes les terminaisons nerveuses du corps restent inactives après la réanimation. C'est là le plus grand et le plus effrayant avantage que les goules possèdent sur les vivants. Nous autres humains avons la capacité d'interpréter la douleur physique comme un signal de dommage corporel. Notre cerveau enregistre l'information, la classe en fonction des expériences passées et l'utilise par la suite comme référence en cas de nouvelle blessure. C'est ce savant mélange entre instinct et physiologie qui nous a permis de survivre en tant qu'espèce. Et c'est pourquoi nous apprécions les vertus comme le courage, qui pousse les gens à agir malgré les signes de danger. C'est donc l'incapacité des zombies à identifier et à redouter la douleur qui les rend si impressionnants. Leurs blessures ne les gênent pas et, en conséquence, ne ralentissent *pas* leurs attaques. Même avec un corps sérieusement abîmé, le zombie continue à s'approcher de sa victime. Et il le fera tant qu'il en aura encore la capacité.

F. Sixième sens

La recherche fondamentale, les expériences en laboratoire et l'observation *in situ* ont montré que les morts-vivants pouvaient attaquer une proie même si tous leurs organes sensoriels étaient endommagés ou complètement décomposés. Faut-il en conclure que les zombies possèdent un sixième sens ? Peut-être. L'être humain moyen utilise moins de 5 % de sa capacité cérébrale totale. On peut légitimement envisager que le virus stimule une zone sensorielle oubliée ou ignorée par l'évolution. C'est l'une des théories les plus ardemment débattues dans la lutte contre les morts-vivants.

Jusqu'ici, aucune preuve scientifique n'a permis d'étayer quoi que ce soit.

G. Régénération

Quoi qu'en disent le folklore et les anciennes légendes, la physiologie des morts-vivants ne leur donne absolument aucun pouvoir de régénération. Les cellules endommagées le restent, point final. Toute blessure, quelle que soit sa taille ou sa nature, n'évolue pas pendant ou après le processus de réanimation. Nombre de traitements médicaux ont été expérimentés sur des zombies en captivité pour tenter de simuler le processus de guérison. Aucun n'a fonctionné. L'incapacité des zombies à guérir est un sérieux handicap, alors que pour nous autres vivants, cet aspect va de soi. Ainsi, chaque fois que nous faisons un effort physique, nous « tirons » sur nos muscles. Avec le temps, ces muscles se régénèrent et se renforcent pour augmenter leur capacité. La masse musculaire d'une goule, au contraire, ne fait que stagner et perd de son efficacité chaque fois qu'on la sollicite.

H. Décomposition

La « durée de vie » du zombie – le temps pendant lequel il « fonctionne » avant de pourrir sur pied – est estimée entre trois et cinq ans. Aussi fantastique que cela paraisse – imaginez un corps humain capable de *retarder* les effets de la décomposition –, ce n'est qu'une simple question de biologie. Quand une personne meurt, des milliards d'organismes microscopiques envahissent immédiatement sa chair. Ils ont toujours été présents, aussi bien dans l'environnement extérieur que dans le corps lui-même. Dans la vie courante, le système immunitaire sert de barrière entre ces micro-organismes et leur cible. À votre mort, cette barrière disparaît. Les micro-organismes continuent à se multiplier de manière exponentielle pendant qu'ils dévorent – et brisent – le corps au niveau cellulaire. L'odeur et la décoloration associées à la viande pourrie forment le résultat visible du travail de ces microbes. Si vous commandez un steak bien tendre au restaurant, vous mangerez en fait un morceau de viande qui commence *littéralement* à pourrir ; son agréable texture vient des micro-organismes qui se nourrissent des fibres musculaires. Si vous menez le processus à son terme, ce steak connaîtra exactement le même sort qu'un cadavre et finira par disparaître complètement, ne laissant derrière lui que les éléments durs ou sans intérêt nutritionnel pour les microbes : os, dents, ongles et cheveux. C'est le cycle normal de la vie, le processus naturel qui réinjecte les éléments nutritifs dans la chaîne alimentaire. Pour retarder ce mécanisme et préserver les tissus morts, il est nécessaire de les conserver dans un milieu où les bactéries ne peuvent survivre. Température extrême, fluide chimique toxique (le formaldéhyde, par exemple) ou... saturation au solanum.

Presque toutes les espèces de microbes impliquées dans la décomposition ont rejeté de manière répétée les chairs infectées, établissant *de facto* une sorte d'embaumement naturel. Sans ce processus, combattre les morts-vivants ne poserait aucun problème ; il suffirait de les éviter pendant quelques jours ou quelques semaines jusqu'à ce qu'ils pourrissent définitivement. Il incombe à la recherche scientifique de découvrir la cause exacte de ce phénomène. On a pourtant prouvé qu'au moins plusieurs types de microbes ignoraient les effets répulsifs du solanum – sans quoi les morts-vivants seraient quasi éternels. On sait également que certaines conditions naturelles comme un fort taux d'humidité ou des températures élevées jouent un rôle important. Les morts-vivants qui hantent les bayous de Louisiane, par exemple, ont une moindre durée de « vie » que ceux qui se trouvent dans le désert de Gobi, célèbre pour son froid et sa sécheresse. Des conditions extrêmes comme le froid glacial ou l'immersion dans un fluide préservateur permettent en théorie aux zombies de perdurer indéfiniment. On a déjà vu des zombies « survivre » pendant des décennies, voire des siècles (voir le chapitre *Épidémies recensées*). La décomposition n'implique pas forcément qu'un mort-vivant s'émiette intégralement. En effet, la putréfaction affecte différemment les cellules en fonction des parties du corps. On a retrouvé certains spécimens avec une cervelle intacte alors que le reste de leur corps avait presque complètement disparu. D'autres encore avaient la cervelle à moitié décomposée, ce qui leur permettait encore de faire fonctionner certains membres. On entend souvent dire que les momies égyptiennes constituaient la première tentative réussie d'embaumer les zombies. Ces techniques antiques de préservation leur auraient permis de persister plusieurs milliers d'années. Quiconque possède quelques rudiments d'égyptologie balaiera bien vite ces arguments ridicules : l'étape la plus importante et la plus délicate, lors de la préparation du corps d'un pharaon, est justement l'ablation du cerveau.

I. Digestion

Des preuves récentes ont invalidé une bonne fois pour toutes l'idée que la chair humaine sert de « carburant » aux morts-vivants. L'appareil digestif du zombie est totalement inerte. Le système complexe qui fait transiter la nourriture à travers l'intestin, en extrait les nutriments avant d'excréter les déchets n'a aucune utilité physiologique chez les zombies. Des autopsies pratiquées sur des sujets abattus ont montré qu'ils ne digéraient en aucun cas leur « nourriture », et ce quelle que soit sa position dans le transit intestinal. Cette matière à demi mâchée et de plus en plus avariée au fil des jours s'accumule à mesure que le zombie dévore ses victimes, jusqu'à se retrouver littéralement poussée vers l'anus ou simplement rejetée après occlusion intestinale. Si cet exemple d'indigestion, certes spectaculaire, reste assez rare, des centaines de rapports oculaires mentionnent des zombies au ventre gonflé. On a par exemple capturé et disséqué un spécimen qui contenait plus de 105 kilos de chair. Quelques rares témoignages mentionnent même des zombies continuant à se nourrir malgré un système digestif totalement déchiré.

J. Respiration

Les poumons des morts-vivants fonctionnent normalement au sens où l'air est aspiré, puis expiré du corps. C'est ce qui permet au zombie de gémir. Par contre, l'extraction de l'oxygène et l'évacuation du dioxyde de carbone cessent de se produire. Le solanum rendant obsolète cette nécessité physiologique, c'est tout le système respiratoire humain qui perd son sens après la réanimation de la goule. Cela explique pourquoi un zombie peut marcher sous l'eau ou « survivre » dans un environnement habituellement mortel pour toute personne saine. Comme on l'a vu plus haut, leur cerveau ne dépend *pas* de l'oxygène.

K. Circulation sanguine

Affirmer que les zombies n'ont pas de cœur n'a aucun sens. Ils n'en ont simplement pas l'usage. L'appareil circulatoire des morts-vivants se résume peu ou prou à un vaste réseau de tubes remplis de sang coagulé. Même constat pour le système lymphatique et tous les autres fluides corporels. Bien que cette mutation semble au premier abord donner l'avantage aux morts-vivants, elle constitue en fait un vrai don du ciel pour l'humanité. En effet, l'absence de fluides empêche la transmission du virus. L'inverse rendrait le combat rapproché quasi impossible, le risque d'éclaboussures (sang et/ou fluides divers) rendant tout contact éminemment dangereux.

L. Reproduction

Les zombies sont des créatures stériles, aux organes sexuels nécrosés et impotents. Des tentatives ont été faites pour fertiliser des ovules de zombies avec du sperme humain et vice versa. Sans succès. Les morts-vivants n'éprouvent pas non plus le moindre désir sexuel, envers qui que ce soit, vivant ou non. Jusqu'à preuve du contraire, la plus grande angoisse de l'humanité – des morts capables de se *reproduire* – est d'une rassurante impossibilité.

M. Force

Les goules possèdent la même force brute que les vivants. Celle-ci dépend principalement des individus.

La masse musculaire d'une personne reste la même après réanimation. Par contre, les glandes productrices d'adrénaline ne fonctionnent pas chez les morts-vivants, les privant ainsi de ces grisantes bouffées de puissance qui restent le privilège des personnes saines. Le seul véritable avantage des zombies réside dans leur incroyable endurance. Prenez n'importe quel travail physique épuisant. Il y a de grandes chances que la douleur et la fatigue vous imposent leurs limites. Ces facteurs ne s'appliquent *pas* aux morts-vivants. Ils agiront sans relâche, avec la même détermination, et ce jusqu'à ce que leurs muscles se délitent complètement. Mais attention : si les goules s'affaiblissent peu à peu, leur première attaque est souvent dévastatrice. De nombreuses barricades n'ont pas résisté à un seul et unique zombie, là où quatre hommes robustes se seraient épuisés à la tâche.

N. Vitesse

Les morts-vivants ont tendance à boiter et à trébucher plutôt qu'à « marcher » au sens normal du terme. Même sans blessure apparente ou décomposition avancée, leur manque de coordination affecte leur stabilité. Leur vitesse dépend principalement de la longueur des jambes. Les grandes goules possèdent une foulée plus importante que les petites. Il semble que les zombies soient incapables de courir. Les plus rapides ont été chronométrés à environ un pas toutes les secondes et demi. Mais là encore, tout comme pour leur force, c'est leur étonnante endurance qui leur donne l'avantage. Ceux qui pensent avoir semé un mort-vivant feraient bien de se souvenir de l'histoire du lièvre et de la tortue, tout en gardant à l'esprit que dans ce cas précis, le lièvre a de bonnes chances de finir dans l'assiette de la tortue.

O. Habileté

L'être humain moyen possède une dextérité à peu près dix fois supérieure à la plus habile des goules. Cela résulte en partie de la raideur générale du tissu musculaire nécrosé et de l'appauvrissement de leurs fonctions cérébrales. Les zombies ont une très mauvaise coordination œil-main, c'est d'ailleurs leur principal point faible. Personne n'a jamais observé un zombie sauter, que ce soit d'un promontoire ou tout bêtement sur place. Garder l'équilibre sur une surface étroite leur est virtuellement impossible. La natation demeure également réservée aux vivants. L'expérience prouve qu'un corps de zombie suffisamment gonflé pour remonter à la surface peut représenter un « danger isolé ». Cela reste néanmoins assez rare, dans la mesure où la lenteur de la décomposition empêche les gaz de s'accumuler. Les zombies qui passent par-dessus bord risquent fort d'errer sous l'eau jusqu'à dissolution totale. Ils réussissent parfois à escalader un escarpement rocheux, mais seulement dans certaines circonstances précises. S'ils sentent la présence d'une proie au premier étage d'une maison, par exemple, ils tenteront systématiquement de grimper aux murs, quelle que soit la nature de la surface ou la faisabilité de la chose. La plupart du temps, leurs tentatives n'aboutissent pas. Même avec une échelle, leur manque de coordination manuelle interdit à trois zombies sur quatre de grimper plus de quelques barreaux.

2. Schéma comportemental

A. Intelligence

Notre plus grand atout reste la réflexion, la science l'a maintes fois prouvé. Les capacités mentales du zombie moyen correspondent globalement à celles d'un insecte. Ils n'ont jamais fait preuve du moindre raisonnement ni de la moindre logique. Tenter d'accomplir quelque chose, échouer et en déduire de nouvelles solutions – un talent partagé par les humains et quantité d'espèces animales – demeure un processus mental inconnu des zombies. Les morts-vivants échouent régulièrement aux tests d'intelligence appliqués aux rongeurs. Un homme debout au bord d'un précipice attirera tous les zombies qui se trouvent de l'autre côté et les fera tous bêtement basculer les uns après les autres. Ils ne changeront *en aucun cas* de tactique, ni ne se rendront compte de quoi que ce soit. Contrairement au mythe et à toutes sortes de spéculations plus ou moins délirantes, jamais personne n'a observé un zombie se servir d'un quelconque outil. Même l'usage d'une simple pierre dépasse leurs capacités mentales. L'inverse prouverait qu'ils disposent du processus intellectuel de base consistant à considérer la pierre comme une arme bien plus efficace qu'une main. Assez ironiquement, le développement moderne de ce que nous appelons « intelligence artificielle » nous rappelle davantage le cerveau zombie que celui de nos ancêtres dits « primitifs ». À de très rares exceptions près, les ordinateurs les plus avancés n'ont pas la capacité de réfléchir par eux-mêmes. Ils font ce pour quoi ils ont été programmés, rien de plus. Imaginez un ordinateur conçu pour exécuter une seule et unique fonction, une fonction impossible à modifier, à stopper ou à effacer. Impossible de stocker la moindre donnée supplémentaire ni de formuler la moindre commande. Cet ordinateur remplira sa fonction encore et encore, jusqu'à ce que sa source d'énergie se tarisse. Le cerveau zombie fonctionne exactement de la même manière. Une machine à objectif unique, guidée par l'instinct et impossible à raisonner. Une machine dont il faut impérativement se débarrasser.

B. Émotions

Les morts-vivants n'éprouvent aucune émotion. Toutes les formes de guerre psychologique, du harcèlement à la compassion, ont connu des résultats désastreux. Joie, tristesse, confiance, anxiété, amour, haine, peur, tous ces sentiments et les milliers d'autres qui construisent la nature même du « cœur » humain s'avèrent aussi inutiles au zombie que l'organe du même nom. S'agit-il du plus grand avantage ou de la plus grande faiblesse de l'humanité ? Le débat fait rage et ne semble pas près d'être tranché.

C. Mémoire

De nombreuses croyances modernes évoquent des zombies capables de se souvenir de leur ancienne vie. Nous avons tous entendu l'histoire du mort qui revient hanter les endroits où il a vécu et travaillé, visitant son ancien atelier ou faisant même preuve de pitié envers ceux qu'il a jadis aimés. La vérité est bien plus prosaïque : aucun début de preuve ne cautionne ce genre d'affabulation. Les zombies n'ont tout simplement *pas* la possibilité de se rappeler leur ancienne vie, consciemment ou inconsciemment. Une goule ne saurait être distraite par un ex-animal de compagnie, des connaissances encore en vie ou même un environnement familier. Peu importe ce qu'une personne a été dans son ancienne vie, elle a disparu pour toujours, remplacée par un automate décérébré qui ne possède aucun autre instinct que celui de se nourrir. D'où la question : pourquoi les zombies préfèrent-ils les zones urbaines à la campagne ? En fait, les zombies ne préfèrent pas les villes, ils se contentent de rester là où ils se sont réanimés. La raison principale qui les pousse à se cantonner aux villes, et non à se disperser aux alentours, reste l'importante concentration de proies dans les zones à forte densité de population.

D. *Besoins physiologiques*

À part la faim (évoquée plus bas), les morts n'éprouvent aucun des besoins et désirs physiologiques propres aux vivants. Jamais un seul témoignage n'a fait mention d'un zombie endormi ou se reposant de quelque façon. Ils ne réagissent ni à la chaleur ni au froid. En cas de mauvais temps, ils ne cherchent pas à s'abriter. Même une sensation aussi primitive que la soif n'a aucun sens pour eux. Défiant toutes les lois de la physique, le solanum semble avoir créé ce que l'on pourrait décrire comme le premier organisme autosuffisant.

E. *Communication*

Les zombies ne possèdent aucun langage articulé. Bien qu'en théorie, leurs cordes vocales leur permettent de parler, leur cerveau les en empêche. Leur seule capacité vocale semble se limiter à une sorte de râle profond proféré quand le zombie repère une proie. Le son reste grave et stable jusqu'au contact physique. Dès lors, il peut changer de timbre et de volume si le zombie passe à l'attaque. Cette plainte sinistre, si typique des morts-vivants, sert de cri de ralliement aux autres zombies et, comme on l'a récemment prouvé, constitue en soi une arme psychologique très efficace (voir le chapitre *Défense*, page 105).

F. Dynamique sociale

D'une armée commandée par Satan *en personne* à l'émission de phéromones (comme le font les insectes) en passant par la télépathie, nombreuses sont les théories qui prolifèrent autour de l'idée de zombies fonctionnant comme une entité collective. En fait, ils ne dépendent d'aucune forme d'organisation sociale. Aucune hiérarchie, aucune chaîne de commandement, ni rien qui ressemble à un quelconque type de collectivisation. Quelle que soit sa taille ou son apparence, une horde de zombies constitue avant tout une masse indistincte d'individus. Si plusieurs centaines de goules se dirigent vers une victime, c'est uniquement à cause de l'instinct qui les pousse *individuellement* à avancer. Les zombies ne semblent pas avoir conscience les uns des autres. On n'a jamais pu observer un spécimen interagir avec un autre, et ce quelle que soit la distance les séparant. Cet aspect nous ramène à la question du sixième sens : comment un zombie peut-il distinguer une proie éloignée d'un autre zombie ? On l'ignore. Les morts s'évitent les uns les autres de la même façon qu'ils évitent les objets inanimés. Quand ils se cognent entre eux, ils n'essaient jamais de communiquer. Ceux qui se repaissent d'un cadavre s'occupent exclusivement de la viande et ne cherchent pas à se concurrencer les uns les autres. Les seuls indices éventuellement en mesure de faire penser à un semblant d'effort collectif nous viennent des témoignages concernant des attaques « en masse » : le gémissement d'une goule attire toutes les autres aux alentours. Dès qu'ils entendent ce bruit, les morts-vivants convergent presque toujours vers sa source. On a d'abord cru qu'il s'agissait d'un acte délibéré, et que les gémissements de « l'éclaireur » servaient à attirer le gros de la troupe. Nous savons maintenant que pareille situation est purement accidentelle. Les goules qui geignent en repérant une proie le font uniquement par instinct, pas pour donner l'alerte.

G. Chasse

Les zombies sont des organismes nomades et n'ont pas la moindre notion de territorialité ou de *foyer*. Ils marcheront des kilomètres – et traverseront des continents entiers si nous leur en laissons le temps – à la recherche de nourriture. Leur technique de chasse ne dépend d'aucun schéma comportemental donné. Les goules se nourrissent de nuit comme de jour. Elles débouchent dans un endroit précis plus par hasard que par réelle volonté. Par ailleurs, elles ne font aucune distinction entre les différentes zones susceptibles d'abriter des proies. Par exemple, certaines fouillent les fermes et autres bâtiments agricoles, mais d'autres passent leur chemin sans même leur accorder un regard. Il faut plus de temps pour explorer une ville, les morts-vivants y restent donc plus longtemps, mais aucun immeuble ne les attirera davantage qu'un autre. Les zombies ne semblent pas avoir conscience de leur environnement immédiat. En fait, ils sont dépourvus des mouvements oculaires qui trahissent généralement un intérêt particulier pour un endroit précis. Silencieux, le regard fixé vers un point situé à plusieurs kilomètres, ils errent au hasard, sans se soucier de leur environnement, jusqu'à ce qu'ils aient repéré une proie. Comme on l'a vu plus haut, les morts-vivants possèdent l'étonnante capacité de repérer une victime avec une très grande précision. Dès que le contact visuel est établi, l'automate silencieux et hagard se transforme en véritable missile à tête chercheuse. Son corps s'oriente immédiatement vers sa proie. Sa mâchoire s'ouvre, ses lèvres se retroussent et le fameux gémissement jaillit des profondeurs de son larynx. Une fois le contact établi, plus rien ne peut perturber le zombie. Il continue à s'approcher jusqu'à ce qu'il perde de vue son objectif, qu'il le dévore ou qu'il soit lui-même éliminé.

II. Motivation

Pourquoi les morts chassent-ils les vivants ? On sait désormais que, techniquement parlant, la chair humaine ne leur sert pas de nourriture. Dès lors, pourquoi leur instinct les pousse-t-il au meurtre ? Mystère. En s'appuyant sur les comptes-rendus historiques à sa disposition, la science moderne a établi que les humains ne constituaient pas le seul mets de choix au menu des morts-vivants. Les équipes de secours chargées de sécuriser les zones contaminées ont systématiquement mentionné l'absence totale de vie. Toute créature, quelle que soit sa taille ou son espèce, s'avère « comestible » pour un zombie. Mais la chair humaine reste néanmoins leur préférée. Sur deux morceaux de viande apparemment identiques, l'un d'origine animale et l'autre d'origine humaine, le zombie choisira systématiquement la chair humaine. Pour quelles raisons ? On l'ignore. Par contre, il apparaît certain que le solanum développe chez le mort-vivant l'instinct de tuer et de dévorer n'importe quelle créature qui lui tombe sous la main. Sans exception.

I. Tuer les morts

Éliminer un zombie peut vous sembler aisé, mais c'est en fait plus difficile qu'il n'y paraît. Comme on l'a vu, les zombies ne dépendent pas des fonctions physiologiques de base nécessaires aux humains. Détruire ou endommager sévèrement son appareil circulatoire, digestif ou respiratoire n'aura aucun effet sur un mort-vivant, dans la mesure où son cerveau ne dépend plus de ces organes. Pour parler simplement, il existe mille et une façons de tuer un être humain, mais une seule de tuer un zombie : viser le cerveau. À tout prix.

J. Destruction des corps

Des études ont établi que le solanum continuait à infecter le corps d'un zombie neutralisé pendant plus de quarante-huit heures. Aussi, prenez les plus grandes précautions quand vous vous débarrassez des corps. La tête, en particulier, reste la zone la plus dangereuse, car c'est elle qui possède le plus fort taux de concentration du virus. Ne déplacez jamais un zombie sans une tenue adaptée. Considérez-le comme un déchet hautement toxique et particulièrement mortel. La crémation reste la méthode la plus sûre et la plus facile pour se débarrasser des cadavres. Ne prêtez pas attention aux rumeurs qui prétendent que le solanum risque de se répandre dans l'atmosphère et retomber ensuite en pluies infectieuses. L'expérience nous prouve qu'aucun virus ne peut survivre à une chaleur intense, sans parler d'une exposition directe aux flammes.

K. Domestication

Au risque de nous répéter, rappelons que le cerveau zombie est étanche à toute forme d'émotion. Les tests en laboratoires, de la chirurgie cérébrale aux électrochocs, n'ont rien donné. De même, toutes les tentatives d'entraînement comportemental pour dresser les zombies comme des animaux sociaux ont échoué. Une fois de plus, précisons que l'on ne peut plus « rebrancher » la machine. Elle existera telle quelle ou pas du tout.

LE ZOMBIE VAUDOU

Si les zombies sont la conséquence d'un virus et non le fruit d'une quelconque « magie noire », comment expliquer les zombies « vaudous », ces personnes décédées, arrachées à leur tombe et condamnées à devenir les esclaves des vivants pour l'éternité ? Oui, il est exact que le terme « zombie » vient directement du mot kimbundou *Nzùmbe*, terme qui désigne l'âme du mort, et que les zombies comme la zombification font partie intégrante de la religion afro-caribéenne nommée vaudou. Cela étant, l'origine étymologique de leur nom demeure le seul point commun entre les zombies vaudous et les zombies viraux. Même si l'on considère que les *houngans* (prêtres) vaudous sont capables de transformer par magie les humains en zombies, cette pratique tire son origine de faits scientifiquement démontrés. « La poudre de zombie », cette matière utilisée par les *houngans* pour la zombification, contient une neurotoxine très puissante (sa composition exacte reste un secret jalousement gardé) qui paralyse temporairement le système nerveux et crée de fait un état de stase. Le cœur, les poumons et tous les autres organes fonctionnent alors au minimum vital, il arrive alors parfois qu'un médecin légiste inexpérimenté déclare la mort du patient. Bon nombre d'êtres humains ont été enterrés dans ces circonstances et se sont réveillés en hurlant dans les ténèbres de leur cercueil. Mais qu'est-ce qui transforme un être humain bien vivant en zombie ? L'explication tient en quelques mots : les dommages cérébraux. Un homme enterré vivant consomme l'intégralité de l'oxygène contenu dans son cercueil. Ceux qui ont la chance de s'en sortir souffrent quasi systématiquement de lésions cérébrales anoxiques. Les pauvres diables composent ensuite avec une volonté amoindrie et des facultés cognitives réduites ; il arrive alors qu'on les confonde avec des zombies.

Mais comment distinguer un zombie vaudou de l'original ? Les différences sautent aux yeux.

1. Le zombie vaudou éprouve des émotions

Les gens dont le cerveau a été endommagé par la poudre de zombie demeurent capables d'éprouver des émotions humaines. Ils peuvent sourire, pleurer et même geindre si on les blesse ou si on les provoque (une attitude que n'auront jamais les vrais zombies).

2. Le zombie vaudou est capable de réfléchir

On l'a vu plus haut, un vrai zombie se transforme immédiatement en missile à tête chercheuse dès qu'il croise une créature vivante. Le zombie vaudou, lui, prend le temps de comprendre ce que vous êtes réellement. Soit il se dirige vers vous, soit il opte pour un repli prudent, soit il continue à vous observer jusqu'à ce que son cerveau endommagé analyse correctement les informations reçues. Quoi qu'il en soit, un zombie vaudou ne tend *pas* les bras, n'ouvre *pas* la bouche et ne profère *aucun* son démoniaque en se précipitant maladroitement vers son éventuelle victime.

3. Le zombie vaudou ressent la douleur

Le zombie vaudou qui trébuche et tombe frotte systématiquement ses blessures en gémissant. Dans le même ordre d'idée, un zombie vaudou déjà blessé cherche instinctivement à protéger la zone douloureuse. Dans tous les cas, il a conscience de son état et, à la différence des vrais zombies, ressent toute lésion importante qu'on lui inflige par la suite.

4. Le zombie vaudou se méfie du feu

Attention, il ne faut pas croire que les zombies vaudous aient peur du feu. Les plus atteints risquent même d'en avoir oublié la nature. Ils cessent toute activité pour examiner une flamme de plus près et tentent même de la toucher, avant de reculer précipitamment dès qu'ils saisissent la nature du danger.

5. Le zombie vaudou est conscient de son environnement

À la différence des vrais zombies qui ne reconnaissent rien d'autre que leurs proies, les zombies vaudous réagissent aux variations soudaines de lumière, de son, de goût et d'odeur. On a rapporté des cas de zombies vaudous regardant la télévision, hypnotisés par des gyrophares, écoutant de la musique ou sursautant à cause d'un coup de tonnerre. Certains ont même conscience des autres. Ce dernier point est crucial en cas de doute. Des zombies vaudous ont ainsi échappé à la mort en se rendant ostensiblement compte de la présence d'autrui.

6. Le zombie vaudou ne possède *pas* de sixième sens

Une personne qui subit les effets débilitants de la poudre de zombie dépend toujours de sa vision. Elle est incapable de se déplacer dans le noir, d'entendre quelqu'un marcher à cinq cents mètres ou de « sentir » une créature vivante. On peut même surprendre un zombie vaudou en s'en approchant par-derrière. Ça n'est toutefois pas recommandé ; les zombies vaudous réagissent parfois violemment si on les effraie.

7. Le zombie vaudou peut communiquer

Ce n'est pas systématique, mais bon nombre de sujets répondent aux signaux visuels. Beaucoup restent sensibles aux mots et certains peuvent même comprendre des phrases simples. Les zombies vaudous ont également la possibilité de parler ; très sommairement, bien sûr, et rarement pour de longues conversations.

8. Il est possible de contrôler un zombie vaudou

Ce n'est pas toujours le cas, mais la plupart des zombies vaudous ayant subi des dommages cérébraux importants perdent conscience d'eux-mêmes, ce qui les rend très sensibles à la persuasion. Le simple fait de hausser la voix, de lui ordonner de s'arrêter ou de partir suffit généralement pour se débarrasser d'un zombie vaudou. Un malentendu dangereux pour ceux qui espèrent contrôler, voire domestiquer un zombie viral. Les plus têtus des sceptiques prétendent qu'il est possible d'empêcher une attaque en ordonnant simplement aux zombies de s'arrêter. Quand des mains froides et sales les saisiront par le cou et que des dents pourries leur déchireront la chair, ceux-là découvriront trop tard qu'il n'en est rien.

Ces quelques lignes devraient vous suffire à faire la différence entre un vrai zombie et un zombie vaudou. Pour finir, sachez que le zombie vaudou se rencontre exclusivement en Afrique subsaharienne, dans les

Caraïbes, en Amérique du Sud, en Amérique centrale et dans le sud des États-Unis. Et même s'il est toujours possible de rencontrer une personne transformée en zombie par un *houngan* n'importe où dans le monde, les chances que cela arrive restent minimes.

LE ZOMBIE HOLLYWOODIEN

Depuis que les zombies ont fait leur apparition sur grand écran, leur plus grand ennemi n'est plus le chasseur, mais bien le critique cinématographique. Chercheurs, scientifiques, voire certains citoyens inquiets, tous témoignent que ces films donnent une fausse image des morts-vivants, surnaturelle et irréaliste. Armes photogéniques, aptitudes physiques impossibles, statures plus grandes que celles des humains, goules comiques, invincibles ou magiques, autant d'éléments abracadabrantesques qui apportent leur contribution à la – très controversée – galaxie du « film de zombies ». Certains critiques estiment qu'une approche cinématographique privilégiant le « style » contre la « substance » risque de fausser le jugement des spectateurs, voire d'entraîner leur mort en cas de rencontre avec de vrais zombies. Ces accusations sont certes graves, mais recevables. Si certains films de zombies s'inspirent d'événements réels [1], leur but principal – et c'est d'ailleurs valable pour tous les films, quel que soit leur genre – reste avant tout de divertir. Documentaires exceptés (certains sont d'ailleurs

---

1. À la demande des réalisateurs et/ou des producteurs, les titres des films en question seront volontairement passés sous silence.

« adoucis » pour ne pas heurter les âmes sensibles), les réalisateurs ont l'habitude de prendre certaines libertés artistiques pour améliorer le résultat et plaire au grand public. Mêmes les films fondés sur des événements historiques tordent la réalité au profit du scénario. Certains personnages sont des amalgames de personnes ayant réellement existé. D'autres relèvent de la pure fiction et n'apparaissent que pour les besoins de l'histoire : simplification du scénario, amélioration des scènes, etc. Même si le rôle de l'artiste consiste justement à défier l'establishment, à éduquer les masses et à éclairer le public, le film perd son sens si tout le monde s'endort après dix minutes de projection. Ce point établi et assimilé, on comprendra mieux pourquoi les zombies hollywoodiens diffèrent autant de la réalité. Pour faire court, considérez ces films pour ce qu'ils sont : un bon moyen de se divertir, mais parfaitement inutile d'un point de vue strictement pratique.

ÉPIDÉMIES

Même si les attaques zombies varient énormément en intensité en fonction du nombre d'assaillants, de la nature du terrain et de la réaction de la population, leur niveau de gravité se classe en quatre catégories distinctes.

Catégorie 1

Épidémie de basse intensité, généralement située dans les pays du tiers-monde ou dans les zones rurales des pays

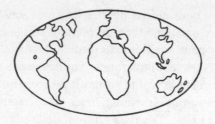

industrialisés. La population zombie varie entre 1 et 20 individus. Le nombre total de victimes (en incluant les infectés) ne dépasse pas les 50. La durée de la crise, du premier cas référencé au dernier connu, s'échelonne entre 24 heures et 14 jours. La zone contaminée reste assez réduite, en général une trentaine de kilomètres de diamètre. La plupart du temps, les frontières naturelles empêchent l'épidémie de s'étendre. Le dispositif d'éradication est assez léger – soit exclusivement civil, soit appuyé par la police locale. La couverture médiatique reste généralement partielle, voire inexistante. Si vous constatez la présence de médias, montrez-vous attentifs aux faits divers banals comme les homicides ou les « accidents ». Il s'agit là du niveau de gravité le plus courant, celui qui passe le plus facilement inaperçu.

Catégorie 2

Cette catégorie implique le plus souvent des zones urbaines à forte densité de population. On dénombre alors entre 20 et 100 zombies – les victimes humaines, elles, peuvent se compter par centaines. L'épidémie de catégorie 2 ne dure pas forcément plus longtemps qu'une simple crise de catégorie 1. Par contre, la grande quantité de zombies impliquée entraîne une réaction plus immédiate. Une zone rurale à faible densité de population risque de voir la contamination s'étaler sur plusieurs centaines de kilomètres carrés, alors qu'elle se limite parfois à un seul quartier en zone urbaine. Une organisation stricte s'avère alors requise. Les civils seront remplacés par la police locale, voire nationale. Attendez-vous également à une intervention armée – relativement légère – de la Garde nationale, par exemple (ou son équivalent dans d'autres pays). La plupart du temps, et ce pour éviter toute panique, les militaires se limitent à une action non offensive, se contentant de procurer aide et réconfort à la population tout en assurant le support logistique de l'opération. Les épidémies de catégorie 2 attirent systématiquement les journalistes et les faits seront toujours relatés, sauf si l'épidémie se produit dans une zone extrêmement reculée ou dans un pays où la presse est muselée. Attention, l'objectivité n'est pas toujours de mise.

Catégorie 3

Une véritable crise. Les épidémies de catégorie 3 montrent plus que toute autre à quel point l'on doit prendre la menace zombie au sérieux. Les morts-vivants se comptent alors par milliers et se répandent sur plusieurs centaines de kilomètres carrés. La durée de l'épidémie – en comptant les éventuels nettoyages ultérieurs – atteint parfois plusieurs mois. Il devient alors impossible d'étouffer l'affaire et de maintenir un black-out médiatique. Même sans l'attention des médias, l'ampleur de l'attaque implique trop de témoins. On assiste le plus souvent à de véritables batailles rangées où l'armée régulière remplace la police. Les autorités déclarent systématiquement l'état d'urgence dans la zone contaminée et les régions avoisinantes. On doit alors s'attendre à l'instauration de la loi martiale, au couvre-feu, au rationnement alimentaire, à l'arrivée des services fédéraux et à la surveillance très stricte des communications. Cela étant, toutes ces mesures prennent du temps avant leur mise en place. La phase initiale sera toujours chaotique, le temps que les autorités en présence comprennent la nature de la crise. Émeutes, pillages et panique généralisée compliquent encore la situation et retardent la mise en place d'un dispositif efficace. En attendant, ceux qui vivent dans la zone concernée restent à la merci des zombies. Isolés, abandonnés et cernés par les goules, ils ne peuvent compter que sur eux-mêmes.

Catégorie 4

(Voir le chapitre *Vivre dans un monde envahi par les zombies*, page 229.)

DÉTECTION

Quelle que soit son intensité ou sa catégorie, toute épidémie a un début. Maintenant que vous connaissez mieux votre ennemi, la prochaine étape consiste à savoir anticiper les signes avant-coureurs.

Comprendre la vraie nature d'un zombie n'a aucun intérêt en soi si vous êtes incapable d'identifier une épidémie avant qu'elle ne dégénère. Rassurez-vous, il ne s'agit pas de construire immédiatement un centre opérationnel antizombies dans votre cave, ni de vous apprendre à épingler des étiquettes de couleur sur une carte militaire pendant que vous hurlez vos ordres dans un poste de radio à ondes courtes. Montrez-vous simplement attentifs aux signes qui passent généralement inaperçus aux yeux du citoyen moyen :

1. Les homicides par décapitation et tirs dans la tête. Le cas s'est déjà produit à plusieurs reprises : des personnes bien informées identifient formellement une épidémie zombie et tentent de régler eux-mêmes la question. Ces gens sont alors presque toujours considérés comme des meurtriers et jugés en conséquence.

2. Disparitions inexpliquées, notamment en pleine nature ou dans des zones reculées. Soyez extrêmement vigilants si plusieurs membres des équipes de recherche sont portés disparus à leur tour. Si l'événement est couvert par la télévision ou par des photographes, observez attentivement le matériel des secouristes. Si vous comptez plus d'un fusil par personne, il y a de fortes chances qu'il ne s'agisse pas d'une banale opération de secours.

3. Crises de démence pendant lesquelles des individus pourtant sans histoire attaquent leur famille et/ou leurs amis à mains nues. Essayez de savoir si les assaillants ont mordu ou tenté de mordre leurs victimes. Si oui, les blessés sont-ils encore à l'hôpital ? Tâchez de découvrir si ces personnes sont mystérieusement décédées quelques heures après la morsure.

4. Émeutes ou désordres civils inexplicables. En général, les violences urbaines n'ont pas lieu d'être sans

tension raciale, action politique ou décision de justice. Même la soi-disant *hystérie collective* peut trouver une explication. Si vous n'obtenez absolument aucune réponse convaincante, la vérité est sans doute ailleurs.

5. Maladies mortelles dont la cause reste obscure ou hautement suspecte. Les décès d'origine infectieuse sont rares dans notre monde industrialisé, comparé au siècle précédent. C'est pour cette raison que les nouvelles épidémies font toujours la une des journaux. Soyez également attentifs aux explications douteuses – virus du Nil ou maladie de la vache folle. Elles servent parfois à masquer la vérité.

6. *Tout* ce qui précède, pour peu que la presse soit interdite d'accès. Un black-out général est rarissime aux États-Unis. Si jamais un tel événement se produit, considérez qu'on vient de hisser le drapeau rouge. Bien sûr, les morts-vivants ne constituent pas forcément la seule explication possible, mais un événement qui force un pays aussi médiatique que le nôtre à interdire toute couverture presse mérite votre attention. Quelle que soit la nature exacte de la « vérité », ça ne risque pas d'être une bonne nouvelle.

Dès qu'un détail met tous vos sens en alerte, ne perdez pas sa trace. Notez la distance qui vous sépare de la zone concernée. Surveillez les régions voisines et les incidents similaires. Si dans les jours ou semaines qui suivent, lesdits incidents se reproduisent, étudiez-les avec attention. Observez la réaction de la police et celle des différentes agences gouvernementales. Si le déploiement de force s'intensifie, il s'agit probablement d'une épidémie.

Armes et techniques de combat

Il y en avait une bonne vingtaine : hommes, femmes et enfants. On a ouvert le feu à environ 70 mètres, peut-être 80. Les morceaux de chair volaient dans tous les sens. Tous nos tirs portaient ! Et eux, ils continuaient à s'approcher, ils continuaient comme si de rien n'était ! J'en ai visé un et je lui ai vidé mon chargeur dans le bide. J'ai immédiatement su que je lui avais pété la colonne vertébrale, parce qu'il est tombé comme une pierre. Mais il a continué à ramper vers moi, avec les jambes tordues dans le mauvais sens ! À 20 mètres, on a décidé de se servir du Vektor. Rien ! J'ai vu des membres et des os arrachés gicler un peu partout. Je les regardais se faire littéralement scier les membres, comme ça. Le SS77 est le meilleur fusil d'assaut de tous les temps, 840 mètres par seconde, 800 coups/minute, et ça servait à que dalle ! On leur a balancé toutes nos grenades et on n'en a descendu qu'un seul ! Un seul ! Et son corps est resté par terre avec ses dents qui claquaient encore ! [nom effacé] s'est pointé avec son RPG. Sa foutue roquette a juste traversé sa cible, comme ça, et elle a explosé contre les rochers ! Finalement, à 5 mètres, on a vidé les réservoirs de nos lance-flammes ! Ces fils de putes ont cramé comme des torches, mais ça ne les a pas arrêtés ! L'un d'entre eux s'est jeté sur [nom effacé] et lui a foutu le feu en lui mordant le cou. Je les ai vus se précipiter sur lui alors qu'on se tirait vers la jungle : une horde de corps enflammés qui se disputaient les

restes hurlants d'une torche humaine. Putain de bordel
de sa pute de mère ! Qu'est-ce qu'on était censés
faire ?

Un mercenaire serbe
pendant la guerre civile zaïroise, 1994.

Choisir l'arme adéquate (ne vous contentez *jamais*
d'une seule arme) suffit à faire la différence entre un tas
de zombies morts (eux) et un futur mort-vivant (vous).
Quand on se frotte aux goules, il est tentant de croire au
mythe du super-commando : opter pour l'arme la plus
lourde, le calibre le plus puissant et sortir « se faire » du
zombie. Une attitude aussi stupide que suicidaire. Les
zombies n'ont pas grand-chose à voir avec les sentinelles d'un camp de prisonniers dans un mauvais film de
série Z. Ils ne meurent pas tous dès la première salve.
S'armer correctement en vue d'un affrontement avec un
zombie requiert une attention considérable, du sang-
froid et une analyse pratique de la situation.

RÈGLES GÉNÉRALES

1. Respectez la loi

La législation concernant les armes à feu et les
explosifs varie en fonction des pays où vous vous
trouvez. Suivez-la à la lettre. Les peines encourues peuvent aller de la lourde amende à la prison pure et simple.
Dans tous les cas, Vous ne *pouvez pas* vous permettre
une inscription au casier judiciaire. Si les morts-vivants
viennent à débarquer, la police doit vous considérer
comme un citoyen modèle, en qui on peut avoir

confiance et qu'on peut laisser librement aller et venir. Non pas comme un type louche au passé douteux qu'on interrogera en priorité dès que les ennuis commenceront. Fort heureusement, vous le verrez au cours de ce chapitre, de simples armes légales vous seront bien plus utiles que n'importe quelle arme lourde.

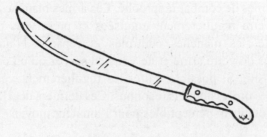

2. Entraînez-vous constamment

Quelle que soit l'arme que vous choisirez, simple machette ou fusil semi-automatique, elle doit devenir une excroissance naturelle de votre corps. Exercez-vous aussi souvent que possible. Si vous avez la possibilité de prendre des cours, inscrivez-vous sans tarder. Des instructeurs qualifiés vous feront gagner énormément de temps. Si votre arme est démontable, entraînez-vous à la désosser jour et nuit jusqu'à en connaître parfaitement chaque vis, chaque encoche, chaque courbe et chaque angle. À l'usage, vous gagnerez en expérience et en confiance, deux conditions essentielles pour vaincre des zombies. L'histoire nous prouve qu'un individu bien entraîné, armé d'une simple pierre, a plus de chances de survivre qu'un néophyte équipé du tout dernier joujou technologique.

3. Prenez-en soin

Quel que soit leur degré de complexité, les armes doivent être cajolées comme des enfants. Quiconque possède un minimum d'expérience dans le domaine des armes à feu sait que leur inspection et leur nettoyage font partie de la routine quotidienne. Même chose pour les armes de combat rapproché. Les armes blanches doivent être régulièrement aiguisées et préservées de la rouille, les manches contrôlés et réparés. N'abusez jamais de votre arme et ne vous en servez qu'en cas de nécessité. Si possible, faites-les régulièrement vérifier par des professionnels reconnus. Ces derniers décèleront des défauts imperceptibles pour l'amateur moyen.

4. Méfiez-vous des imitations

De nombreuses marques fabriquent de fausses lames, épées, arcs, etc. qui ne servent qu'au décorum. Choisissez votre arme avec attention et assurez-vous qu'elle est utilisable dans un contexte réel. Ne vous contentez pas de ce que vous raconte le fabricant. « Prêt à l'emploi » peut signifier que l'article résistera à quelques coups sur scène pendant une kermesse de province, mais qu'il se brisera en mille morceaux au premier affrontement sérieux. Si vos moyens vous l'autorisent, achetez un double de votre arme et entraînez-vous avec jusqu'à ce qu'elle rende l'âme. Vous connaîtrez alors ses capacités réelles.

5. Votre corps est (aussi) une arme

Bien entretenu et bien entraîné, le corps humain reste la meilleure arme au monde. Les Américains sont célèbres pour leur mauvais régime alimentaire, leur manque d'exercice et leur fétichisme regrettable envers toutes les machines qui leur permettent d'éviter de se fatiguer. On pourrait les traiter de « légumes », mais le mot « bétail » nous paraît plus adapté : gros, paresseux, mou et tout prêt à se faire dévorer. Votre corps est un véritable outil biologique. Il peut et doit évoluer pour vous faire passer du statut de proie à celui de prédateur. Suivez un régime strict et un entraînement physique rigoureux. Concentrez-vous sur les exercices d'endurance plutôt que sur la force brute. Surveillez toute maladie chronique dont vous vous savez victime, et ce quelle que soit son importance. Même si vous ne souffrez que d'une légère allergie, traitez-la régulièrement. En cas de danger, il faudra savoir *très exactement* ce dont votre corps est capable. Entraînez-vous et tâchez de maîtriser au moins un art martial. Assurez-vous qu'il met l'accent sur les méthodes d'évitement et non sur la façon de porter les coups. Savoir échapper à l'étreinte mortelle du zombie constitue l'essence même du combat rapproché.

COMBAT RAPPROCHÉ

Il est toujours préférable d'éviter le combat rapproché à mains nues. Étant donné la lenteur des zombies, courir (ou marcher rapidement) s'avère plus facile que d'aller au contact et se battre. Cela dit, il est parfois nécessaire de tuer un zombie en combat rapproché. Dans ce cas, il faut savoir agir avec précision. Un faux mouvement, une seule seconde d'hésitation et vous vous retrouverez avec deux mains froides agrippées au bras ou plusieurs dents ébréchées plantées dans la jambe. La plupart du temps, savoir choisir une arme s'avère crucial.

1. Matraques, masses et gourdins

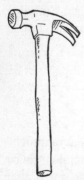

L'utilisation d'une arme de ce genre a pour but d'écraser la cervelle (rappelez-vous, détruire le cerveau d'un zombie reste la seule façon de s'en débarrasser). Cela n'a rien de facile, loin de là. Le crâne humain est l'un des os les plus durs et les plus résistants du règne animal. Une réalité physiologique qui s'applique aussi aux zombies. Il faut asséner un coup d'une extrême violence pour parvenir à briser un crâne, sans parler de l'éclater en mille morceaux. Il s'agit pourtant de la seule méthode efficace, et elle suppose un seul coup bien placé. Si vous ratez votre cible ou que vous ne parvenez pas à briser l'os, vous n'aurez pas de deuxième chance.

Les manches de pioche, les hachettes ou tout autre type de bâton en bois s'avèrent excellents pour faire tomber un zombie ou le maintenir à distance. Hélas, leur manque de poids et de résistance vous empêcheront de délivrer un coup fatal. La barre à mine se révèle parfois très utile sur le moment, mais son poids vous posera un sérieux problème si vous devez vous déplacer.

La masse possède les mêmes inconvénients et nécessite par ailleurs un entraînement rigoureux avant que son utilisateur puisse toucher une cible en mouvement. Les battes de base-ball en aluminium peuvent éventuellement servir une ou deux fois, mais sont connues pour plier après un usage trop intensif. Quant au simple marteau standard, il permet certes d'asséner des coups très violents, mais son manque d'allonge réduit son efficacité et les zombies risquent de vous saisir le bras. La matraque de police – de type « tonfa », généralement en acétate renforcé – résistera à n'importe quel type de situation, sans toutefois pouvoir délivrer un coup mortel et définitif (notez qu'elle a justement été conçue pour ça).

Le meilleur choix reste le pied-de-biche en acier trempé. Son poids relativement mesuré et sa très grande résistance en font l'arme idéale du combat rapproché intensif. Ses bords recourbés à demi aiguisés vous

permettront également de le planter dans l'œil et d'atteindre très facilement le cerveau. Bon nombre de réfugiés se sont débarrassés des zombies de cette façon. Autres avantages non négligeables du pied-de-biche : il permet de forcer les portes si nécessaire, et de soulever des objets lourds ou tout autre type d'usage pour lequel on l'a conçu à l'origine. Aucune autre arme ne combine autant d'avantages. Le modèle en titane est encore plus léger, plus résistant, et se trouve facilement sur le marché occidental, en Europe de l'Est ou en ex-Union soviétique.

2. Armes blanches

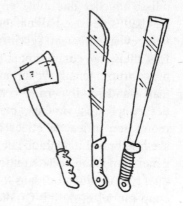

Les armes blanches, quelles qu'elles soient, ont leurs avantages et leurs inconvénients. Celles qui permettent de briser l'os du crâne tiennent rarement le coup à la longue. Aussi, la décapitation s'avère-t-elle presque aussi efficace que l'écrasement du cerveau (attention : la tête coupée d'un zombie est toujours capable de mordre et doit être considérée comme un danger potentiel). Grâce à la décapitation, il n'est plus nécessaire d'achever immédiatement le zombie. Dans certains cas, il suffit de lui trancher un membre ou de lui

briser la colonne vertébrale pour le handicaper lourdement (notez que trancher un membre vous expose au
virus *via* la zone blessée).

Une simple hache de bûcheron brisera facilement le
crâne d'un zombie et lui réduira la cervelle en bouillie
d'un seul coup. La décapitation s'avère tout aussi facile,
ce n'est pas pour rien que la hache reste l'arme préférée
des bourreaux depuis des siècles. Toutefois, atteindre sa
cible n'a rien d'évident. De plus, si vous ratez votre
coup, vous risquez de perdre l'équilibre.

Les haches plus légères et plus courtes font d'excellentes armes d'urgence. Si les morts vous encerclent et
que les armes à forte allonge s'avèrent inutiles, une
simple hachette suffira pour calmer les ardeurs de vos
agresseurs.

L'arme blanche idéale reste l'épée, mais pas
n'importe laquelle. Les fleurets, les rapières et autres
lames d'escrime ne valent rien quand il s'agit de trancher un membre. À moins de les planter droit dans l'œil
du zombie et de tourner votre poignet à quatre-
vingt-dix degrés, elles ne vous seront d'aucune utilité.
Ce geste technique n'a d'ailleurs été accompli qu'une
seule fois, et encore, par un escrimeur professionnel.
À ce titre, nous ne pouvons vous les recommander.

Les épées à une main vous laissent l'autre libre pour
ouvrir une porte ou vous protéger avec un bouclier. Leur
unique inconvénient reste leur manque de puissance. Il
est difficile de taillader cartilages et os d'un seul coup.
Autre problème, leur notoire manque de précision :
blesser un ennemi vivant est une chose, viser proprement le cou et le trancher d'un seul et même mouvement
en est une autre.

Les épées à deux mains pourraient bien remporter la palme dans leur catégorie. Elles délivrent en effet la puissance et la précision nécessaire pour une décapitation parfaite. Le katana des samouraïs arrive largement en tête. Son poids (entre 1 et 2 kilos, en fonction des modèles) se révèle idéal en cas de combat prolongé, et sa lame coupe facilement l'os le plus dur.

En dernier recours, les lames plus courtes conservent l'avantage. Le gladius romain constitue un très bon choix, même s'il est difficile d'en trouver une réplique valable. Le ninjite japonais autorise une prise à deux mains et sa lame en acier trempé est réputée pour sa solidité, deux points qui en font une arme de premier choix. Grâce à sa taille, son poids et sa très grande disponibilité, la machette standard reste probablement l'outil idéal. Si possible, optez pour les modèles militaires vendus dans les surplus. L'acier est de meilleure qualité et la lame noire mate vous aidera à passer inaperçu la nuit.

3. Autres armes

Les lances, javelots et fourches vous serviront à embrocher un zombie et le maintiendront à distance, mais sans nécessairement le tuer. Les chances de les lui planter dans l'œil ne sont certes pas nulles, cependant elles restent minces. La hallebarde du Moyen Âge (un hybride entre la hache et l'épée) peut éventuellement se montrer utile, mais là encore, elle requiert une très grande maîtrise pour décapiter correctement un zombie. À moins de vous en servir comme masse ou comme repoussoir, ce genre d'arme risque de vous décevoir.

La masse d'armes (ou le fléau d'armes), sorte de grosse boule accrochée à un manche par une lourde chaîne, s'avère à peu près aussi efficace qu'un pied-de-biche, bien que ses effets soient bien plus dévastateurs. Il vous faudra effectuer de grands mouvements circulaires jusqu'à obtenir suffisamment d'inertie pour écraser la cervelle de votre adversaire. Néanmoins, l'usage de cette arme nécessite une très grande habileté et nous ne la recommandons pas.

La massue médiévale remplit les mêmes fonctions qu'un banal marteau, sans les avantages pratiques de ce dernier. Une massue ne vous sera d'aucune utilité pour ouvrir une porte ou défoncer une fenêtre, redresser une lame ou planter un clou. N'essayez pas, vous risqueriez de vous blesser. Aussi, n'optez pour cette arme rétrograde que si vous n'avez rien d'autre sous la main.

Les couteaux sont toujours utiles, et peuvent servir en de nombreuses occasions. Contrairement aux hachettes, ils ne tuent un zombie que si on les plante dans la tempe, dans l'œil ou à la base du crâne. D'un autre côté, les couteaux pèsent beaucoup moins lourd que les haches, un détail important lorsqu'on se déplace. Avant de choisir un couteau, assurez-vous que sa lame est correctement aiguisée et qu'elle mesure plus de 20 centimètres. Évitez les lames dentelées et les couteaux-scies qu'on trouve dans les kits de survie : ils ont tendance à rester plantés dans leur victime. Comment réagirez-vous si vous plongez votre couteau dans la tempe d'un zombie sans pouvoir le retirer à temps pour faire face aux autres ?

La baïonnette est sans conteste la meilleure arme compacte antizombies au monde. Elle peut servir

comme simple couteau (sa taille avoisine les 25 centimètres) ou se visser au bout d'un pic. Elle a fait ses
preuves lors des violents combats au corps-à-corps dans
les tranchées de la Première Guerre mondiale, quand les
soldats s'entre-tuaient dans des couloirs de boue dont la
largeur n'excédait pas quelques mètres. À l'origine, elle
a été conçue pour porter les coups vers le bas, de façon
à transpercer le casque d'un ennemi. On imagine sans
peine à quel point cette arme se montre efficace dès
qu'il s'agit de s'occuper du crâne d'un zombie, de retirer
proprement la lame, de passer au suivant et de le ter-
rasser d'un seul coup bien placé en pleine face. Les
modèles d'époque sont extrêmement rares. Seuls
quelques musées et certains collectionneurs en possèdent encore un ou deux exemplaires. Toutefois, cotes et
schémas explicatifs se trouvent assez facilement. Ayez
toujours deux baïonnettes sur vous, bien huilées et bien
rangées. C'est un investissement que vous ne regretterez
pas.

Le bâton shaolin

Cette arme se distingue des autres dans l'arsenal anti-
zombies. Elle n'est pas très conventionnelle au premier
abord : un bâton de bois dur d'environ 180 centimètres,
muni d'une lame plate en forme de cloche à une extrémité et d'une deuxième en forme de demi-lune ouverte
à l'autre bout, ayant pour ancêtre un outil agricole
chinois en bronze de la dynastie Shang (1766-1122 av.

J.-C.). Quand le bouddhisme s'est implanté en Chine, les moines shaolins ont adopté cet objet qui tient tout autant de l'outil que de l'arme. Il s'est à maintes reprises révélé étonnamment efficace contre les morts-vivants. Un coup vers l'avant, peu importe la lame utilisée, et vous obtiendrez une décapitation propre et nette, tout en restant protégé par la longueur du bâton. Hélas, la grande taille de cette arme rend son maniement difficile ; il est donc préférable de ne pas s'en servir dans ces conditions. En extérieur, par contre, rien ne combine aussi bien la sécurité de la lance et la mortelle efficacité du katana que le bâton shaolin.

Il existe quantité d'autres armes de par le monde, mais le manque de place nous empêche de toutes les évoquer. Si vous en découvrez une qui vous semble efficace, posez-vous les questions suivantes :

1. Peut-elle écraser un crâne d'un seul coup ?
2. Sinon, peut-elle décapiter d'un coup sec ?
3. Est-elle facile à manier ?
4. Est-elle légère ?
5. Est-elle solide ?

Les questions 3, 4 et 5 dépendent de votre situation, mais les questions 1 et 2 sont essentielles !

4. Outils motorisés

Les romans de gare et les films populaires décrivent *ad nauseam* la terrifiante et brutale efficacité des tronçonneuses. Leurs dents rotatives découpent sans problème l'os le plus dur et ne demandent ni compétence ni force particulières. Sans compter que le rugissement du moteur constitue un « plus » psychologique – détail important dans des situations où la terreur la plus abjecte fait partie du quotidien. Combien de films d'horreur montrent une tronçonneuse sceller le destin de tous ceux qui ont le malheur de la croiser ? La réalité est, hélas, tout autre.

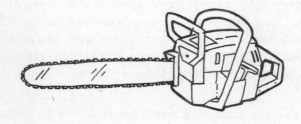

Les tronçonneuses et les autres outils tranchants motorisés apparaissent tout en bas de la liste des armes efficaces pour se débarrasser d'un zombie. Tout d'abord, leur réservoir est limité. En panne sèche, une tronçonneuse vous protégera à peu près autant qu'un lecteur MP3. S'encombrer de bidons d'essence pose un autre problème : le poids. Une tronçonneuse standard pèse environ 5 kilos, là où une bonne machette n'en fait qu'un seul. Pourquoi augmenter encore les risques d'épuisement ?

Considérez également votre propre sécurité : un seul écart, et la lame vous sciera le crâne aussi facilement qu'elle le ferait pour un zombie. Enfin, comme pour n'importe quel outil motorisé, le bruit pose un sérieux problème. Le moteur d'une tronçonneuse – même si vous ne le faites tourner qu'un instant – signale à tous les zombies du coin que le dîner est servi.

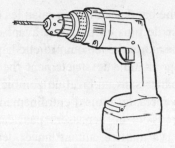

FRONDES ET ARCS

À l'ère des armes à feu, on aurait tendance à considérer les lance-pierres, les frondes et les arcs comme totalement obsolètes. Et dans la plupart des cas, c'est parfaitement exact. Néanmoins, pour peu qu'on les utilise correctement, de telles armes permettent tout de même d'abattre en silence une cible très éloignée. Que faire si vous tentez de fuir une zone contaminée et qu'une goule vous bloque le passage au coin de la rue ? Son gémissement guttural risque à tout moment de trahir votre position et interdit toute tentative d'approche. La détonation sèche d'une arme à feu produira autant de vacarme que la plus forte des alarmes. Quelle solution ? Dans un cas comme celui-là, votre seule chance reste la discrétion.

1. Fronde

Célèbre à travers les âges grâce au mythe de David et Goliath, la fronde fait partie de notre héritage culturel depuis la préhistoire. L'utilisateur place une pierre polie au centre d'une bande de cuir, en saisit les deux bouts et la fait tourner de plus en plus vite avant d'en relâcher d'un coup une extrémité, ce qui projette la pierre vers sa cible. D'un point de vue strictement théorique, il est possible d'abattre sans un bruit un zombie à 10 mètres. Hélas, même après des mois d'entraînement intensif, les chances de réussite ne dépassent pas les 10 %. Sans expérience en la matière, autant lancer des pierres à la main.

2. Lance-pierre

Descendant direct de la fronde, le lance-pierre moderne possède une précision dix fois supérieure à son glorieux ancêtre. Il manque toutefois de puissance. Les petits projectiles tirés à partir d'un lance-pierre dernier cri n'ont tout simplement pas la puissance nécessaire pour perforer le crâne d'un zombie. Une telle arme ne servira qu'à signaler votre présence aux goules.

3. Sarbacane

Les morts-vivants étant insensibles au poison, cette arme n'a strictement aucun intérêt.

4. Shuriken

Utilisées par les Japonais à l'époque féodale pour perforer discrètement la tête des sentinelles, ces petites armes de jet ressemblent à des étoiles métalliques, d'où leur surnom d'« étoiles de ninja ». Entre des mains expertes, les shurikens se montrent d'une redoutable efficacité quand il s'agit d'abattre un zombie.

Néanmoins, comme pour beaucoup d'autres armes évoquées ici, leur usage requiert une grande habileté. À moins de faire partie du cercle très fermé des grands maîtres de cet art (seuls une poignée d'élus en méritent le titre), évitez ce genre de méthode exotique.

5. Couteaux de lancer

Tout comme les shurikens, les couteaux de lancer nécessitent plusieurs semaines d'entraînement intensif avant de pouvoir toucher une cible aussi volumineuse qu'un homme, et plusieurs mois avant d'espérer atteindre une zone aussi étroite que le crâne. Seul un expert peut raisonnablement envisager de tuer un zombie de cette façon. Mieux vaut employer votre temps et votre énergie au maniement d'une arme plus conventionnelle. Vous avez déjà suffisamment de choses à apprendre et vous devez le faire aussi vite que possible. Ne perdez pas de temps à essayer de maîtriser ces armes de seconde zone.

6. Arc (long ou court)

Pour être honnête, planter une flèche dans la tête d'un zombie demeure extrêmement difficile, même avec une arme de compétition et un viseur moderne. Seuls les

archers expérimentés ont une chance de réussir un coup
pareil. La seule utilité pratique d'un arc réside dans l'usage
de flèches incendiaires. Rien de mieux qu'une flèche
enflammée pour faire partir un feu à distance. Cette
méthode s'avère également pratique (comme elle l'a
prouvé à maintes reprises) pour incendier directement un
zombie. Ce dernier ne pensera pas à retirer la flèche et,
avec un peu de chance, enflammera au passage les goules
voisines avant de succomber aux flammes (pour un des-
criptif pratique, voir la rubrique « Feu », page 86).

7. Arbalète

La puissance et la précision de l'arbalète permettent
au « carreau » (la flèche de l'arbalète, en quelque sorte)

de traverser proprement le crâne d'un zombie à 300 mètres. Pas étonnant qu'on la surnomme « la Mort Silencieuse ». Une bonne adresse au tir est requise, mais pas plus que pour un fusil. Recharger une arbalète réclame de la force et prend un certain temps, mais cela n'a pas beaucoup d'importance. C'est une arme de sniper, pas un canon à eau. Ne l'utilisez que pour un seul zombie. Si vous tentez le diable, vous risquez de vous faire dévorer avant d'avoir eu le temps de tirer une deuxième fois. Des carreaux à pointe triangulaire ou cylindrique feront l'affaire. Pour plus de précision, ajoutez-y un viseur télescopique. Malheureusement, le poids et la taille d'une arbalète constituent un sérieux handicap. En conséquence, ne l'utilisez que si la situation le permet : si vous voyagez en groupe, si vous défendez votre maison ou si vous ne disposez d'aucune autre arme silencieuse.

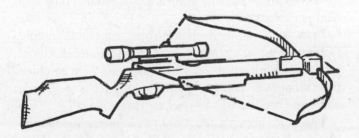

8. Arbalète légère

Beaucoup plus petite que le modèle standard, l'arbalète légère s'utilise d'une seule main et peut servir d'arme d'appoint. En avoir une à la ceinture vous laisse toujours une arme silencieuse à portée de main en cas de besoin. Comparée aux arbalètes traditionnelles, l'arbalète légère se révèle moins précise, moins puissante, et sa portée est moindre. Il faudra vous rapprocher sensiblement de votre cible, ce qui augmente le risque d'être découvert et rend donc sans objet le besoin d'opérer silencieusement... Utilisez-la avec circonspection et rigueur.

ARMES À FEU

Une bonne arme à feu surclasse tout ce qui a été évoqué plus haut. Prenez-en soin, gardez-la toujours à portée de main, assurez-vous qu'elle est correctement huilée et chargée. S'il conserve son sang-froid, qu'il ne tremble pas et qu'il ne manque pas de munitions, un seul homme tiendra tête à une armée de zombies.

On ne choisit pas une arme à feu au hasard. Il ne faut négliger aucun détail.

Dans quel contexte allez-vous vous en servir ? Défense passive, attaque ou retraite précipitée ? À quel type d'épidémie allez-vous être confronté ? De combien de personnes se compose votre groupe ? Où se situe le champ de bataille ? Dans quel environnement ?

Toutes les armes à feu n'ont pas la même fonction et presque aucune ne répond à toutes les situations. Pour choisir l'arme la mieux adaptée, plongez-vous dans l'étude de la guerre, un domaine vivace depuis la nuit des temps. Nous excellons dans l'art de nous entre-tuer. Éliminer des zombies, par contre, c'est une autre histoire.

1. Mitrailleuse lourde

Depuis la Première Guerre mondiale, cette invention a révolutionné les conflits modernes. Son mécanisme interne lui permet de tirer une multitude de coups en quelques secondes. Une méthode sans doute formidable dans le cadre d'un champ de bataille conventionnel, mais totalement absurde contre les morts-vivants. Rappelez-vous qu'il faut viser la tête. Une seule balle correctement placée suffit. Les mitrailleuses sont conçues pour le tir à saturation ; il faut des centaines, voire des milliers de cartouches pour un seul coup au but. Même si on opte pour une utilisation au coup par coup (une technique choisie par les Forces spéciales américaines), cela reste une perte de temps. Pourquoi gâcher des balles de mitrailleuse quand un simple coup de fusil produit le même résultat ? Dans les années 70, une école de pensée a proposé la « technique des Scythes » : on positionne une mitrailleuse à hauteur de tête face à une horde de morts-vivants et il suffit ensuite de tous les abattre d'un seul tenant. Cette idée a fait long feu – les goules, à l'instar des humains, n'ont pas toutes la même taille. Même si quelques-unes ne « survivent » pas aux balles, les autres continueront à s'approcher de votre position. Mais qu'en est-il des dommages corporels massifs produits par ce genre d'arme ? Avec une mitrailleuse, plus besoin de viser la tête. N'ont-elles pas la puissance nécessaire pour cisailler littéralement le corps d'un zombie ? Oui et non. Une seule balle standard de 5,56 millimètres tirée par une mitrailleuse SAW[1]

---

1. Littéralement « scier ». *(N.d.T.)*

(*Squad Automatic Weapon*) nord-américaine suffit à sectionner l'épine dorsale d'un soldat moyen, peut lui arracher un membre et peut effectivement très bien couper un zombie en deux. Mais un nettoyage ultérieur n'en reste pas moins nécessaire. Gardez à l'esprit que les chances de pulvériser un zombie restent minces et nécessitent de fait un grand nombre de munitions. Par ailleurs, techniquement parlant, si la cervelle d'un zombie reste intacte, celui-ci est toujours vivant – handicapé, certes, et peut-être même immobile, mais encore en vie. Pourquoi prendre des risques inutiles ?

2. Fusil-mitrailleur

Cette arme pose peu ou prou les mêmes problèmes que la mitrailleuse lourde. Munitions abondantes obligatoires et zombies disséminés un peu partout ne font pas bon ménage. Cela étant, si vous nettoyez des zones confinées, le fusil-mitrailleur reste l'arme idéale. Son canon court le rend bien plus maniable qu'un simple fusil et son magasin confortable augmente son autonomie par rapport au pistolet moyen. Pensez à toujours sélectionner le mode « coup par coup ». Comme on l'a vu plus haut, le mode « tir continu » gâche inutilement des munitions. Pensez à caler la crosse contre votre épaule. Si vous la calez contre votre hanche, vous ferez beaucoup de bruit pour pas grand-chose. L'un des inconvénients majeurs du fusil-mitrailleur reste son manque de précision. Sa conception même le prédispose au combat rapproché ; il faut donc s'approcher bien plus près de sa cible qu'avec un fusil d'assaut standard. Sur le papier, cela ne pose aucun problème, mais à l'instar de nombreuses autres armes automatiques, le fusil-mitrailleur a tendance à s'enrayer. Un défaut qui vous expose à des risques inutiles. C'est d'ailleurs la principale raison pour laquelle il vaut mieux éviter de choisir ce genre d'arme comme compagnon de route.

3. Fusil d'assaut

Conçue à l'origine pour combler le vide entre le fusil et le fusil-mitrailleur, cette arme offre une puissance de feu considérable tout en restant maniable. L'outil idéal face à la menace zombie ? Pas vraiment. Bien que la polyvalence et la précision soient – on l'a vu – deux qualités appréciées, une forte puissance de feu ne va pas sans inconvénients. Même s'il est possible de régler un fusil d'assaut en mode « semi-automatique » – tout comme le fusil-mitrailleur –, quand on risque sa vie au quotidien, la tentation est grande de basculer en mode « rock'n'roll », même si cela ne présente aucun intérêt. Si vous choisissez un fusil d'assaut comme arme principale, tâchez de vous souvenir des questions fondamentales qui s'appliquent à toute arme à feu : quelle est sa portée utile ? Sa précision ? Trouve-t-on facilement des munitions ? Peut-on le nettoyer et l'entretenir facilement ?

Deux exemples parlants illustrent la question. Le M16 A1, de fabrication américaine, est considéré comme le pire fusil d'assaut jamais construit. Sa chambre interne pose quantité de problèmes d'entretien et son mécanisme complexe s'enraye facilement. Ajuster la visée – une manœuvre à effectuer *chaque fois* que la cible se déplace – requiert une pointe de crayon, un ongle ou tout autre type de tournevis de fortune. Que faire si vous n'en avez pas ? Ou si vous l'avez perdu et que des douzaines de zombies s'approchent lentement, mais sûrement ? Le délicat corps plastique du M16 A1 interdit la pose d'une baïonnette, et si vous tentez malgré tout de le faire, vous risquez de fausser le magasin et de voiler l'affût. Un défaut rédhibitoire. Si vous affrontez une horde de goules et que votre A1 s'enraye, vous ne pourrez même pas vous en servir comme massue. Le M16 (dénommé modèle AR-15, à l'origine) a été conçu dans les années 60 pour assurer la sécurité des bases aériennes américaines. Pour des raisons politiques douteuses, et à la suite de la néfaste influence du lobby militaro-industriel (« achetez mes armes, achetez mon vote et je contribue à votre campagne »), le gouvernement l'a choisi comme arme principale pour l'infanterie américaine. Ses défauts sont tels que, pendant la guerre du Vietnam, les forces Viêt-cong ne daignaient même pas les prendre sur les corps des soldats américains. De facture plus récente, le M16 A2 est toujours considéré comme une arme de deuxième classe. Si vous avez le choix, faites comme les guérilleros communistes et laissez tomber le M16.

À l'inverse, le AK-47 soviétique est considéré comme le meilleur fusil d'assaut au monde. Plus lourde que le M16 (5 kilos contre 3) et souffrant d'un recul beaucoup plus important, cette arme reste célèbre pour son efficacité et sa robustesse. Large et spacieuse, sa chambre interne ne risque pas de s'enrayer, même en cas d'intrusion de sable et de poussière. Au corps à corps, vous pouvez soit planter la baïonnette optionnelle dans l'œil du zombie, soit vous servir de la crosse en bois massif pour lui écraser le crâne. L'imitation est une forme sincère de respect, et plusieurs nations ont décidé de flatter le AK en le copiant (le type 56 chinois, par exemple, ou le Galil israélien). On l'a vu, le fusil d'assaut n'est *pas* l'arme idéale dans la lutte anti-zombies, mais un membre de la famille du AK-47 ne vous laissera jamais tomber.

4. Fusil à culasse mobile. Fusil à levier

Fabriqués à partir du milieu du XIXe siècle, ces deux types de fusils sont aujourd'hui considérés comme obsolètes. Pourquoi choisir un fusil de chasse alors qu'il est si facile de s'offrir un fusil-mitrailleur ? Une attitude regrettable, principalement fondée sur une sorte de parti pris technologique qui n'hésite jamais à nier l'évidence. Un fusil à culasse (ou à levier) de bonne qualité vous protège aussi bien – voire mieux – des morts-vivants que le dernier joujou technologique à la mode. Sa chambre coup par coup oblige le tireur à se concentrer sur chaque tir et augmente les chances de réussite. Cette caractéristique évite aussi au tireur de s'énerver et l'oblige à économiser ses précieuses munitions, qu'il le veuille ou non. Par ailleurs, ce type de fusil se nettoie et s'utilise facilement, deux aspects qu'on ne doit *jamais* prendre à la légère. Les fusils de chasse sont destinés avant tout au marché civil, et les fabricants savent bien qu'une arme trop complexe réduira les ventes. Avantage notable, on trouve des munitions adaptées à peu près partout. Comme il existe plus d'armureries civiles que militaires aux États-Unis (ce n'est pas le cas partout dans le monde), vous constaterez assez vite qu'il est plus facile de se procurer des munitions pour un simple fusil de chasse que pour un fusil d'assaut ou un fusil-mitrailleur. Un point fondamental si les hypothèses avancées en fin de volume se produisent réellement.

Avant d'opter pour un fusil à culasse mobile, vérifiez qu'il s'agit d'un modèle militaire un peu plus ancien. Attention, les modèles civils ne sont pas de moins bonne qualité – c'est même le contraire, en fait –, mais la quasi-totalité des fusils à culasse militaires sont conçus pour le combat rapproché. Prenez d'abord le temps d'apprendre à vous en servir correctement dans ce cas de figure. Utilisez-le comme massue et vous risquez tout bêtement de l'endommager, modèle militaire ou pas. Quantité de manuels en détaillent l'usage. Même les vieux films de guerre montrent bien à quel point ces armes peuvent s'avérer mortelles sans qu'il soit nécessaire d'appuyer sur la gâchette. Quelques noms célèbres pour vous aider dans votre choix : le Springfield américain, le Lee Enfield anglais ou le Mauser Kar 98k allemand. On en trouve encore beaucoup, certains en parfait état de marche. Avant de vous décider, assurez-vous d'avoir assez de munitions sous la main pour tenir un siège. Posséder un magnifique fusil à culasse militaire ne vous servira à rien si les seules munitions disponibles ne s'utilisent qu'avec les modèles civils.

5. Fusil/carabine semi-automatique

Depuis son apparition, cette arme a largement mérité le titre de *tueur de zombie*. Le risque de gâcher des munitions demeurant important (une balle tirée chaque fois que l'on presse la détente), il faut se plier à un minimum de discipline. Cette option s'avère toutefois merveilleusement utile quand on se frotte à des cibles multiples. Ainsi, une femme cernée de toutes parts a abattu pas moins de quinze zombies en douze secondes (voir « 1947 – Jarvie, Colombie britannique » au chapitre *Épidémies recensées*). Cette histoire authentique illustre bien le potentiel du fusil semi-automatique. Pour tout ce qui relève du combat rapproché ou des déplacements en terrain découvert, le semi-automatique s'utilise de la même façon qu'un modèle plus gros et plus puissant. On perd certes en portée, mais la carabine est généralement plus légère, plus facile à transporter et s'utilise avec des munitions plus modestes. Une arme décidément très pratique, quels que soient le modèle et la situation. Avant d'opter pour un fusil semi-automatique, sachez que la Garand M1 – qui date de la Seconde Guerre mondiale – ou la simple carabine M1 sont par bien des aspects supérieures aux armes contemporaines les plus sophistiquées. Une assertion qui peut vous paraître curieuse, mais n'oubliez pas que ces armes ont été conçues alors que le plus grand conflit de l'histoire ravageait encore la planète. Et elles ne se sont pas contentées de remplir admirablement bien leur rôle : la Garand M1 restait encore l'arme de référence des troupes américaines pendant la guerre de Corée et la carabine M1 a repris du service lors des toutes premières années du conflit vietnamien. Autre avantage de la Garand M1, il est possible de s'en servir au corps à corps (pendant la Seconde Guerre mondiale, on considérait l'usage de la baïonnette comme une part essentielle du combat). Bien que sa production industrielle ait cessé, on trouve encore quantité de Garand sur le marché civil, avec leurs munitions. Quant à la carabine M1, aussi incroyable que cela puisse paraître, elle est encore fabriquée à l'heure actuelle. Sa légèreté et son canon court conviennent parfaitement au combat en environnement clos et facilitent les longues journées de marche forcée.

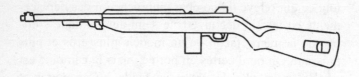

On trouve de nombreux modèles plus modernes, comme la Ruger mini-30, la mini-14, ainsi qu'une carabine chinoise de type 56 (une copie de la carabine soviétique SKS, à ne pas confondre avec le fusil d'assaut du même nom). Si vous vous astreignez à une discipline rigoureuse, vous ne trouverez pas meilleure arme que le fusil semi-automatique.

6. Fusil à pompe

Contre un assaillant humain, et à distance réduite, cette arme n'a pas son pareil. Avec les zombies, c'est moins évident. Certes, un bon fusil à pompe de calibre 12 peut littéralement exploser la tête d'un mort-vivant. Cependant, plus la cible est éloignée, plus la dispersion des plombs augmente et moins vous aurez de chances de faire mouche. Une simple balle standard aura le même effet, avec une portée plus importante (en supposant que son canon soit plus long), alors pourquoi ne pas s'en contenter et opter pour un fusil ? Tout simplement parce qu'un fusil à pompe arrête net un adversaire. Le coup forme un véritable mur alors qu'une simple balle de fusil peut traverser sa victime ou la manquer. Si vous vous retrouvez acculé et qu'il vous faut gagner du temps à tout prix, un fusil à pompe projettera en arrière plusieurs zombies d'un seul coup. Hélas, ses grosses cartouches sont lourdes et encombrantes. N'oubliez pas ce détail si vous prévoyez de vous déplacer.

7. Pistolet

Les Américains ont un rapport particulier avec les pistolets. On en voit dans tous les films, émissions, séries télé, romans modernes et bandes dessinées. Nos héros en ont toujours porté un, du vieux shérif de western au flic infiltré dans la Mafia. Les gangs lui dédient des hymnes rap. Progressistes et conservateurs se déchirent sur le sujet. Les parents essaient d'en protéger leurs enfants et pendant ce temps-là, les fabricants amassent des fortunes.

Le pistolet supplante même l'automobile en tant que vrai symbole de l'Amérique. Mais cette icône culturelle nationale a-t-elle vraiment son utilité contre une bande de mangeurs de chair humaine affamés ? Pas vraiment. Contrairement à nos héros de papier, le citoyen moyen

aura bien du mal à toucher quoi que ce soit, surtout une cible aussi petite qu'une tête de zombie. Imaginez votre état psychologique quand, fou de terreur, vous affronterez des zombies dans un combat à mort… Vous comprendrez rapidement que vous avez autant de chance d'abattre tous vos agresseurs que de mener de fructueuses négociations économiques avec eux. Plusieurs études sérieuses ont montré que parmi les balles perdues – comprendre les balles qui touchent des zombies sans les tuer – 73 % provenaient d'un pistolet, tous modèles confondus. Ces derniers se montrent néanmoins utiles dans les cas désespérés. Si un zombie vous agrippe, un pistolet peut vous sauver la vie. Pointer le canon à bout portant contre la tempe d'un agresseur et presser la détente ne requiert aucune adresse particulière et le tuera immédiatement. Les pistolets sont légers, petits et faciles à transporter, ce qui en fait d'excellentes armes de secours en toutes circonstances. Si votre arme principale est une carabine, optez pour des munitions communes ; vous réduirez d'autant le poids de votre paquetage. Pour toutes ces raisons, un pistolet garde donc son mot à dire dès qu'on envisage de lutter contre les goules, mais seulement en tant qu'arme de secours. Ne perdez jamais de vue que de nombreux corps à moitié dévorés ont été retrouvés avec un pistolet encore accroché à leurs doigts tout raides.

8. Calibre 22

Cette arme (version fusil ou pistolet) s'utilise avec une balle dont le diamètre n'excède pas quelques millimètres et la longueur 3 centimètres. On les réserve d'ordinaire à l'entraînement, à la compétition ou à la chasse au petit gibier.

Néanmoins, en cas d'attaque de morts-vivants, un modeste fusil de calibre 22 se révèle aussi efficace que ses cousins plus encombrants. La compacité des balles vous permet d'en transporter trois fois plus. L'arme en elle-même est très légère, un vrai don du Ciel si vous devez traverser de longues distances dans de vastes zones contaminées. Les munitions restent faciles à produire et on en trouve dans tout le pays. Aucune armurerie ne manque de calibre 22. Cela étant, deux inconvénients de taille tempèrent notre jugement : premièrement, ces petites balles n'ont pas la puissance nécessaire pour arrêter net un assaillant potentiel. Certaines personnes (dont l'ancien président Ronald Reagan) ont encaissé des projectiles de calibre 22 sans même s'en rendre compte sur le moment. Une goule touchée avec ce type de balle en pleine poitrine ne ralentira pas le moins du monde, et ne s'arrêtera *pas* non plus.

Deuxièmement, les projectiles perdent tout pouvoir pénétrant en longue portée. Avec une 22, vous risquez de vous approcher d'un peu trop près pour agir sereinement, détail qui augmente le stress et réduit l'adresse au tir. Mais le manque de puissance d'une 22 reste malgré tout une bénédiction. Comme la balle ne peut traverser l'arrière du crâne, elle a tendance à ricocher à l'intérieur et à causer autant de dommages qu'un colt 45. Aussi, quand vous vous équiperez pour affronter la menace zombie, ne dénigrez pas cette arme qui ressemble presque à un jouet, mais dont l'efficacité n'est plus à prouver.

9. Accessoires

S'il est possible de les monter sur le canon, les silencieux se révèlent parfois d'une importance vitale. Leur capacité à étouffer le bruit vous autorise à vous passer des arcs, arbalètes et autres armes de jet (un point fondamental quand vous vous déplacez).

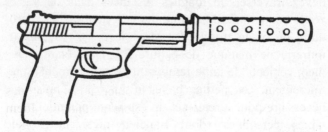

Un viseur télescopique augmente considérablement vos chances de succès, surtout si vous comptez opérer en sniper. Dans ce cas, votre meilleur allié reste la visée

PORTÉE OU PRÉCISION ?

Des études ont montré que le stress inhérent au combat tendait à augmenter l'imprécision du tireur à mesure qu'il s'approchait de sa cible. Lors des entraînements, gardez à l'esprit l'équation *portée maximale/précision raisonnable*. Pratiquez sur cibles mobiles dans des conditions idéales (sans stress). Une fois que vous connaîtrez vos limites, divisez-les par deux pour obtenir votre *zone d'efficacité* en situation réelle. Empêchez coûte que coûte les zombies de franchir cette « ligne rouge », votre précision en dépend. Si vous en affrontez toute une horde, assurez-vous d'abattre ceux qui pénètrent en premier la zone limite avant de vous occuper des autres. Ne prenez pas ces conseils à la légère, quelle que soit votre expérience en la matière. Flics de terrain, vétérans décorés ou même tueurs à gages confirmés, nombreux sont ceux à avoir été transformés en steaks hachés pour avoir cru que leurs nerfs d'acier pallieraient leur manque d'entraînement.

laser. Rien de plus ludique que de placer un point rouge sur le front d'une goule. Le problème principal des visées laser réside dans leur faible autonomie. Idem pour les visées nocturnes à intensification de lumière. Bien qu'elles autorisent de jolis coups à longue portée après la tombée de la nuit, elles ne sont pas plus utiles que de simples tubes noirs une fois les batteries épuisées. Les lunettes conventionnelles restent donc préférables. Même si elles manquent de charme, elles ne vous feront jamais défaut.

EXPLOSIFS

Question : quoi de mieux qu'une grenade lancée au milieu d'un tas de zombies ? Réponse : presque tout. Les explosifs antipersonnel tuent grâce aux shrapnels, ces échardes métalliques qui lacèrent les organes vitaux. Cela n'a aucun effet sur les zombies, et les chances d'atteindre le cerveau demeurant réduites, les grenades, les bombes et autres joujoux explosifs s'avèrent totalement inefficaces.

Cela dit, il ne faut pas non plus toujours les dénigrer : pour forcer une porte, élever une barricade en un clin d'œil ou faire sauter un groupe de zombies, rien ne vaut un bon bâton de dynamite.

FEU

Les morts-vivants ne craignent pas le feu. Placer une flamme devant un zombie ne fera que le ralentir. Les goules qui prennent feu ne le remarquent pas et n'ont aucune réaction particulière. *Beaucoup trop d'inconscients ont connu une fin tragique pour n'avoir pas compris à temps que le feu n'avait aucun pouvoir dissuasif sur les zombies.*

Le feu reste cependant le meilleur allié de l'humanité. L'incinération complète constitue le moyen le plus efficace de se débarrasser une bonne fois pour toutes d'un zombie. Le feu fait non seulement disparaître le corps, mais également toute trace de solanum. Cela dit, ne croyez pas que les lance-flammes ou les cocktails Molotov apporteront une solution facile à tous vos problèmes. En situation réelle, le feu s'avère aussi mortel pour la cible que pour celui qui le manie.

La chair – humaine, zombie ou autre – brûle très lentement. Avant qu'un zombie ne succombe aux flammes, il se transformera d'abord en torche humaine – précisément en torche *inhumaine* – pendant quelques minutes ou même quelques heures. De nombreux cas mentionnent des goules enflammées causant des dégâts et tuant plus de personnes en brûlant qu'avec leurs dents et leurs ongles.

Le feu en lui-même n'a aucune loyauté. Considérez la nature inflammable de votre environnement, les risques d'inhalation de fumées nocives et la possibilité que la lumière joue le rôle de phare pour les zombies qui traînent dans le quartier… Il faut prendre ces facteurs sérieusement en compte avant de vous décider pour quelque chose d'aussi puissant et imprévisible que le feu.

Précisons enfin que la plupart des experts considèrent le feu comme une arme d'attaque frontale ou de retraite précipitée, rarement de défense statique.

1. Cocktail Molotov

Ce terme s'applique à tout récipient rempli de liquide inflammable et chapeauté d'une mèche de fortune. C'est une manière économique et efficace de tuer plusieurs

zombies d'un seul coup. Si la situation vous l'autorise – lors d'une retraite, si vous devez nettoyer un bâtiment conçu pour résister aux flammes ou, au contraire, brûler une construction inflammable infestée de goules –, jetez le cocktail sur les goules et réduisez-les en cendres jusqu'à la dernière.

2. Arrosage

Cette technique consiste à remplir un récipient de liquide inflammable, à le lancer contre un ou plusieurs zombies, à craquer une allumette et… à courir très vite. Si la place ne manque pas et qu'il n'y a aucun danger de feu résiduel, cette méthode n'a qu'un seul inconvénient : la proximité de l'ennemi.

3. Chalumeau

Le chalumeau standard (une bonbonne de propane pourvue d'un brûleur) ne génère pas assez de chaleur et ne dispose pas d'une réserve suffisante de carburant pour brûler efficacement le crâne d'un zombie. Mais il peut très bien servir à embraser le mort-vivant en question si celui-ci a préalablement été recouvert de liquide inflammable.

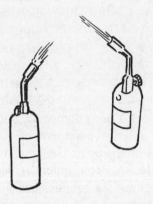

4. Lance-flammes

Plus que tout autre, cet engin passe pour un véritable exterminateur de zombies. Un jet de flammes de 60 mètres, nourries d'essence gélifiée, transforme n'importe quelle horde de morts-vivants en magnifique bûcher funéraire. Alors pourquoi ne pas vous en offrir un ? Pourquoi ne pas jeter aux orties tout votre arsenal et opter pour une authentique gueule de dragon ? Les réponses sont aussi nombreuses qu'évidentes. Le lance-flammes a été conçu pour un usage militaire et

n'est plus en service dans l'armée américaine. Il est donc difficile d'en trouver un – surtout un modèle en état de marche –, sans parler du carburant adapté. Même en supposant que vous disposiez du nécessaire, vous aurez bien du mal à utiliser correctement pareil engin. Pourquoi porter 35 kilos de matériel pour vous occuper d'une poignée de goules ? Un lance-flammes vous interdit purement et simplement tout déplacement. À moins de ne pas bouger ou de disposer d'un engin motorisé, l'épuisement risque de se révéler tout aussi mortel que les zombies eux-mêmes. La place d'un lance-flammes est au milieu du champ de bataille, face à des centaines, voire des milliers de zombies hurlants. Soit. Mais si une telle « armée des morts » existait – Dieu nous en garde –, il y a de fortes chances qu'elle affronterait une armée régulière dûment équipée par le gouvernement, et non un simple particulier muni de son fidèle (et sans doute illégal) lance-flammes.

AUTRES TYPES D'ARMES

Imagination *et* improvisation… Deux alliés de poids quand on affronte les morts-vivants. N'hésitez surtout pas à observer scrupuleusement votre environnement immédiat et réfléchissez à ce qui peut vous servir d'arme. Mais n'oubliez pas la physiologie des zombies et évaluez bien les capacités réelles de cette arme de fortune.

1. Acide

En dehors du feu, l'acide sulfurique reste le meilleur moyen de se débarrasser complètement du corps d'un zombie. Les aspects pratiques posent davantage de problèmes. En supposant que vous ayez accès à une réserve suffisante d'acide sulfurique, maniez-le avec précaution. Cette substance est sans doute plus dangereuse pour vous que pour vos victimes, et dissoudre totalement un zombie vous prendra beaucoup de temps. Mieux vaut considérer l'acide comme un bon moyen de nettoyer proprement la zone une fois le combat terminé, et non comme une arme offensive.

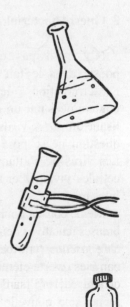

2. Poison

On dénombre plusieurs milliers de poisons mortels et il n'est pas question ici d'en dresser la liste exhaustive. Rappelons simplement les règles de base de la physiologie zombie : ils sont totalement immunisés contre tout type de poison, y compris les gaz innervants et les lacrymogènes. Toute substance conçue pour paralyser les fonctions motrices se révèle pareillement inefficace, les morts-vivants n'ayant plus aucun usage de ces fonctions. Les zombies ne craignent pas la crise cardiaque, la paralysie nerveuse, la suffocation ou tout autre effet mortel des poisons.

3. Guerre bactériologique

N'y a-t-il pas une certaine poésie dans le fait d'envisager l'extermination de créatures contaminées par un virus en utilisant un *autre* virus ? Hélas, la question ne se pose même pas. Les virus ne s'attaquent qu'aux cellules vivantes et n'ont donc aucun effet sur les cellules mortes.

Même constat pour tous les types de bactéries. De nombreuses tentatives de production et d'épandage de *necrotizing fasciitis* (une bactérie nécrophage) sur des cobayes zombies ont été effectuées en laboratoire, sans succès. On conduit aujourd'hui des expériences complexes pour développer une nouvelle variété de bactéries se nourrissant exclusivement de chair morte, mais les experts restent sceptiques. Des tests sont en cours pour déterminer quels micro-organismes habituellement impliqués dans la décomposition peuvent continuer à se nourrir de chair malgré l'infection. Si les chercheurs réussissent à les isoler, à les reproduire et à les répandre sans risque pour celui qui s'en charge, ces microbes pourraient bien devenir la principale arme de destruction massive de l'humanité dans sa lutte contre les morts-vivants.

4. Guerre zoologique

Petites ou grandes, des centaines de créatures se nourrissent de charognes. L'idée d'en sélectionner quelques-unes pour dévorer les morts avant que ceux-ci vous dévorent peut sembler séduisante. Malheureusement, toutes ces espèces – des hyènes aux fourmis rouges – évitent instinctivement les zombies. La nature hautement toxique du solanum semble profondément inscrite dans la mémoire génétique du règne animal. Ce mystérieux signal émis par le solanum – odeur, phéromone ou « vibration » imperceptible pour les humains – ne se dissimule tout simplement pas, et ce quelle que soit la substance aromatique utilisée (voir « 1911 – Vitre, Louisiane », page 314).

5. Électrocution

Le système musculaire zombie fonctionnant à peu près comme celui des humains, l'électricité peut très bien les paralyser ou les sonner temporairement. Des résultats létaux n'ont été obtenus que dans des cas extrêmes (des lignes haute tension tombées à terre qui ont littéralement grillé la cervelle des morts-vivants). Ce n'est pas une arme absolue pour autant – le courant qui circule dans les fils électriques est dangereux pour *tout le monde* et suffit parfois à carboniser n'importe quelle matière organique, vivante ou morte. Sonner un zombie

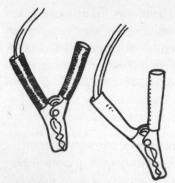

requiert deux fois plus de tension que pour un humain. Par conséquent les matraques électriques ne vous seront d'aucune utilité. L'électricité peut servir de barrière temporaire si on fait passer du courant dans une fosse remplie d'eau, par exemple. Le choc paralyse les goules et il est beaucoup plus facile de s'en débarrasser par la suite. Cette technique a régulièrement été employée, avec succès.

6. Radiations

Les chercheurs étudient aujourd'hui l'effet des micro-ondes et des autres rayonnements électromagnétiques sur le cerveau des morts-vivants. D'un point de vue strictement théorique, cette méthode pourrait générer des tumeurs mas-

sives et presque instantanées dans la matière grise zombie. Les expériences n'ont pas dépassé le stade préliminaire et les résultats ne sont pas encore très probants. Le seul exemple connu où des zombies ont encaissé une émission massive de rayons gamma remonte à la célèbre « affaire du Khotan » (voir « 1987 – Khotan, Chine », page 340). À l'époque, non seulement les goules n'ont pas succombé à la radioactivité ambiante – mortelle pour tout être humain en seulement quelques heures – mais elles ont aussi failli répandre la contamination à travers toute la province. Pour la première fois, le monde a dû faire face à une menace encore plus dévastatrice : le zombie radioactif. Même si toute cette histoire ressemble à un mauvais film de S-F des années 50, elle s'avère rigoureusement authentique. Les zombies radioactifs ne possèdent ni pouvoir magique particulier, ni capacités supplémentaires. Le seul danger réside dans les radiations émises, mortelles pour tous ceux qu'ils touchent ou approchent. Des gens ayant bu une eau souillée par les goules sont morts d'irradiation peu de temps après. Fort heureusement, la puissante armée chinoise a totalement éradiqué l'épidémie. Cette intervention n'a pas seulement mis un terme à la nouvelle menace, elle a surtout permis au réacteur nucléaire du Khotan de ne pas dépasser son seuil critique.

7. Guerre génétique

De récents travaux ont très sérieusement étudié l'utilisation d'armes génétiques pour contrer la menace zombie. La première étape consiste à établir la carte génétique du solanum. On développe ensuite un agent séquentiel qui réécrit son code génétique et lui ordonne de cesser son attaque sur les tissus humains avant de s'autocannibaliser. On ne combat plus les zombies directement, mais le virus qui les contrôle. En cas de succès, cet agent séquentiel marquerait une étape aussi décisive que révolutionnaire dans la guerre anti-morts-vivants : le remède *génétique*. Il va néanmoins falloir attendre un certain temps avant d'ouvrir les bouteilles de champagne. La thérapie génique n'en est qu'à ses débuts. Même avec une attention médiatique constante et des fonds importants – deux aspects actuellement inexistants –, l'idée d'un agent séquentiel capable de combattre le virus n'a pas encore dépassé le stade expérimental.

8. Nanothérapie

La nanotechnologie – la conception d'engins microscopiques – n'en est encore qu'à ses balbutiements. Aujourd'hui, nous sommes capables de produire des puces électroniques expérimentales de taille moléculaire. Un jour, des robots tout aussi petits seront capables d'agir à l'intérieur du corps humain. Ces nanorobots, ou quelle que soit leur appellation, détruiront les cellules cancéreuses, répareront les tissus endommagés et pourront même attaquer des virus hostiles. En théorie, il n'y a aucune raison de ne pas les injecter par milliards dans un corps récemment infecté pour identifier le solanum et l'éradiquer du système vasculaire. Quand disposerons-nous de cette technologie ? Quand trouvera-t-elle ses applications médicales ? Quand pourra-t-on éradiquer efficacement le solanum ? L'avenir nous le dira.

ARMURES

Agilité et rapidité représentent vos premiers atouts pour vous défendre contre les morts-vivants. Une armure limitera votre mobilité et sapera votre énergie si le combat s'éternise. Ajoutez à cela les risques de déshydratation, et l'idée perd tout intérêt. En outre, l'inconvénient principal d'une armure (et le plus difficile à comprendre) n'est pas d'ordre physique, mais bien psychologique : ceux qui portent une tenue protectrice ont tendance à *trop* se sentir en sécurité et prennent plus de risques que s'ils portaient de simples vêtements. Un tel état d'esprit a déjà trop fait de victimes inutiles. Pour dire les choses clairement, la meilleure protection contre une morsure de zombie reste *la distance*. Si malgré tout vous décidez de porter une tenue protectrice, les paragraphes qui suivent vous apporteront les informations nécessaires pour faire le bon choix en toute connaissance de cause.

1. Armure à plaques

On pourrait la définir comme l'armure « classique ». Le terme évoque irrésistiblement l'image d'invincibles chevaliers couverts d'acier des pieds à la tête. Avec une telle protection, on pourrait tranquillement déambuler parmi les zombies affamés tout en les narguant impunément, non ? Non. Pour être honnête, l'armure médiévale standard est tout sauf invulnérable. Les joints (en cuir ou en métal) qui maintiennent les différentes plaques en place peuvent facilement être arrachés par des mains insistantes, sans parler d'une foule enragée. Même intactes, les armures en acier restent lourdes, encombrantes, étouffantes et extrêmement bruyantes (en plus du risque de déshydratation évoqué plus haut). Dans la mesure du possible, prenez le temps d'observer de près une véritable armure ; revêtez-la et exercez-vous au combat contre un leurre. Au mieux, l'expérience

s'avérera désagréable. Au pire, épouvantable. Imaginez maintenant que vous faites face à cinq, dix, cinquante assaillants. Tous s'approchent inexorablement, s'agrippent à vos plaques et les tordent en tous sens. Privé de la rapidité et de l'agilité suffisante pour les distancer ou les éviter, privé même de la vision nécessaire pour les repérer et les abattre, vous terminerez tristement votre existence en corned-beef.

2. Cotte de mailles

Portée des pieds à la tête, cette armure plus légère constitue une assez bonne protection contre les morsures

de zombies. Aucune dent ne risque de
traverser le fin réseau de mailles, ce
qui vous évite toute infection. Sa
grande flexibilité autorise des mouvements plus amples et accroît la mobilité. L'absence de masque facial laisse
la vision libre. La conception même de
la cotte de mailles (à la différence de
l'armure à plaques) permet à votre
peau de respirer et supprime les effets
de la déshydratation et/ou de la chaleur. Malheureuse-
ment, ses inconvénients n'en restent pas moins nombreux. À moins de vous être entraîné pendant des
années, votre efficacité au combat en souffrira nécessairement. Le poids, notamment, vous épuisera lentement
mais sûrement. Le manque de confort permanent risque
de vous distraire au mauvais moment, et Dieu sait à quel
point il vaut mieux éviter toute forme de distraction en
situation de combat. Attention, si une cotte de mailles
vous protège de la contamination *stricto sensu*, la pression des mâchoires d'un zombie suffira amplement à
vous briser un os ou à écraser les chairs. Par ailleurs, le
tintement des mailles signale à tous les zombies envi-
ronnants qu'il est temps de passer à table. À moins de
vouloir volontairement vous faire repérer, n'essayez
pas. D'un point de vue pratique, si vous optez malgré
tout pour une cotte de mailles, assurez-vous qu'elle
résistera à un combat réel. La plupart des armures
anciennes d'allure médiévale sont aujourd'hui pro-
duites pour décorer les châteaux ou servir de costumes
de scène. On utilise de fait des matériaux moins onéreux
pour leur fabrication. Avant d'acheter la vôtre, vérifiez

toujours – minutieusement – que la cotte de mailles en question peut supporter sans problème une morsure de zombie.

3. Combinaison antirequins

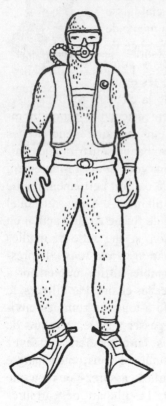

Conçue pour protéger les plongeurs des requins, cette combinaison maillée supporte facilement les plus violentes morsures de zombies. Fabriquée à partir d'un fin réseau de fibres d'acier ou de titane, elle est deux fois plus efficace qu'une cotte de mailles standard et deux fois plus légère. Pour autant, cela ne règle pas la question du bruit, sans parler de l'inconfort physique ou de la perte de vitesse et d'agilité. Néanmoins, les combinaisons antirequins s'avèrent très utiles pour la chasse aux zombies sous-marins (voir « Combats sous-marins », page 218).

4. Casque

Les goules l'apprécieraient beaucoup si elles savaient s'en servir. Mais pour nous autres humains, le casque ne fera qu'entraver notre vision. Proscrivez cet encombrant couvre-chef, sauf si les conditions s'y prêtent (en cas d'utilisation de dynamite, par exemple, où des projections de gravats et de débris divers risquent à tout moment de vous retomber sur la tête).

5. Gilet pare-balles

La quasi-totalité des morsures de zombies sont infligées au niveau des membres. Les gilets pare-balles et autres types de protections ventrales représentent donc une perte de temps. On peut à la rigueur envisager de porter un gilet pare-balles en cas de bataille rangée où l'on risque soi-même d'encaisser un tir, mais même dans ce cas, un sniper maladroit aura généralement tendance à viser la tête.

6. Protections en Kevlar

Ces dernières années, la police a commencé à équiper ses unités d'intervention avec ce genre de matériau léger et résistant. On utilise des plaques épaisses et lourdes pour fabriquer des gilets pare-balles, mais une version plus légère et plus souple suffit à stopper une lame de couteau et protège efficacement des morsures de chiens. Si on la porte sur les avant-bras et les jambes, cette nouvelle panoplie aidera à réduire les risques de morsures de zombies lors d'un combat rapproché. Si vous achetez des protections en Kevlar, ne les portez qu'en cas de danger et ne vous croyez *surtout pas* invulnérable. De nombreuses personnes ont cru que de telles protections (ou tout autre type d'armure) les autorisaient à prendre des risques inutiles. Aucune armure au monde ne protège de la bêtise. Comme on l'a vu plus haut, votre but est de survivre, et *seulement* de survivre. Pas question de jouer les héros. Ce genre d'attitude ne réussira qu'à vous mettre en danger. Vous et les autres.

7. Vêtements serrés et cheveux courts

Tous les vétérans endurcis par des années de combats (guerres, bagarres de rue, etc.) vous le diront : contre les morts-vivants, rien n'est plus efficace que des vêtements bien ajustés et des cheveux ras. Le simple fait que les goules attaquent en essayant d'attraper leurs victimes, puis les tirent vers elles pour les mordre, constitue un argument en soi. La logique parle d'elle-même : moins vous leur offrez de prise, plus vous avez de chances de leur échapper. Les vêtements larges, les poches de treillis, les sangles et tout ce qui pendouille librement aideront les zombies à vous agripper. Quiconque a un jour travaillé en usine ou dans un atelier de confection insistera sur la nécessité de ne jamais rien laisser traîner nulle part.

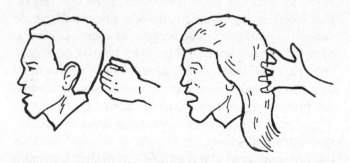

Des vêtements serrés – dans les limites du confortable, évidemment – élimineront ce danger. Les cheveux présentent le même inconvénient. Certaines personnes ont trouvé une mort atroce après avoir été attrapées par les cheveux. Il est toujours possible de se les attacher avant un combat, mais limitez-vous au centimètre réglementaire pour optimiser vos chances.

Défense

Le témoignage direct de Yahya Bey, immigré turc récemment installé en Angleterre, décrit l'attaque du village d'Oltu. D'après Bey, une horde de zombies a surgi des collines avoisinantes en plein milieu de la nuit. Ceux qui n'ont pas été dévorés ont tenté de se barricader chez eux, à la mosquée locale ou au poste de police. Plusieurs ont été piétinés à mort en essayant d'entrer au commissariat, pendant qu'un feu d'origine accidentelle carbonisait tout le monde à l'intérieur. Ceux qui n'avaient pas eu le temps de sécuriser leurs fenêtres et leurs portes ont été débordés par les morts-vivants. D'autres, déjà mordus, se sont dirigés vers le domicile du docteur. Alors que ce dernier faisait tout pour les sauver, certains patients ont succombé à leurs blessures, puis se sont réanimés. Âgé à l'époque de six ans, Bey a réussi à grimper sur le toit de sa maison où il est resté dissimulé toute la nuit avant de s'enfuir aux toutes premières lueurs de l'aube, sautant de toit en toit jusqu'à rejoindre la terre ferme. Personne n'a cru un traître mot de son histoire, mais une escouade de policiers y a quand même été envoyée pour débusquer d'éventuels pillards. Ils n'ont trouvé qu'un village en ruine, aux bâtiments brûlés, éventrés ou totalement détruits. Des corps à demi dévorés jonchaient les rues. Les empreintes de pas indiquaient qu'un petit groupe en avait suivi un autre, plus important. Personne n'a jamais été retrouvé.

Existe-t-il une défense idéale contre les morts-vivants ? Très sincèrement, non. La notion de défense dépasse la simple sécurité individuelle. Supposons que vous réussissiez à dénicher/fabriquer/modifier un abri pour vous protéger d'une menace extérieure. Parfait. Et ensuite ?

Les zombies ne vont pas s'en aller comme ça, et personne ne sait quand les secours finiront par arriver. Comment allez-vous survivre ? La faim, la soif, la maladie et beaucoup d'autres facteurs tuent tout aussi sûrement que les morts-vivants. Si vous faites face à une horde de zombies, dites-vous bien que vous êtes *littéralement* en état de siège. Vous comprendrez mieux ce que nos ancêtres subissaient, quand l'ennemi encerclait leurs châteaux et leurs villages. Notez bien que votre sécurité temporaire ne constitue qu'un élément de l'équation. Pour être pleinement préparé, il faut savoir survivre par ses propres moyens, un art depuis longtemps oublié à notre époque essentiellement *interdépendante*. Regardez autour de vous ; comptez les objets manufacturés dans un rayon de 5, 10, 100 mètres... Notre mode de vie, et tout particulièrement celui des nations les plus industrialisées, dépend intimement d'un fragile réseau de transports et de communications. Supprimez ce réseau et nous retournerons au Moyen Âge. Ceux qui comprennent la nature du problème et anticipent cette possibilité ont bien plus de chances de survivre que les autres. Ce chapitre vous apprendra à concevoir une place forte ainsi qu'à vivre en vase clos.

RÉSIDENCE PRIVÉE – DÉFENDRE SA MAISON

En cas d'épidémie de catégorie 1, la plupart des habitations normales suffisent à vous protéger efficacement. Inutile de quitter la ville dès que vous entendez parler des morts-vivants. Au contraire. Pendant les premières heures de l'attaque, la population tentera de fuir par tous les moyens. Des milliers de véhicules et de gens paniqués satureront toutes les routes, une situation particulièrement dangereuse qui risque de tourner à l'émeute à chaque instant. Tant que les vivants n'auront pas éliminé les morts, ou que les morts n'en auront pas terminé avec les vivants, tenter de fuir ne fera qu'ajouter des cadavres au chaos général. Chargez vos armes, préparez-vous au combat, mais *ne bougez pas*. Restez en sécurité. Soyez vigilants. Quoi de plus adapté que votre propre domicile pour cela ?

1. Préparation (première partie) : chez vous

Avant que les morts envahissent les rues, avant que le carnage commence, certains d'entre vous peuvent d'ores et déjà constater que leur domicile offre de meilleures garanties de sécurité que ceux de leurs voisins. Même si aucune maison n'a jamais été spécifiquement conçue pour résister à une attaque zombie, beaucoup d'entre elles peuvent remarquablement bien faire

l'affaire. Si votre résidence n'est pas adaptée en elle-même, quelques modifications contribueront efficacement à son amélioration.

A. Exceptions

Les maisons sur pilotis, comme on peut en voir sur les plages, au bord des rivières ou dans les zones maréca-geuses, sont conçues pour éviter les inondations. Leur hauteur empêche les attaques conventionnelles. Il est même possible de laisser les portes et les fenêtres ouvertes sans protection particulière. Seule la porte d'entrée et les escaliers extérieurs devront impérative-ment être barricadés ou détruits dès que l'alerte sera donnée. Une fois en sécurité sur cette plate-forme suré-levée, votre espérance de vie ne dépendra plus que du stock de provisions à votre disposition.

Il existe un autre type d'habitation sécurisée construit pour résister à un ennemi tout aussi mortel et dangereux

qu'un zombie : les maisons « antitornades » conçues pour
résister à des tornades modérées et qui poussent comme
des champignons au centre des États-Unis. Les murs sont
en béton, les portes en acier et des rideaux métalliques
d'urgence sont habilement dissimulés derrière des volets
standard. Ce type d'habitation supportera facilement une
épidémie de catégorie 1 ou 2.

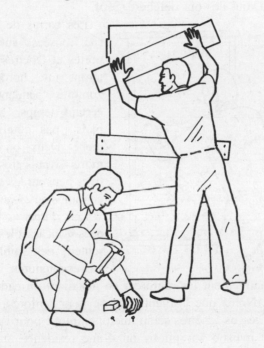

B. Améliorations et modifications

Sécuriser une maison pour empêcher toute intrusion
de zombies revient à la sécuriser contre les vivants tout
court. Seule différence, l'alarme anticambriolage. Beaucoup d'entre nous dorment sur leurs deux oreilles grâce

à leur alarme dûment branchée. Mais à quoi sert ce dispositif, sinon à envoyer un signal à la police ou à une quelconque société privée ? Et que faire si personne ne vient ? S'ils sont occupés ailleurs ? S'ils ont l'ordre de traiter en priorité des clients plus « importants » ? Ou s'ils ont tout simplement cessé d'exister, réduits à l'état de viande froide dans l'estomac des goules ? Dans ce cas, à vous de vous défendre. Seul.

Les barres de sécurité posées sur les portes et fenêtres arrêteront une horde de zombies pendant un certain temps, certes, mais pas éternellement. Deux ou trois morts-vivants très motivés peuvent les forcer en moins de 24 heures.

Les vitres « trempées » incassables présentent des faiblesses aux encoignures. Il faut impérativement les renforcer en installant un cadre en acier. Notez que l'argent dépensé pour renforcer chacune de vos fenêtres serait mieux employé pour l'achat d'une maison sur pilotis ou d'une résidence antitornades, comme celles décrites plus haut.

Un grillage haut de gamme dont la hauteur dépasse les 3 mètres retiendra des douzaines de zombies pendant des semaines, voire plusieurs mois, pour peu que l'épidémie se cantonne à la catégorie 1. Un mur en parpaings de 4 mètres, renforcé par des barres d'acier et rempli de béton, constitue la défense la plus sûre en cas d'épidémie de catégorie 1 ou 2. Les arrêtés préfectoraux interdisent parfois la construction d'un mur aussi élevé, mais ne négligez pas cette option (vérifier les textes de lois applicables à votre région). Même si l'on sait aujourd'hui que certains zombies sont capables de franchir un obstacle de plus de 3 mètres de haut, ça ne s'est jamais vraiment généralisé. Quelques personnes bien équipées et bien armées tiendront – difficilement, certes, mais quand même – aussi longtemps qu'ils le pourront derrière ce genre de protection.

La porte doit être en acier ou en fer forgé ; et solide, si possible. Elle doit glisser latéralement et non s'ouvrir comme une porte classique. Pour la barricader, il suffit d'y garer votre voiture au plus près. Enfin, un dispositif électrique pourra en faciliter l'ouverture, mais risque de vous piéger à l'intérieur si l'électricité est coupée.

Comme on l'a vu plus haut, un mur de 4 mètres ne vous protégera que des épidémies de catégorie 1 et 2. Pour une catégorie 3, les zombies risquent d'être suffisamment nombreux – et ils le *seront* à un moment ou à un autre – pour se marcher les uns sur les autres jusqu'à former une sorte de pont dont la hauteur finira fatalement par dépasser celle du mur.

C. Appartements

Les appartements et les immeubles d'habitation offrent différentes garanties de sécurité en fonction de leur taille et de leur conception. Cela étant, du petit immeuble à deux étages, comme on peut en voir à Los

IMPORTANT : NE TENEZ *AUCUN* COMPTE
DES GUIDES D'AUTODÉFENSE
TRADITIONNELS

Bien que la quasi-totalité des chapitres de ce livre
vous encouragent à prendre connaissance de manuels
additionnels (concernant les armes, le matériel militaire, la stratégie, la survie en milieu hostile, etc.),
ceux qui traitent de la défense des domiciles privés ne
sont PAS recommandés. Ces guides traitent d'un
ennemi *humain*, avec une intelligence *humaine* et une
sagacité *humaine*. Nombre des techniques détaillées
dans ces livres, comme les pièges à loup ou les clous
dans le tapis, s'avèrent *totalement* inefficaces contre
un mort-vivant.

Angeles, aux tours de verre new-yorkaises, ce sont les
mêmes règles qui s'appliquent.

Les rez-de-chaussée restent les endroits les plus
risqués, à cause de leur accessibilité. Les appartements
des étages supérieurs s'avèrent dans presque tous les cas
plus sûrs que n'importe quel type de maison. Détruisez
l'escalier, et vous voilà isolé du reste de l'immeuble.
Avec l'ascenseur éteint et les escaliers de secours suffisamment hauts pour que les zombies ne puissent pas les
atteindre (la loi impose une norme stricte), n'importe
quel appartement se transformera en véritable havre de
paix quand les zombies passeront à l'attaque.

Autre avantage des appartements : le grand nombre
de personnes vivant à proximité. Là où un particulier

isolé devra sécuriser tout seul sa résidence, tous les habitants d'un immeuble pourront contribuer à sa défense. Par ailleurs, les chances de rassembler différents corps de métier – charpentiers, électriciens, infirmiers et réservistes de l'armée (ce n'est pas toujours le cas, mais cela reste une possibilité) – augmentent très nettement. Bien entendu, « plusieurs personnes » rime avec « conflit ». Mais cet inconvénient est négligeable si vous avez le choix entre une maison et un appartement. Choisissez toujours ce dernier.

2. Préparation (deuxième partie) : équipement

Une fois votre domicile sécurisé, équipez-vous de manière à pouvoir soutenir un siège. Impossible en effet de savoir combien de temps il faudra attendre avant l'arrivée des secours. Si jamais ils arrivent. Préparez-vous *toujours* à un siège interminable. Ne pariez *jamais* sur une issue rapide.

A. Armes

Sur le terrain, il vous faut nécessairement limiter l'encombrement de votre paquetage pour faciliter vos déplacements. Ici, par contre, vous aurez toute latitude pour stocker et entretenir quantité d'armes différentes. Ne truffez pas pour autant votre maison de tous les moyens de destruction possibles et imaginables. Chaque arsenal privé devrait comprendre :

- Fusil. 500 balles.
- Fusil à pompe, calibre 12. 250 cartouches.
- Pistolet, calibre 45. 250 balles.
- Silencieux (pour fusil).
- Silencieux (pour pistolet).

- Arbalète (peut remplacer le silencieux). 150 carreaux.
- Lunette télescopique (pour fusil).
- Lunette à intensification de lumière (pour fusil).

  - Visée laser (pour fusil).
  - Visée laser (pour pistolet).
  - Katana.
  - Wakizashi ou tout autre type de lame suffisamment courtc.
  - Deux couteaux aiguisés (avec lame de 20 à 25 centimètres).
- Hachette.

(Attention, cette liste n'est valable que pour une seule personne. Ajuster la quantité en fonction du nombre de personnes qui composent le groupe.)

B. Équipement

Maintenant que vous avez rassemblé vos armes, réfléchissez à l'équipement nécessaire pour tenir et surtout survivre. Pour des périodes courtes, un kit de survie standard suffira. Si l'épidémie se prolonge, le matériel listé plus bas devient obligatoire. On n'évoquera pas ici les articles courants comme le papier toilette, les vêtements, etc., considérant a priori que vous en avez déjà une quantité raisonnable à disposition.

- Eau. 3 litres par jour, pour la cuisine et la toilette.
- Filtre à eau (pompe manuelle).
- 4 filtres de rechange.
- Citerne pour recueillir l'eau de pluie.
- Pastilles de purification d'eau.
- Nourriture en conserve : 3 boîtes par jour (préférables aux aliments déshydratés, car elles contiennent de l'eau).
- 2 réchauds électriques portables.
- Pharmacie (doit inclure le matériel chirurgical nécessaire à une opération d'urgence et des antibiotiques).
- Générateur électrique à alimentation manuelle (type dynamo).
- Groupe électrogène (à n'utiliser qu'en cas d'urgence).
- 40 litres de carburant.
- Radio à ondes courtes. Batteries rechargeables.
- 2 lampes-torches à piles.
- 2 lampes à batterie rechargeable.
- 2 radios à batterie rechargeable (électrique ou solaire).
- Matériel de construction (briques, ciment, bois, etc.).
- Boîte à outils complète (marteau, hache, scie, etc.).
- Chaux et/ou produit chimique pour traiter et entretenir les latrines.
- Télescope puissant (× 80 ou × 100). Œilletons de rechange et matériel d'entretien.

- 15 fusées de détresse type « marine ».
- 35 bâtons chimiques luminescents.
- 5 extincteurs.
- 2 boîtes de boules Quies.
- Pièces de rechange pour tous les engins cités et modes d'emploi spécifiques.
- Bibliothèque exhaustive pour tout ce qui concerne l'utilisation du matériel et les différentes techniques de survie en milieu hostile.

(Attention. On suivra ici la règle précédemment appliquée aux armes. Multipliez tous les articles individuels, nourriture, eau et médicaments par le nombre de personnes qui composent le groupe.)

3. Survivre à une attaque

Le siège vient de débuter. Les zombies grouillent autour de votre domicile et tentent d'y pénétrer par tous les moyens. Sans succès. Vos ennuis ne font pourtant que commencer. Tenir un siège ne signifie pas vous asseoir et attendre. Quantité de tâches vous attendent et il faut vous y atteler au plus vite si vous espérez survivre dans cet espace confiné.

A. Sacrifiez un coin de votre espace vital pour l'utiliser comme latrines. La plupart des guides de survie vous donneront tous les détails concernant leur construction et leur usage.

B. Si possible (sol adapté et pluies régulières), semez un potager. Il faudra consommer en priorité cette source de nourriture, et garder les boîtes de conserve pour les seuls cas d'urgence. Éloignez les plantations au maximum des latrines pour éviter toute pollution du sol et les effets résiduels de la chaux.

C. Ne vous servez que du générateur électrique manuel (type dynamo). Un groupe électrogène n'est pas seulement bruyant ou potentiellement dangereux, sa réserve de carburant n'a vraiment rien d'éternel. Ne l'utilisez qu'en cas d'urgence absolue, comme les attaques de nuit, si le générateur manuel est hors d'usage ou inutilisable pour une quelconque raison.

D. Patrouillez constamment le long des murs. Si vous êtes en groupe, établissez un système de quarts 24 heures sur 24. Soyez toujours vigilant quant à une improbable – mais toujours possible – infiltration. Si vous êtes seul, limitez vos patrouilles à la journée. La nuit, assurez-vous que toutes les portes sont sécurisées (les fenêtres doivent être barricadées). Dormez avec une lampe et une arme à portée de main. Et seulement d'un œil.

E. Soyez discret. Si vous disposez d'une cave, utilisez-la comme cuisine. Stockez-y vos générateurs électriques et le matériel de maintenance. Quand vous écoutez la radio, un rituel à respecter scrupuleusement, utilisez les écouteurs. Posez des rideaux opaques sur vos fenêtres, surtout la nuit.

F. Débarrassez-vous des cadavres. Zombie ou humain, un corps reste un corps. Les bactéries qui en dévorent la chair peuvent s'avérer extrêmement dangereuses. Tout cadavre doit être impérativement enterré ou brûlé. Quant à ceux qui se trouvent de l'autre côté du périmètre de sécurité, contentez-vous d'y mettre le feu. Pour ce faire, posez simplement une échelle contre le mur, montez, arrosez la goule morte d'essence et laissez tomber une allumette. Bien que les flammes risquent d'attirer les zombies, cela reste un moindre mal.

G. Entraînez-vous quotidiennement. Un vélo d'appartement, un peu de gymnastique suédoise et quelques exercices de stretching vous maintiendront suffisamment en forme pour affronter tout type de situation. Là encore, restez silencieux. Si vous n'avez pas de cave, utilisez la pièce centrale du domicile. Une isolation sonore de fortune (matelas aux murs, couvertures, etc.) suffit pour étouffer les sons.

H. Distrayez-vous. Malgré la nécessité de vous montrer vigilant, vous devez également penser à vos loisirs. Arrangez-vous pour disposer de toutes sortes de jeux, de livres ou de tout ce qui pourrait servir à vous détendre (les jeux vidéo sont trop bruyants et consomment trop d'énergie). En cas de siège long et interminable, l'ennui mène à la paranoïa, aux hallucinations et au désespoir. Un esprit sain dans un corps sain, voilà l'important.

I. Gardez vos boules Quies à portée de main et utilisez-les aussi souvent que possible. Le gémissement des morts-vivants vous accompagnera durant tout le siège et constituera une forme à la fois mortelle et insidieuse de guerre psychologique. Des gens bien à l'abri dans une maison correctement équipée se sont parfois entre-tués ou ont fini par devenir fous furieux à cause de cette plainte sourde et permanente.

J. Assurez-vous de disposer d'un plan de secours pour vous échapper et conservez un paquetage complet

à portée de main. L'issue étant incertaine, il peut s'avérer nécessaire d'abandonner votre maison.

Si un mur s'écroule, si un incendie se déclare, si les secours sont encore trop loin… Peu importe la raison, il est temps de partir. Gardez votre paquetage et votre arme sous le coude. Chargée.

4. En cas d'urgence

Les morts approchent. Vous sentez déjà la fumée et les sirènes n'en finissent pas de hurler. L'air est saturé de cris et de coups de feu. Vous n'avez pas voulu ou pas pu sécuriser votre domicile à temps. Que faire ? Même si vous n'avez pas beaucoup de chances de vous en sortir, ça ne signifie pas pour autant que vous devez abandonner la partie. Si vous prenez les bonnes décisions au bon moment, vous éviterez – vous et votre famille – de rejoindre les rangs des morts-vivants.

A. Stratégie à appliquer pour les maisons à étage

1. Fermez portes et fenêtres. Un simple carreau n'arrêtera évidemment pas un zombie, mais le bruit du verre brisé vous avertira de toute tentative d'intrusion.

2. Grimpez à l'étage et ouvrez les robinets de la baignoire. Ça peut vous sembler idiot, mais il n'existe aucun moyen de savoir quand les premières coupures d'eau auront lieu. Après quelques jours de siège, la soif s'avère bien plus dangereuse que les morts-vivants.

3. Trouvez les meilleures armes possibles (voir chapitre précédent). Elles doivent être légères et, si possible, pouvoir s'accrocher à votre ceinture pour vous laisser les mains libres. Vous allez abondamment vous en servir dans les heures qui suivent.

4. Commencez à barricader le premier étage. Servez-vous des listes détaillées aux pages 113 à 116. La plupart des maisons renferment environ la moitié des articles cités. Effectuez un inventaire rapide pour voir ce dont vous disposez. N'embarquez pas tout, seulement l'essentiel : une ou deux armes, de la nourriture (la baignoire est déjà pleine d'eau), une lampe-torche et une radio à piles. Et comme la plupart des familles conservent leur pharmacie à l'étage, vous n'aurez besoin de rien d'autre. Souvenez-vous : le temps est compté, ne le gaspillez pas à rassembler des choses inutiles alors que le gros du travail vous attend là-haut.

5. Démolissez l'escalier ! Les zombies sont incapables d'escalader quoi que ce soit ; cette méthode garantit donc votre sécurité. On entend souvent dire

qu'il suffit de barricader portes et fenêtres. N'en croyez pas un mot. Quelques zombies motivés en viendront facilement à bout. Détruire votre escalier requiert certes du temps et de l'énergie, mais il faut s'y résoudre. Question de vie ou de mort. Ne tentez *jamais* d'y mettre le feu pour accélérer sa destruction en espérant contrôler les flammes. Certains ont essayé de gagner du temps de cette façon ; leurs efforts ont soit débouché sur une mort atroce, soit totalement détruit leur maison.

6. Si vous disposez d'une échelle, utilisez-la pour continuer à stocker du matériel à l'étage. Sinon, faites un inventaire. Remplissez d'eau tous les récipients que vous trouverez et préparez-vous à une longue attente.

7. Restez hors de vue. Si vous écoutez la radio, réglez le son au minimum. Si le ciel s'assombrit, n'allumez pas les lumières et ne vous approchez pas des fenêtres. Essayez de faire croire que la maison est abandonnée. Cela n'empêchera pas les zombies d'entrer, mais vous éviterez de vous faire repérer alors que toute une congrégation de morts s'agite dans le quartier.

8. N'utilisez pas le téléphone. Chaque fois qu'une catastrophe quelconque se produit, les lignes sont rapidement saturées et vous aggraverez le problème en essayant d'appeler à votre tour. Baissez le volume de la sonnerie au minimum. Si quelqu'un vous appelle, répondez aussitôt, mais le plus discrètement possible.

9. Trouvez une issue de secours. Vous êtes peut-être à l'abri des zombies, mais certainement pas d'un incendie. Si une conduite de gaz explose ou si un type s'amuse avec un cocktail Molotov dans la rue, il vous faudra abandonner la maison. Débrouillez-vous comme vous voulez, mais tâchez de trouver un sac

suffisamment solide pour transporter l'essentiel (voir le chapitre *Fuite/Déplacements*, page 147)… Et gardez-le à portée de main.

B. Stratégie à appliquer aux maisons de plain-pied

Si vous ne vivez pas dans une maison à étage, le grenier servira de substitut, certes moins confortable, mais tout aussi efficace. On le sécurisera facilement en relevant l'escalier rétractable ou en retirant l'échelle d'accès. Les zombies n'ont pas la capacité cognitive de construire un escabeau de fortune. Si vous gardez le silence, ils ne se rendront même pas compte qu'il y a un grenier.

Ne vous servez *jamais* de la cave comme refuge. Les mauvaises séries Z voudraient nous faire croire qu'elle peut nous protéger des morts-vivants. C'est un mensonge éhonté et dangereux. La faim, la suffocation ou les incendies y ont tué un nombre incalculable de gens au fil des années.

Si vous habitez une maison de plain-pied sans grenier, emparez-vous de tout ce que vous pourrez, prenez une arme et grimpez sur le toit. Si vous faites tomber l'échelle et qu'il n'y a aucun accès direct (fenêtre ou trappe), les morts-vivants seront incapables de vous atteindre. Ne bougez pas et gardez le silence pour éviter de les attirer. Les zombies qui traînent aux alentours pénétreront dans votre maison, y chercheront une proie et finiront par partir. Restez sur le toit aussi longtemps que vous le pourrez, jusqu'à ce que vos provisions soient épuisées ou que les secours arrivent. C'est sans doute peu confortable, mais c'est votre meilleure chance de survie. Cela dit, tôt ou tard, il faudra abandonner votre perchoir.

LIEUX PUBLICS

Tout comme les domiciles privés, les lieux publics et les bâtiments non résidentiels peuvent éventuellement vous servir de refuge. Dans certains cas, leur taille et leur agencement offrent même une protection supérieure à celle des domiciles particuliers les plus sécurisés. Dans d'autres, c'est exactement le contraire. Armer et équiper ce genre d'endroit doit répondre aux mêmes critères que pour une résidence privée, mais à plus grande échelle. Aussi ce chapitre se limitera-t-il aux meilleurs et aux pires abris publics.

1. Bureaux

La plupart des règles valables pour les maisons et appartements s'appliquent également aux immeubles de bureaux. Une fois le rez-de-chaussée abandonné, les escaliers détruits et les ascenseurs éteints, un ensemble de bureaux devient un endroit d'une rare tranquillité.

2. Écoles

Étant donné l'absence d'agencement standard, savoir si une école constitue un bon refuge ou pas s'avère parfois compliqué. Appliquez ici les règles habituelles de l'autodéfense (voir « Règles générales », page 135). Malheureusement pour nos sociétés urbanisées – mais tant mieux pour nous en cas d'attaque zombie –, les établissements scolaires ont souvent des airs de forteresses. Non seulement les bâtiments en eux-mêmes sont conçus pour résister à une émeute de basse intensité, mais les grilles qui les ceinturent transforment ces lieux d'apprentissage en véritables camps militaires. Nourriture et pharmacie sont généralement stockées à la cafétéria, à l'infirmerie ou au bureau du professeur d'éducation physique. Bien souvent, l'école représente votre meilleure chance. Non pas d'apprendre quoi que ce soit, bien sûr, mais de survivre à une attaque de morts-vivants.

3. Hôpitaux

On a tendance à considérer l'hôpital comme un endroit idéal où se réfugier en cas d'épidémie ; c'est pourtant l'un des pires. Oui, les hôpitaux disposent d'un personnel compétent, de larges stocks de nourriture et de tous les médicaments nécessaires. Oui, on peut facilement les sécuriser (comme n'importe quel immeuble de bureaux ou d'habitation). Oui, ils jouissent parfois d'une protection policière ou privée régulière. Pour n'importe quel autre type de catastrophe, l'hôpital constituerait sans doute un excellent choix. Mais *pas* quand les morts envahissent les rues. Même si la méfiance à l'égard des zombies s'accroît peu à peu d'années en années, les infections au solanum restent souvent mal diagnostiquées. Les humains victimes de morsures ou les cadavres encore frais sont systématiquement transportés à l'hôpital. La quasi-totalité de la première vague de zombies (presque 90 %) se compose d'équipes médicales ou du personnel impliqué dans le traitement des cadavres. Reportez-vous aux cartes chronologiques des épidémies : celles-ci *irradient* littéralement à partir des hôpitaux et des cliniques.

4. Commissariats

À l'inverse des hôpitaux, les raisons d'éviter les commissariats tiennent davantage à leurs occupants humains qu'aux zombies. Selon toute probabilité, les habitants d'une ville contaminée envahiront le poste de police en priorité. La situation risque d'y dégénérer rapidement, avec son lot de bagarres, de bousculades, de cadavres et de sang. Imaginez une foule incontrôlable d'individus paniqués essayant de forcer la porte d'entrée du seul endroit considéré – à tort – comme sûr. Nul besoin de se faire mordre par un zombie quand les coups, les couteaux, les balles perdues ou même l'asphyxie ne sont guère moins probables. Aussi, quand les morts débarquent dans votre ville, localisez le commissariat le plus proche et évitez-le comme la peste.

5. Magasins et commerces

En cas d'épidémie de catégorie 1, la plupart des magasins offrent une protection adéquate. Ceux qui disposent d'un rideau de fer ou d'une grille retiendront une dizaine de zombies pendant plusieurs jours. Si le siège s'éternise, ou si d'autres zombies se joignent aux réjouissances, le rapport de force risque de changer radicalement. Pour peu qu'ils soient suffisamment nombreux, les morts feront pression contre les portes et finiront inévitablement par les enfoncer ou les briser. Ménagez-vous toujours une issue de secours ; si votre barricade donne des signes de faiblesse, vous devrez rapidement quitter les lieux. S'il vous est impossible de concevoir un plan B valable, ne croyez surtout pas que votre abri vous servira *ad vitam aeternam*. Évitez impérativement les magasins dépourvus de portes. Leurs larges baies vitrées agissent comme des sémaphores pour les zombies avoisinants.

6. Supermarchés

Bien qu'ils renferment suffisamment de nourriture pour qu'un groupe de réfugiés puisse y tenir un siège, les supermarchés restent extrêmement dangereux. Même cadenassées et grillagées, leurs immenses baies vitrées n'offrent qu'une protection toute relative. Renforcer les entrées s'avère assez difficile. Par ailleurs, sachez que la façade extérieure d'un supermarché fonctionne sciemment comme un écran géant pour présenter dans les meilleures conditions possibles quantité de produits alléchants. Placez des humains à l'intérieur, des zombies à l'extérieur, et l'analogie vous coupera l'appétit.

Tous les magasins d'alimentation ne se transforment pas pour autant en pièges mortels. Les supermarchés plus petits et les épiceries familiales font d'excellents refuges temporaires. Tous disposent de solides portes en acier pour se protéger du vol et des émeutes, voire de volets roulants métalliques. Ces supérettes offrent une protection adéquate en cas d'attaque de basse intensité. Si vous vous réfugiez dans l'un de ces endroits, pensez à consommer d'abord la nourriture périssable et tenez-vous prêts à finir le reste si (dès que) l'électricité est coupée.

7. Centres commerciaux

Des bâtiments quasi indéfendables. Les humains et les zombies envahissent *toujours* les centres commerciaux géants. Surtout en cas de désordre civil : au premier signe d'émeute, ces véritables concentrés de richesses grouillent littéralement de vigiles, de policiers et même de propriétaires de magasins. Si la crise éclate sans prévenir, de nombreux clients se retrouveront piégés à l'intérieur du centre, ce qui entraînera les problèmes habituels de panique, de mouvements de foule et d'asphyxie, en plus d'attirer les morts-vivants. Quelle que soit la catégorie de l'épidémie, courir se réfugier au centre commercial revient à se diriger droit vers le chaos.

8. Églises

On nous pardonnera ce mauvais jeu de mots, mais les lieux consacrés n'ont rien d'une bénédiction. L'avantage principal des églises, des synagogues, des mosquées ou de n'importe quel autre lieu de culte, c'est leur conception architecturale qui empêche toute intrusion. La plupart possèdent de lourdes portes en bois ou en métal. Les fenêtres ont tendance à dominer largement le sol. Beaucoup sont ceinturés par une clôture en fer forgé qui, outre ses indéniables qualités esthétiques, sert de protection supplémentaire. Comparé à beaucoup d'autres endroits vénérables – et de taille égale –, un lieu de culte présente de sérieuses garanties de sécurité. Néanmoins, en cas d'épidémie, ça ne suffira pas à retenir la horde de zombies qui finira fatalement par vous submerger. Quant au caractère inéluctable du carnage à venir, il n'a, bien sûr, rien de surnaturel : les armées de Satan n'envahissent pas sciemment la maison de Dieu. Le Mal absolu n'affronte pas les archanges du Seigneur. Non, les morts-vivants attaquent les églises pour une seule et bonne raison : on y trouve de la nourriture. Malgré leur éducation, leur amour de la technologie et leur désintérêt assumé pour tout ce qui relève du spirituel, les citadins américains iront immédiatement pleurer dans les jupes de Dieu dès les premiers signes d'épidémie. Les lieux de culte bourrés de gens braillant leurs prières ont toujours servi d'appeaux à morts-vivants. Certaines photos aériennes montrent même de véritables rivières de zombies avançant lentement mais sûrement vers l'abattoir le plus proche : une église.

9. Entrepôts

Grâce à leur absence de fenêtres, leurs entrées sécurisées et leur agencement généralement spacieux, les entrepôts font d'excellents refuges sur des périodes parfois très longues. Nombre d'entre eux disposent de bureaux équipés de sanitaires, et donc d'eau.

Si les marchandises y sont stockées dans des containers massifs, estimez-vous heureux : ces derniers peuvent vous servir à barricader les issues, à installer des quartiers privés ou même, comme nous l'avons tous fait enfants, à ériger une deuxième ligne de défense derrière la première. Lesdites marchandises peuvent également s'avérer utiles, même si cela reste peu probable. Pour toutes ces raisons, classez les entrepôts parmi les meilleurs refuges possibles. Attention, toutefois : la moitié du temps, ces bâtiments jouxtent un chantier naval, une usine ou une quelconque zone industrielle potentiellement dangereuse. Si tel est le cas, restez

prudents, observez bien les alentours et soyez prêt à vous enfuir à tout moment. Méfiez-vous également des entrepôts réfrigérés remplis de denrées périssables. Une fois l'électricité coupée, la décomposition présente de sérieux risques pour la santé.

10. Quais et docks

Avec quelques modifications, des provisions suffisantes et un emplacement adéquat, les quais et les docks deviennent quasi imprenables. On l'a vu, les zombies sont incapables de nager ou d'escalader quoi que ce soit. Leur seule voie d'accès possible reste donc la terre ferme. Détruisez cet accès et vous voilà virtuellement isolé sur une île déserte.

11. Chantiers navals

Bien qu'on s'en serve régulièrement comme zone de stockage temporaire pour les déchets industriels ou les autres matières dangereuses, les chantiers navals présentent de nombreux avantages pour tous ceux qui cherchent un abri raisonnablement sûr. Tout comme les entrepôts, les containers se barricadent facilement et dans certains cas, peuvent même servir d'armes (voir « Mars 1994 – San Pedro, Californie », page 348). Les navires font également d'excellents refuges une fois les échelles de coupée retirées ou balancées par-dessus bord. Avant d'embarquer, assurez-vous toutefois que ces forteresses flottantes ne soient pas déjà infectées, surtout dans les petites marinas de plaisance. Dès les premiers jours d'une épidémie, les gens ont tendance à fuir vers le rivage le plus proche dans l'espoir d'y trouver ou d'y voler une embarcation quelconque.

La plupart des marinas étant construites en eaux peu profondes, l'immersion des zombies ne s'avère donc pas garantie. Des navigateurs peu avisés risquent d'embarquer pour se rendre compte un peu tard que des zombies détrempés les y attendent déjà.

12. Banques

Quoi de plus sûr qu'une place forte conçue dès le départ pour abriter ce qu'il y a de plus précieux sur terre ? Une banque n'est-elle pas l'endroit le plus logique pour organiser la résistance ? Sa conception même et ses dispositifs de sécurité doivent suffire à repousser une vulgaire horde de morts-vivants. Pas le moins du monde. Même l'examen le plus superficiel d'une banque révèle que les fameuses « mesures de sécurité » dépendent avant tout du déploiement immédiat de la police ou d'agents de sécurité. Si l'on part du principe que la police a déjà fort à faire ailleurs en cas d'épidémie, les alarmes silencieuses, les caméras de surveillance et les portes électroniques s'avèrent parfaitement inutiles une fois que les morts-vivants ont brisé les baies vitrées pour satisfaire leur soif de sang. Bien sûr, le coffre en lui-même reste un endroit imprenable. Son blindage titanesque arrêterait même des zombies équipés de lance-roquettes (non, les zombies ne savent *pas* se servir d'un lance-roquettes). Néanmoins, une fois à l'intérieur, qu'espérez-vous faire ? Vous n'avez ni eau ni nourriture et très peu d'oxygène. Vous réfugier dans un coffre vous donnera juste le temps de recommander votre âme à Dieu avant de vous tirer une balle dans la tête.

13. Cimetières

Assez ironiquement – et malgré la croyance populaire –, un cimetière ne présente aucun danger particulier quand les morts envahissent les rues. Il peut même servir de refuge temporaire. Comme on l'a vu plus haut, les corps infectés finissent en priorité à la morgue ou à

l'hôpital et se réaniment bien avant qu'on ait le temps de les enterrer. Et même si par miracle, un corps revenait à la vie dans son cercueil, réussirait-il vraiment à s'extirper de sa tombe ? Pour répondre à cette question, mieux vaut en poser une autre : comment ? Comment un corps humain moyen aurait-il la force de sortir d'un cercueil, souvent en métal et systématiquement placé dans un caveau scellé à six pieds sous terre ? Quand on observe les pompes funèbres américaines, on comprend que personne – mort-vivant ou pas – n'est capable de creuser et de gratter suffisamment longtemps pour se déterrer tout seul. Et si le cercueil n'est pas métallique ? Même un modèle en pin standard constitue un piège suffisamment solide pour empêcher un zombie d'en sortir. Et si le cercueil se détériore avec le temps ? Dans ce cas, le corps s'y trouvera depuis si longtemps que sa cervelle se sera décomposée.

N'oubliez pas : seuls les corps frais, raisonnablement intacts et infectés par le virus, peuvent se réanimer. Une description qui ne s'applique pas vraiment à un cadavre de longue date. Même si cela reste une représentation classique (voire un cliché) du mort-vivant – comparable à celle du vampire buvant du sang ou du loup-garou hurlant à la lune –, les zombies *ne sortent pas de terre*. Point.

14. Mairies et bâtiments municipaux

On appliquera ici les mêmes principes que pour les commissariats, les hôpitaux et les lieux de culte. Les humains paniqués y déferlent en masse et la situation y tourne inévitablement au chaos le plus indescriptible, avant de finir en joyeuse congrégation zombie. Évitez donc les bâtiments officiels autant que possible.

RÈGLES GÉNÉRALES

Les bâtiments situés en centre-ville des cités pauvres sont généralement plus sûrs que les autres. Leur arsenal sécuritaire, fenêtres surélevées, barbelés, tessons de bouteilles et autres dispositifs anti-intrusion, facilitent considérablement leur défense. Les bâtiments construits dans les zones plus riches privilégient plutôt l'esthétisme. Pourquoi le maire d'une ville prospère voudrait-il d'un immeuble hideux dans son quartier ? Les gens influents n'apprécient pas les constructions laides, trapues et sûres. Ils ont tendance à faire confiance à la police et aux sociétés de gardiennage (deux organismes à l'inefficacité notoire). Pour toutes ces raisons, si la situation vous l'autorise, quittez immédiatement la banlieue et dirigez-vous vers les centres-villes [1].

Sachez également anticiper les accidents potentiels. La plupart des zones industrielles situées en centre-ville abritent des produits explosifs ou inflammables. Vous y trouverez aussi des machineries complexes, comme des générateurs électriques ou des climatiseurs, qui réclament une surveillance constante. Avec une telle proximité, c'est la catastrophe assurée. L'exemple de la centrale nucléaire de Khotan l'a tristement prouvé (même s'il s'agit d'un cas extrême). Des accidents beaucoup plus nombreux, mais moins dramatiques, se produisent très souvent lors d'épidémies de catégories 2 et 3. N'essayez *pas* de vous abriter directement ou à proximité d'un site industriel, d'une raffinerie, d'un aéroport ou de n'importe quel autre endroit connu pour sa dangerosité.

Avant de choisir le bon refuge, réfléchissez attentivement aux questions suivantes :

1. Existe-t-il une grille, un mur ou un périmètre défensif quelconque ?

2. Combien y a-t-il d'entrées et de sorties potentielles ?

3. Votre groupe peut-il simultanément défendre les grilles *et* les sorties ?

4. Existe-t-il une position défensive de repli ? Des étages ? Un grenier ?

5. Peut-on sécuriser facilement le bâtiment ?

---

1. Aux États-Unis, à l'inverse des pays européens comme la France, la banlieue est « sûre » et le centre-ville dangereux. *(N.d.T.)*

6. Y a-t-il un autre moyen de s'enfuir ?

7. Avez-vous prévu un ravitaillement ?

8. Le bras de mer ou d'eau douce qui vous isole de la terre ferme est-il suffisamment large ?

9. Si besoin, de quelles armes et de quels outils disposez-vous ?

10. Y a-t-il du matériel disponible sur place pour barricader les issues ?

11. Quels sont vos moyens de communication ? Téléphone, radio, Internet, etc. ?

12. En tenant compte de tous ces facteurs, combien de temps espérez-vous tenir le siège ?

Assurez-vous d'avoir sérieusement répondu à ces questions avant de choisir votre refuge. Ne vous précipitez *pas* dans le premier bâtiment venu. Rappelez-vous : *même si votre situation semble désespérée, le temps passé à réfléchir n'est* jamais *perdu*.

FORTERESSE

Lors d'une épidémie de catégorie 3, les domiciles privés et les quelques bâtiments publics adaptés ne suffisent plus à vous protéger convenablement. En toute logique, passé un certain temps, les gens finissent toujours par tomber à court de provisions ; quant aux barricades, elles ne sont pas éternelles. En cas d'épidémie généralisée, il vous faudra un bastion réellement imprenable, dûment équipé, et dans la mesure du possible, doté d'une biosphère autonome. En un mot comme en cent, il vous faut une forteresse. Il n'est pas nécessaire d'y songer séance tenante. Lors d'une épidémie de catégorie 3, les premiers jours, parfois les premières semaines, sont marqués par un invraisemblable chaos, une véritable orgie de violence et de panique générale qui rendent tout déplacement extrêmement risqué. Une fois que les choses auront commencé à se calmer, les gens se seront organisés, auront été évacués ou se seront fait dévorer. Vous pourrez alors vous mettre en quête de votre fameuse forteresse.

1. Zones militaires

Il n'existe a priori pas meilleure forteresse qu'une caserne, une base navale ou aérienne. Ces endroits occupent souvent des zones faiblement peuplées et donc moins infestées. Presque tous disposent d'un périmètre de sécurité élaboré. Certains possèdent même une seconde, voire une troisième position de repli à l'intérieur. La plupart sont équipés d'abris antiaériens parfaitement opérationnels ; certains ont même la capacité d'accueillir la population d'une petite ville. Comme ils bénéficient de multiples moyens de communication, ce sont certainement les derniers endroits au monde qui perdront le contact avec l'extérieur. Le plus important, cependant, ne réside pas dans les fortifications, mais bien dans le cœur des hommes et femmes qui vivent à l'intérieur. Comme on l'a vu, des unités bien entraînées, bien armées et bien disciplinées constituent la meilleure des défenses possibles. Même en comptant les inévitables désertions, une seule escouade de soldats suffira pour tenir le périmètre indéfiniment. Parmi ceux qui trouveront refuge dans une base militaire, on comptera quantité de spécialistes, très probablement venus avec leur famille, tous prêts à défendre leur nouveau foyer. Le meilleur exemple reste celui de Fort Louis-Philippe en Afrique du Nord (voir page 309), où, en 1893, un contingent français de la Légion étrangère a subi un siège zombie pendant plus de trois ans ! On s'en doute, les installations militaires ont un inconvénient assez paradoxal : leurs avantages inhérents les rendent susceptibles d'être rapidement envahies en cas de danger, ce qui engendre des problèmes supplémentaires posés par le manque de ravitaillement et les inévitables dégradations qui s'ensuivent.

2. Prisons

Conçues à l'origine pour maintenir les vivants à l'intérieur, les maisons d'arrêt savent se montrer efficaces quand il s'agit d'empêcher les morts d'y entrer. Derrière leurs murs imposants, chaque cellule, chaque bloc et chaque couloir *est* une forteresse en puissance.

Bien sûr, s'en servir comme refuge pose de sérieux problèmes. Assez ironiquement, les prisons modernes se révèlent moins sûres que les vieilles, notamment à cause de leur conception. Un haut mur de béton reste la marque de fabrique classique des prisons d'avant 1965. Leur design reflète très exactement l'esprit de l'ère industrielle, durant laquelle seule la taille inspirait encore respect et humilité. Cet aspect psychologique n'a aucun impact sur les morts, mais quiconque cherche un refuge ne trouvera pas mieux que ces vastes enclos, délavés par les années, qui protégeaient nos ancêtres des éléments criminels de l'époque. En ces temps de budgets rabotés et de serrages de ceintures, la technologie a remplacé la bonne vieille construction traditionnelle, lourde et onéreuse. Caméras de surveillance et capteurs de mouvement complètent désormais un double grillage de barbelé-rasoir, seule barrière séparant les détenus de l'extérieur. De quoi stopper une dizaine de zombies, tout au plus. Au-delà, la structure d'ensemble commence à se fragiliser. Imaginez maintenant plusieurs milliers de morts-vivants se piétinant les uns les autres et formant une masse chaque jour plus grouillante… Ils finiront *toujours* par forcer le premier grillage, puis le second, avant de déferler à l'intérieur. Face à pareil scénario, qui ne troquerait pas le barbelé contre un bon vieux mur en béton de six mètres ?

Et les détenus ? Sachant que les prisons abritent les éléments les plus dangereux de nos sociétés, n'est-il pas préférable de se frotter directement aux zombies ? La plupart du temps, oui. Mieux vaut régler leur compte à dix zombies que d'essayer d'éliminer un seul criminel endurci. Néanmoins, en cas d'épidémie généralisée, les prisonniers seront très certainement relâchés. Certains peuvent choisir de rester et de vendre chèrement leur peau (voir « 1960 – Byelgoransk, Biélorussie », page 328). D'autres tenteront leur chance à l'extérieur et pilleront très probablement les alentours. Quoi qu'il en soit, restez sur vos gardes quand vous approchez d'une prison. Assurez-vous que les prisonniers n'ont pas pris le pouvoir. Méfiez-vous des coalitions prisonniers-gardiens. Pour parler clairement, à moins que le pénitencier ne soit abandonné ou investi par des civils et des gardes, marchez sur des œufs.

Une fois à l'intérieur de l'enceinte, plusieurs étapes pratiques transformeront cette maison d'arrêt en village autosuffisant. Voici une check-list de survie au cas où vous tomberiez sur une prison abandonnée :

A. Localisez et répertoriez toutes les provisions et tout le matériel possible : armes, nourriture, outils, couvertures, médicaments et autres ustensiles utiles. Personne ne pense à piller une prison et vous devriez trouver à peu près tout ce dont vous avez besoin.

B. Débrouillez-vous pour obtenir une source d'eau renouvelable. Creusez un puits, remplissez tous les récipients que vous trouverez, et ce dès les premières coupures d'eau. Avant que celles-ci ne deviennent définitives, assurez-vous que les récipients les plus grands sont bien remplis et correctement fermés. L'eau ne sert pas qu'à la boisson ou à la toilette. Elle est vitale pour l'agriculture.

C. Plantez des légumes et, si possible, des céréales comme du blé ou du seigle. Une situation provisoire s'étire parfois sur plusieurs saisons et peut donner lieu à de nombreuses récoltes. Il est probable que vous ne trouviez pas tout de suite les graines les plus utiles. Aussi, envisagez quelques sorties de temps à autre. C'est dangereux, mais nécessaire. L'agriculture sera votre unique moyen de subsistance.

D. Débrouillez-vous pour obtenir une source d'énergie. Une fois l'électricité coupée, vous devez disposer de suffisamment de fioul pour tenir plusieurs jours, voire plusieurs semaines. Des dynamos manuelles peuvent facilement se bricoler à partir de générateurs de secours. L'usage de ces machines règle aussi la question de l'exercice physique. Votre générateur de fortune ne produira pas autant d'énergie que l'électricité courante, mais il suffira à subvenir aux besoins d'un petit groupe dans des proportions raisonnables.

E. Planifiez un éventuel repli. Que faire si les portes finissent par céder ? Si un mur vient à s'écrouler ? Si pour une raison inconnue, les zombies envahissent le terrain ? Peu importe la solidité de votre enceinte de sécurité, gardez toujours une issue de secours quelque part. Définissez clairement où se situe votre point de repli. Barricadez-le et laissez-y des armes en permanence. Attention, l'endroit doit pouvoir abriter votre quartier de vie principal et héberger tout votre groupe jusqu'à ce que le terrain soit repris ou que vous trouviez une autre solution.

F. N'oubliez pas de vous distraire. Comme on l'a vu plus haut en évoquant la question des domiciles privés, gardez une attitude positive. Identifiez « l'animateur-né » dans votre équipe et encouragez-le/la à présenter régulièrement des spectacles. Développez les talents et la compétition chez les autres. Musique, danse, lecture, comédie, peu importe si c'est mauvais. Cela peut sembler idiot, voire ridicule ; qui voudrait d'une soirée sketchs alors que des centaines de zombies grattent à la porte ? Quelqu'un sachant pertinemment à quel point le moral compte en situation de crise. Quelqu'un ayant conscience des dommages psychologiques qu'occasionne un siège. Frustrés, désœuvrés et en colère, les gens sont tout aussi dangereux que les centaines de zombies qui cognent aux carreaux.

G. Étudiez. À peu près toutes les prisons américaines disposent de leur propre bibliothèque. Passez votre temps libre (et vous n'en manquerez pas) à parcourir tous les textes utiles. Des sujets comme la médecine, la mécanique, la maçonnerie, l'horticulture, la psychanalyse ; il y a tellement de choses dont on ignore tout. Faites en sorte que chaque membre de votre groupe devienne un expert en quelque chose. Organisez des cours entre vous. Si jamais l'un de vos experts disparaît, il faudra pouvoir lui désigner rapidement un remplaçant. La bibliothèque de la prison vous apportera les connaissances nécessaires pour accomplir correctement chaque tâche au quotidien.

3. Plates-formes pétrolières

Si vous recherchez une sécurité maximale, ces véritables îles artificielles s'avèrent incomparables. Isolation totale, quartiers de vie et de travail dominant largement la surface des eaux, autant d'avantages qui empêchent tout zombie flottant et boursouflé de jamais espérer y grimper. La notion même de sécurité en perd presque son sens, ce qui vous permet de vous concentrer en priorité sur votre survie.

Les plates-formes pétrolières sont conçues pour fonctionner en autarcie, surtout à court terme. Tout comme les bateaux, elles disposent de leurs propres installations médicales et d'espaces de vie judicieusement organisés. Nombre d'entre elles sont équipées pour subvenir aux besoins de leur équipage sur des périodes allant jusqu'à six mois. Toutes possèdent leur propre distillerie, ce qui règle une bonne fois pour toutes le problème de l'eau douce. Et comme toutes sont conçues

pour exploiter pétrole ou gaz, l'énergie sera virtuellement illimitée.

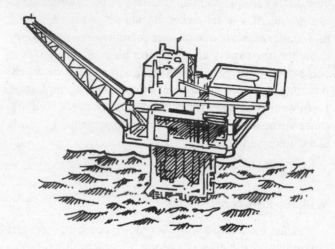

La nourriture ne pose pas non plus de problème, les
océans fournissant une nourriture saine (supérieurement
saine, même, diront certains) à base de poissons, de kelp
et, si possible, de mammifères marins. À moins que la
plate-forme ne soit extrêmement proche des côtes, il n'y
a aucun risque de pollution. Les gens peuvent vivre
indéfiniment en exploitant les richesses de l'océan.

Cette isolation complète, aussi attrayante qu'elle
paraisse, présente malheureusement quelques inconvénients.

Quiconque vit près de la mer vous dira à quel point le
sel est nocif. La corrosion constitue votre ennemi
numéro 1 et finit toujours par gagner la partie, quelles
que soient les mesures que vous prendrez pour la
retarder. En général, les machines essentielles sont

réparables. Les distilleries de fortune bricolées à partir de pots en acier et de tuyaux de cuivre marchent aussi bien que les désalinisateurs les plus perfectionnés. Des générateurs à éolienne ou marée-moteurs délivrent presque autant d'énergie que les générateurs à essence. Mais les équipements électroniques fragiles, comme les ordinateurs, les radios et l'appareillage médical, seront les premiers à cesser de fonctionner et les plus délicats à remplacer. Au final, c'est le complexe entier qui finira par se détériorer, de la merveille technologique dernier cri au bon vieux seau en plastique.

À la différence des prisons et des bases militaires, les plates-formes pétrolières feront partie des premiers endroits à être abandonnés. Dès les premiers jours d'une épidémie, les ouvriers demanderont sans nul doute à être rapatriés auprès de leur famille et abandonneront la plate-forme en l'état. Si personne parmi votre groupe ne sait comment faire fonctionner les machines, n'espérez pas apprendre sur le terrain. Contrairement aux prisons, vous ne trouverez pas de bibliothèque avec tous les modes d'emploi à disposition. Vous aurez sans doute besoin de vous montrer créatif et d'improviser. Concentrez-vous sur ce qui paraît faisable et n'essayez surtout pas de vous servir de tous ces outils sophistiqués que vous rencontrerez çà et là.

Les accidents industriels – explosions de gaz ou incendies des cuves à pétrole – sont déjà dramatiques sur terre. Au beau milieu de l'océan, on peut dire sans hésiter qu'il n'y a rien de pire. Même avec tous les moyens de lutte anti-incendies dont disposent les pouvoirs publics en temps normal, des équipes entières ont péri pendant que leur plate-forme brûlait. Que se passera-t-il en cas d'incendie s'il n'y a plus personne pour sonner l'alarme ? Les plates-formes ne sont pas pour autant des bombes en puissance réservées aux inconscients. On recommandera néanmoins de fermer le puits. Vous n'aurez plus accès au gisement, mais vous augmenterez considérablement votre espérance de vie. Servez-vous plutôt du stock de carburant pour alimenter le générateur. Comme on l'a vu plus haut, vous n'obtiendrez pas le même ampérage qu'avec le générateur principal, mais avec le puits fermé et toutes les installations industrielles abandonnées, à quoi pourrait-il vous servir de toute façon ?

Source de vie par excellence, l'océan est aussi un tueur impitoyable. Les tempêtes atteignent parfois une intensité qu'on a peine à imaginer sur la terre ferme, et peuvent disloquer les plates-formes les plus solides. Les modèles récents installés en mer du Nord ont parfois été littéralement retournés et déchiquetés en mille morceaux avant de couler à pic sous des vagues dont la hauteur suffirait à faire réfléchir par deux fois quiconque envisage un jour de quitter la terre ferme. Malheureusement, ce problème n'est pas humainement solvable. Rien dans ce guide – ni dans n'importe quel autre – ne peut vous sauver d'une nature qui aurait décidé d'en finir avec ce gros truc en acier qui défigure ses océans.

Fuite/Déplacements

Tourné en 1965, le *Document Lawson*, comme on l'appelle communément, est un court-métrage amateur en 8 mm montrant cinq personnes qui tentent de fuir l'épidémie de Lawson, Montana. Sur des images tremblotantes et muettes, on y voit un petit groupe courant aussi vite que possible vers un bus, puis démarrer le moteur pour essayer de fuir la ville. Après seulement quelques dizaines de mètres, ils percutent plusieurs épaves de voitures abandonnées, cassent leur essieu arrière et finissent leur course contre un immeuble. Deux membres du groupe brisent alors une vitre et tentent leur chance à pied. Le réalisateur en montre un en train de se faire attaquer par six zombies. L'autre s'enfuit aussi vite que possible et disparaît à un coin de rue. Quelques instants plus tard, sept morts-vivants entourent le bus. Par chance, ceux-ci ne parviennent pas à pénétrer à l'intérieur. Le film s'arrête au bout de quelques minutes. Personne ne sait ce qui est arrivé aux survivants. Le bus a été retrouvé la porte défoncée. Du sang séché recouvrait la quasi-totalité de l'habitacle.

Lors d'une épidémie, fuir reste parfois la seule solution. Votre forteresse n'a pas tenu. Vos provisions sont épuisées. Vous êtes grièvement blessé et vous avez besoin d'un médecin en urgence. Un incendie, une fuite de produits chimiques ou radioactifs vous menace directement. Les raisons ne manquent pas. Rien n'est plus dangereux qu'entreprendre la traversée d'un territoire contaminé. Vous ne serez jamais tranquille, jamais en sécurité, toujours vulnérable, toujours perdu au beau milieu d'une zone fondamentalement hostile. Et vous saurez alors très précisément ce que ressent une *proie*.

RÈGLES GÉNÉRALES

1. Objectif

Les personnes coincées trop longtemps dans leur forteresse ont tendance à s'enthousiasmer un peu vite à l'idée de retrouver leur liberté. La plupart n'en reviennent jamais. N'allez pas grossir les statistiques. Votre objectif est de vous *échapper*, rien de plus, rien de moins. Ne cherchez *pas* à récupérer d'éventuels objets de valeur abandonnés. Ne chassez *pas* les zombies errants. N'enquêtez *pas* sur chaque bruit bizarre, sur chaque lueur là-bas, au loin. Contentez-vous de sortir. Chaque imprévu, chaque pause dans votre voyage augmente les risques de vous faire repérer et dévorer. Si par hasard, vous tombez sur des gens qui ont besoin d'aide, arrêtez-vous et aidez-les (parfois, la lucidité doit savoir faire place à la compassion). Sinon, continuez votre route.

2. Établissez votre destination

Où comptez-vous aller exactement ? Trop souvent, les gens abandonnent leurs fortifications pour errer sans but ni espoir dans une zone grouillante de goules. Sans destination précise, vos chances de survie sont minces. Utilisez votre radio pour déterminer la position exacte de l'abri le plus proche. Si possible, essayez de communiquer avec le monde extérieur pour vous assurer que l'endroit est sécurisé. Gardez toujours une destination de secours sous la main au cas où la première s'avérerait impraticable. À moins que d'autres personnes ne vous y attendent en ayant maintenu avec vous un contact permanent, vous risquez de tomber sur une bande de zombies affamés.

3. Renseignez-vous et planifiez votre voyage

Combien de zombies (approximativement) vous séparent de votre destination ? Quelle est la nature du terrain ? Y a-t-il eu des accidents répertoriés (incendies ou pollutions chimiques) ? Quelle est la route la plus sûre ? La plus dangereuse ? Lesquelles sont bloquées depuis le début de l'épidémie ? Les conditions climatiques peuvent-elles poser un problème ? Y a-t-il moyen de se ravitailler quelque part en chemin ? Êtes-vous sûr que vos stocks s'y trouvent encore ? Avez-vous besoin d'informations particulières avant de vous mettre en route ? Bien évidemment, tant que vous restez bloqué dans votre forteresse, vous n'obtiendrez pas facilement des renseignements. Il sera peut-être impossible de savoir exactement combien de zombies infestent les alentours, si un pont s'est écroulé ou si tous les bateaux

ont déjà quitté le port. Dans tous les cas, étudiez la topographie du terrain. Ce paramètre ne risque pas de
changer en cas d'épidémie. Tâchez de savoir où vous
vous trouverez à la fin de chaque journée. Assurez-vous,
au moins sur le papier, que l'endroit sera suffisamment
sûr, avec de bonnes cachettes et plusieurs issues de
secours. Il faudra également tenir compte du matériel
que vous emporterez avec vous. Aurez-vous besoin de
corde pour escalader un pan de roche ? Quelle quantité
d'eau emporter s'il n'existe aucune source naturelle ?

Une fois tous ces facteurs pris en compte, réfléchissez aux imprévus potentiels et établissez des plans
de secours. Qu'allez-vous faire si un incendie ou une
pollution chimique vous empêche d'avancer ? Où aller
si les zombies s'avèrent bien plus nombreux que prévu ?
Que faire si un membre de votre équipe est blessé ?
Envisagez chaque possibilité et faites le maximum pour
vous organiser au mieux. Si quelqu'un vous dit « On n'a
qu'à y aller, on verra bien », donnez-lui un pistolet
chargé et expliquez-lui qu'il lui sera moins pénible de se
suicider ainsi.

4. Faites du sport

Si vous avez suivi à la lettre les instructions qui précè-
dent, vous êtes déjà prêts pour le voyage qui s'annonce.
Dans le cas contraire, commencez dès maintenant à
vous entraîner. Si vous manquez de temps, assurez-vous
que la route choisie est compatible avec vos capacités
physiques.

5. Évitez les groupes trop nombreux

Dans une place forte, le nombre constitue toujours l'avantage. Mais quand on traverse un territoire zombie, c'est exactement l'inverse. Un groupe important augmente les risques de se faire repérer. Même en observant une discipline rigoureuse, les accidents abondent. Par ailleurs, les équipes trop nombreuses réduisent votre mobilité, simplement parce que les plus lents doivent adapter leur rythme à celui des plus rapides et vice versa. Bien sûr, voyager seul pose aussi quantité de problèmes. La sécurité, la reconnaissance du terrain et, bien entendu, le sommeil, tout se complique si vous décidez d'y aller *tout seul*. L'idéal reste un petit groupe de trois personnes. Entre quatre et dix, cela reste gérable. Au-delà, les ennuis commencent. Trois personnes suffisent pour garantir une protection mutuelle en cas de corps-à-corps, pour les quarts de nuit, et pour le transport d'une personne blessée sur de courtes distances.

6. Entraînez votre groupe

Prenez note des compétences de chaque membre de votre équipe et utilisez-les en conséquence. Qui peut porter le plus de matériel ? Qui court le plus vite ? Qui se bat le plus silencieusement au corps-à-corps ? Affectez vos hommes à la fois au combat et aux tâches quotidiennes. Quand votre équipe se met en route, tout le monde doit savoir ce qu'on attend de chacun. Travailler de concert constitue une priorité absolue. Entraînez-vous régulièrement, simulez des exercices de survie et de sécurité. Par exemple, chronométrez le temps qu'il vous faut pour lever le camp le plus vite possible en cas d'attaque zombie. C'est évidemment un point décisif si vous devez fuir dans l'urgence. Dans l'idéal, votre groupe doit se déplacer comme s'il ne formait qu'*un seul* individu. Et tuer comme un seul.

7. Restez mobiles

Dès que vous serez découverts, les zombies arriveront de toute part. La mobilité reste votre meilleure riposte, pas la puissance de feu. Soyez prêts à décamper au premier signe de danger. N'emportez rien de superflu avec vous. Ne défaites jamais votre sac entièrement. Ne vous déchaussez jamais, sauf si vous avez la certitude de ne courir aucun danger. Ménagez-vous. Ne faites des pointes de vitesse que si nécessaire, cela réclame beaucoup d'énergie. Observez des pauses régulières. Ne vous laissez pas gagner par une quelconque sensation de confort. Pensez à faire des étirements à chaque pause. Ne prenez pas de risques inutiles. Évitez au maximum de courir, de sauter ou d'escalader une paroi rocheuse.

Trop risqué. Dans une zone infestée de goules, vous n'avez *vraiment* pas besoin d'une jambe cassée.

8. Restez invisibles

Après la mobilité, la discrétion reste votre meilleure alliée. Adoptez le comportement d'une petite souris qui cherche à sortir d'un nid de serpents et faites le maximum pour rester discret. Coupez toute radio portative ou équipement électronique. Si vous portez une montre à quartz, assurez-vous que l'alarme est éteinte. Attachez correctement tout votre matériel et faites en sorte que rien ne fasse de bruit quand vous vous déplacez. Dans la mesure du possible, conservez gourdes et gamelles pleines pour éviter les *klang* caractéristiques. Abstenez-vous de parler. Chuchotez ou utilisez des signaux visuels pour communiquer. Limitez-vous aux zones bien abritées. Ne traversez des espaces ouverts qu'en cas de nécessité absolue. La nuit, évitez les feux, les lampes ou n'importe quelle source de lumière. Cela limitera vos déplacements à la journée et vous obligera à manger froid, mais ces désagréments sont nécessaires. D'après certaines études, un zombie avec des yeux intacts repère le rougeoiement d'une cigarette à plus d'un kilomètre (on ignore si cela les attire, mais voulez-vous *vraiment* tenter l'expérience ?).

Ne combattez qu'en cas d'absolue nécessité. Le temps perdu à supprimer des morts-vivants ne sert qu'à en attirer davantage. Certaines personnes se sont parfois débarrassées d'un zombie pour se rendre compte un peu tard qu'une douzaine d'autres les encerclaient déjà. Si le combat est inévitable, n'utilisez les armes à feu qu'en dernier recours. Tirer une balle revient à lancer une fusée de détresse. Vous alerterez les zombies sur plusieurs kilomètres. À moins de disposer d'un silencieux ou d'avoir un moyen fiable et rapide de décrocher, optez pour une arme discrète. Sinon, établissez un plan de repli et tenez-vous prêts à fuir au premier coup de feu.

9. Observez et écoutez

Restez cachés et tâchez de repérer toute menace potentielle. Soyez attentifs au moindre mouvement. Prêtez attention aux ombres et aux silhouettes humanoïdes. Pendant les pauses comme sur la route, arrêtez-vous régulièrement et tendez l'oreille. Entendez-vous des bruits de pas ou de branches brisées ? S'agit-il du vent ou bien d'un gémissement de zombie ? Bien sûr, la paranoïa vous guette et vous croirez voir un zombie dans chaque bosquet, mais est-ce vraiment si problématique ? En l'occurrence, non. Vous croyez que le monde entier vous en veut ? Vous avez raison.

10. Dormez !

Votre petite équipe est seule et isolée. Vous faites tout votre possible pour garder le silence et rester vigilant. Les zombies rôdent partout. Ils se cachent. Ils vous traquent. Des douzaines d'entre eux peuvent surgir à tout moment, et vous ne pouvez compter que sur vous-même. Alors comment dormir dans des conditions pareilles ? Aussi fou et impossible que cela paraisse, dormir reste essentiel pour espérer s'en sortir vivant. Sans repos, vos muscles se détériorent, vos sens s'engourdissent, et chaque heure qui passe réduit vos capacités. Beaucoup ont cru pouvoir tenir le coup grâce à la caféine, avant de comprendre trop tard les conséquences de leur stupidité. Vous limiter à des déplacements de jour vous oblige à vous arrêter au moins quelques heures à la nuit tombée, que cela vous plaise ou non.

Au lieu de maudire les ténèbres, servez-vous-en. Contrairement au déplacement en solitaire, voyager au sein d'un groupe restreint autorise un sommeil plus tranquille, grâce aux tours de garde. Bien sûr, même si quelqu'un surveille les environs, s'endormir profondément n'est pas chose aisée. Résistez à la tentation de prendre des somnifères. Leur effet pourrait s'avérer fatal si des zombies vous attaquaient pendant la nuit. Méditation mise à part (ou tout autre type d'exercice mental), il n'existe aucun remède contre l'insomnie en territoire zombie.

11. Évitez de trop vous montrer

La seule vue d'un avion peut vous donner envie d'attirer l'attention du pilote, de tirer en l'air, de lancer une fusée de détresse ou de vous manifester par n'importe quel moyen. Tout cela peut certes attirer l'attention du pilote, qui demandera alors par radio qu'un hélicoptère vienne vous chercher ou qu'une équipe de secours se mette immédiatement en route, mais ce sont surtout les zombies qui vous trouveront les premiers. À moins que l'appareil puisse se poser immédiatement, ne lui signalez votre présence que par radio ou en utilisant un miroir. Si vous n'avez rien de tout cela sous la main, continuez votre route.

12. Évitez les zones urbaines

En cas d'épidémie, considérez vos chances de survie et divisez-les par 2 – voire 3 – si vous traversez une zone urbaine. Les endroits habités impliquent *systématiquement* une forte concentration de morts-vivants. Plus le tissu urbain est dense, plus les risques d'embuscade augmentent. Les immeubles réduisent votre angle de vue ; l'asphalte n'aide pas à étouffer les bruits de pas. Ajoutez à cela le risque de buter contre quelque chose, de renverser un débris quelconque ou de briser un simple morceau de verre, et vous réunirez toutes les conditions pour faire un voyage par trop bruyant.

Par ailleurs, on l'a dit et répété au cours de ce chapitre, les probabilités d'être piégé, encerclé ou débordé augmentent de façon exponentielle dans les zones urbaines. Oubliez ne serait-ce qu'un instant votre problème principal, à savoir les zombies. Que faites-vous des balles perdues et des erreurs de jugement ? De tous ces gens qui se cachent un peu partout dans les bâtiments ? Des bandes armées, des chasseurs qui vous prendront pour un zombie ? Et les incendies, volontaires ou non ? Les fumées toxiques et tous les autres dangers inhérents à l'environnement urbain ? Et les maladies ? Rappelez-vous que les cadavres – humains et zombies abattus – pourrissent parfois pendant des semaines. Les micro-organismes particulièrement virulents qu'ils hébergent sont dispersés par le vent et représentent un risque non négligeable. À moins d'avoir une bonne raison de les traverser (mission de sauvetage ou contournement impossible), évitez les villes *à tout prix*.

ÉQUIPEMENT

Ne vous surchargez pas. Avant de faire votre sac, posez-vous la question : « Ai-je *vraiment* besoin de ça ? » Une fois vos affaires bouclées, récapitulez l'ensemble et posez-vous à nouveau la question. Ensuite, recommencez encore une fois. Voyager léger ne signifie pas qu'il va falloir vous contenter de votre 45, de quelques boîtes de conserve et d'une bouteille d'eau avant de vous mettre en route. Votre équipement est crucial, bien plus que dans n'importe quelle autre situation. Et encore plus que dans votre refuge – prison, école, domicile –, où les provisions abondent. L'équipement que vous emportez sera tout ce que vous posséderez. Vous transporterez votre propre hôpital, votre garde-manger et votre armurerie sur votre dos. Les pages qui suivent listent les articles standard dont vous aurez besoin pour que votre voyage se déroule sans encombre. Du matériel spécifique comme les skis, l'antimoustique ou la crème solaire doit y être ajouté en fonction de votre environnement.

- Sac à dos.
- Chaussures de randonnée (déjà faites).
- Deux paires de chaussettes.
- Gourde militaire.
- Pastilles purificatrices*.
- Allumettes tout temps.
- Foulard.
- Cartes**.
- Boussole**.

- Petite lampe de poche (avec piles/batteries format AAA) à faisceau orientable.
- Poncho.
- Petit miroir de signalisation.
- Tapis de sol *ou* sac de couchage (les deux sont trop encombrants).
- Lunettes de soleil à verres teintés.
- Kit de premier secours portable.
- Couteau suisse ou pince type « multi-outils ».
- Radio portative avec écouteurs.
- Couteau.
- Jumelles.
- Arme principale (si possible, une carabine semi-automatique).
- 50 cartouches (30 par personne si vous voyagez en groupe).
- Kit de nettoyage**.
- Arme de secours (si possible, un pistolet calibre 22).
- 25 balles*.
- Arme blanche (si possible, une machette).
- Fusées de signalisation.

> * pas nécessaire si vous voyagez en groupe.
> ** doit être porté par une seule personne dans le groupe.

Par ailleurs, chaque groupe devra emporter :
- Arme discrète (plutôt une arme à feu munie d'un silencieux ou une arbalète).
- Munitions supplémentaires pour 15 cibles (si le calibre ou le modèle diffèrent de l'arme à feu standard).

- Lunette télescopique.
- Kit médical complet.
- Talkie-walkie avec écouteurs.
- Pied-de-biche (remplace l'arme blanche).
- Filtre à pompe manuelle purificateur d'eau.

Dès que vous aurez choisi votre matériel, assurez-vous de son bon fonctionnement. Essayez chaque objet plusieurs fois. Portez votre sac à dos toute une journée. S'il vous semble trop lourd dans votre confortable forteresse, imaginez ce que vous ressentirez à l'extérieur, après une journée entière de marche. On peut régler partiellement le problème en choisissant des objets polyvalents (certaines radios portatives intègrent une lampe de poche, un couteau de survie, une boussole, etc.). Appliquez les mêmes règles au moment de sélectionner vos armes. Un silencieux adaptable sur un fusil prend nécessairement moins de place qu'une arme supplémentaire (comme une arbalète et ses carreaux, par exemple). Porter votre sac toute une journée vous permettra également d'en déterminer les points faibles, les endroits qui vous irritent, les sangles qu'il faut resserrer et comment ajuster au mieux l'ensemble.

VÉHICULES

Pourquoi marcher quand on peut conduire ? Les Américains ont toujours été obsédés par l'idée de s'épargner tout effort. Dans chaque aspect de la vie quotidienne, les groupes industriels se livrent une course effrénée pour inventer et perfectionner toutes sortes d'engins censés améliorer l'efficacité et la rapidité des tâches usuelles. Et quoi de mieux que l'automobile pour incarner la techno-religion américaine ? Quel que soit votre âge, votre couleur de peau, votre sexe, votre niveau de vie ou l'endroit où vous vivez, on vous martèle que cette machine omnipotente, sous toutes ses formes et dans toutes ses déclinaisons merveilleuses, répondra à toutes vos attentes. Et en cas d'épidémie zombie ? N'est-il pas plus intelligent de traverser le plus vite possible une zone hostile ? La durée du voyage se compterait alors en heures, et pas en jours. La quantité de matériel transportable ne poserait plus le moindre problème. Et quel danger peuvent bien représenter les zombies si l'on peut les écraser à loisir ? Les avantages sont certes nombreux, mais ils ne vont pas sans inconvénients, tout aussi nombreux.

Prenons la consommation d'essence. Les stations-service risquent d'être très éloignées et peu nombreuses. Il y a de fortes chances pour que celles que vous trouverez soient à sec depuis bien longtemps. Déterminer la consommation exacte de votre véhicule, le remplir de bidons d'essence de secours, planifier précisément l'itinéraire, autant de précautions judicieuses qui ne serviront à rien si, une fois sur place, vous découvrez qu'il est impossible d'en repartir.

Comment saurez-vous si la route est la bonne ? D'après des études sociologiques sur les séquelles post-épidémiques aux États-Unis, les épaves de voitures abandonnées sur place bloqueront très rapidement les routes. Les obstacles additionnels incluent ponts détruits, monceaux de débris et autres barricades laissées telles quelles par leurs derniers défenseurs.

Quitter la route présente un risque identique, voire plus grand (reportez-vous à la rubrique « Types de terrains », page 168). Conduire à travers champs en cherchant la route qui vous sortira de l'enfer reste le meilleur moyen de tomber en panne d'essence. On a découvert plus d'un véhicule abandonné en rase campagne, les portes arrachées et l'habitacle entièrement tapissé de sang séché.

Et les pannes ? La plupart des Occidentaux qui visitent le tiers-monde emportent avec eux quantité de pièces de rechange. Leur raisonnement est simple : l'automobile est l'une des machines les plus compliquées au monde. Sur de mauvaises routes, sans la rassurante et régulière présence de garages, cette machine délicate se transforme très vite en tas de ferraille inutile.

Reste également le problème du bruit. Faire rugir un moteur en pleine zone contaminée n'a aucune conséquence si tout va bien. Mais un moteur à explosion, quelle que soit sa conception, générera toujours plus de décibels qu'un simple piéton. Si vous avez la malchance de vous trouver dans un véhicule bloqué, attrapez votre sac à dos et fuyez aussi vite que possible. Vous pouvez être sûrs que chaque goule de la région sait où vous vous trouvez. Et maintenant que votre véhicule est inutilisable, bonne chance pour les éviter...

Malgré tous ces avertissements, les charmes du transport motorisé s'avèrent parfois irrésistibles. Voici une courte liste de véhicules standard, avec leurs avantages et leurs inconvénients respectifs.

1. Berlines

Ce qu'on définit habituellement comme la voiture standard se décline en mille et un modèles. Avant de faire votre choix, vérifiez la capacité du réservoir, la taille du coffre et la solidité du véhicule. Si les berlines ont un inconvénient, c'est bien l'impossibilité de faire du tout-terrain. Comme on l'a signalé plus haut, la plupart des routes seront bloquées, encombrées ou purement et simplement détruites. Si vous possédez déjà une berline, vous savez ce qu'il risque de se produire si vous tentez de traverser un champ. Ajoutez-y la boue, la neige, les cailloux, les arbres, les fossés, les lits de rivières et les nids-de-poule, sans parler des débris abandonnés un peu partout, et il y a de bonnes chances que votre voiture n'aille pas très loin. On aperçoit trop souvent des carcasses abandonnées au beau milieu d'une zone contaminée. Soit garées proprement, soit plantées dans un fossé.

2. SUV (Sport Utility Vehicle) et 4 × 4

Avec le boom économique des années 90 et le faible coût de l'essence, on a assisté à l'explosion du marché pour ce genre de véhicules – de vrais monstres qui nous ramènent à l'âge d'or de l'automobile des années 50, à l'époque où *grand* signifiait toujours *mieux*. Au premier abord, ils constituent un excellent moyen de transport pour s'échapper d'une zone contaminée. Avec les capacités *offroad* d'un véhicule militaire et le confort intérieur d'une berline traditionnelle, quoi de mieux pour éviter les morts-vivants ? Réponse : n'importe quel autre moyen de transport. Malgré leur apparence, tous les SUV ne sont pas conçus pour le tout-terrain. Beaucoup se destinent à des clients qui n'ont jamais envisagé de sortir de leur banlieue. Et question sécurité ? La seule masse de ces véhicules ne suffit-elle pas à garantir une protection appréciable ? Là encore, la réponse est non. Des tests récurrents ont démontré que la plupart des SUV étaient globalement moins sûrs et moins fiables que les berlines de moyenne gamme. Cela dit, certains d'entre eux sont bien ce qu'ils prétendent : des bêtes increvables qui supporteront n'importe quel type de situation. Sachez faire la différence entre ces véhicules et les autres, fruits d'un marketing irresponsable, qui consomment trop et qui privilégient avant tout l'esthétique.

3. Camionnettes

Ce paragraphe traite des véhicules à capacité moyenne, comme les vans, les camionnettes de livraison et les camping-cars. Avec leur petit réservoir, leur manque de capacités tout-terrain (en fonction des modèles), leur taille et leur volume disgracieux, ces véhicules doivent être considérés comme le pire des moyens de transport. Dans bien des cas, des camionnettes bloquées aussi bien en zone urbaine qu'à la campagne ont joué le rôle de boîtes de conserve. Et leurs occupants de garniture.

4. Bus

Ces véritables monstres de la route s'avèrent aussi dangereux pour leur conducteur que pour les morts-vivants. Vous pouvez dire adieu à la vitesse, la manœuvrabilité, la faible consommation d'essence, le tout-terrain, la discrétion et tous les autres aspects fondamentaux dont vous avez besoin pour échapper à la contamination. Un bus n'en possède aucun. Détail notable : il s'avère plus efficace pour le combat que pour la fuite. Par deux fois, des groupes de chasseurs ont conduit un bus au beau milieu d'une zone infestée et s'en sont servi comme forteresse mobile. À moins d'envisager d'utiliser votre bus de cette manière, évitez-les soigneusement.

5. Véhicules blindés

Ces moyens de transport ne courent pas les rues, c'est le moins qu'on puisse dire. À moins de travailler pour une compagnie de sécurité privée ou d'avoir une fortune personnelle à disposition, il est peu probable que vous puissiez vous en offrir un. Malgré leur faible réservoir et leur totale absence de capacités tout-terrain, les voitures

blindées présentent des avantages certains pour les gens qui envisagent de prendre la route. Leur blindage massif rend le conducteur virtuellement invulnérable. Même en cas de panne, ceux qui restent à l'intérieur tiendront autant de temps que dureront leurs provisions. Quel que soit leur nombre ou leur force, une horde de zombies est tout simplement incapable de forcer ce type de véhicule.

6. Motos

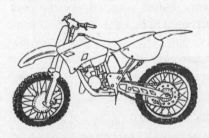

Certainement le meilleur moyen de fuir une zone dangereuse. La moto – surtout les modèles tout-terrain – passe facilement dans des endroits inaccessibles aux 4 × 4 les plus robustes. Sa vitesse et sa manœuvrabilité lui permettront de traverser avec aisance une foule de zombies. Grâce à son poids réduit, on peut la pousser sur des kilomètres.

Bien sûr, les motos présentent aussi quelques inconvénients. Elles disposent de réservoirs trop petits et n'offrent pas la moindre protection. Cependant, il s'agit là de défauts mineurs. Si on les compare aux autres engins motorisés, les chiffres parlent d'eux-mêmes : les chances de s'en sortir augmentent de 2 300 %. Hélas, 32 % de la mortalité liée aux motos incombe aux simples accidents de la route. Les pilotes arrogants et/ou inconscients se tuent aussi facilement dans un banal accident qu'en tombant sur un zombie affamé.

7. Équipement additionnel

- Kit de réparation pour pneu.
- Pompe.
- Bidons d'essence (le maximum qu'on puisse emporter).
- Pièces de rechange (dans des limites raisonnables d'encombrement).
- Radio CB.
- Modes d'emploi.
- Kit de réparation (câble, pinces, etc.).

8. Autres moyens de transport

A. Chevaux

Personne ne songerait à remettre en cause les indéniables avantages du cheval en cas d'urgence. Le ravitaillement en carburant ne pose plus de problème. Le matériel supplémentaire se limite à une couverture, de la nourriture et quelques médicaments. Les possibilités tout-terrain augmentent significativement, dans la mesure où quatre sabots se passent très bien de route goudronnée.

Avant le luxe automobile, les gens voyageaient plutôt efficacement grâce à ces animaux rapides et fidèles. Cependant, avant de vous mettre en selle, prenez en compte ces quelques avertissements : tous ceux qui sont déjà montés sur un poney quand ils étaient petits vous le diront, monter un cheval requiert de véritables compétences techniques. Les westerns donnent l'impression contraire, mais n'en croyez rien. L'art et la manière de monter à cheval et de s'en occuper correctement s'avèrent très difficiles à maîtriser. Si vous n'avez rien d'un cavalier expérimenté, n'espérez pas apprendre en cours de route. Autre inconvénient notable, spécifique aux zombies cette fois, la terreur radicale que les chevaux éprouvent à l'égard des morts-vivants. La simple odeur d'un zombie, même dispersée par le vent sur plusieurs kilomètres, suffit à rendre hystérique le cheval le plus calme. Ce qui en fait d'ailleurs un excellent signal d'alarme pour un cavalier capable de maîtriser sa monture. Pour les autres, l'aventure se termine par une chute, des blessures, etc. De plus, le cheval ne se contentera pas d'abandonner son cavalier à son sort, ses hennissements de terreur attireront les autres zombies alentour.

B. *Vélos*

Ce véhicule reste probablement la meilleure option possible. La bicyclette standard est rapide, silencieuse, entraînée par la seule force musculaire et facile à entretenir. Il s'agit par ailleurs du seul véhicule dont on peut descendre et qu'on peut porter quand le terrain devient trop accidenté. Ceux qui utilisent des vélos pour fuir une zone infectée s'en sortent presque toujours mieux que les simples piétons. Pour optimiser vos performances, optez pour un VTT, très différent du modèle routier ou standard. Ne laissez cependant pas votre vitesse et votre nouvelle mobilité vous monter à la tête. Portez un équipement de protection et privilégiez la prudence, pas la vitesse. La dernière chose dont vous ayez besoin, c'est de finir dans un fossé avec les deux jambes brisées, la bicyclette pliée, et le bruit de pas des morts-vivants qui se rapprochent de seconde en seconde...

TYPES DE TERRAINS

Au fil des siècles, l'espèce humaine a évolué jusqu'à maîtriser et dominer son environnement. Certains diront que nous sommes allés trop loin. Toujours est-il que dans nos sociétés industrielles occidentales, nous pouvons aujourd'hui revendiquer un contrôle total sur les forces les plus primitives de la nature.

En effet, à l'intérieur de votre maison douillette, vous contrôlez les éléments. *Vous* décidez s'il fait froid ou chaud, sec ou humide. *Vous* décidez d'atténuer la lumière du jour en tirant les rideaux, ou de chasser les ténèbres nocturnes en allumant une lampe. Même les

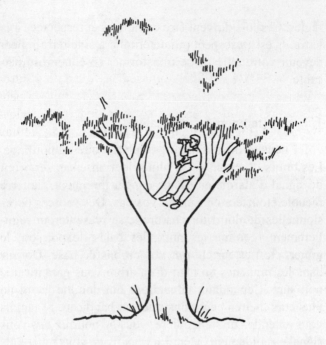

odeurs, et parfois le bruit, du monde extérieur sont arrêtés par les murs et les fenêtres fermées de cette bulle artificielle appelée « foyer ». Dans ce nid confortable, *vous* donnez vos instructions à l'environnement. Dehors, poursuivi par une horde de zombies affamés, vous vous retrouverez dans la situation exactement inverse, à la merci de la nature, incapable de changer le cours d'événements que vous teniez jusque-là pour acquis. Dès lors, la clé de la survie réside dans votre adaptabilité. Et le premier pas vers l'adaptabilité, c'est la connaissance et l'étude du terrain sur lequel on évolue. Chaque milieu distinct possède ses propres règles. Ces lois doivent être comprises et respectées à la lettre. C'est ce respect qui déterminera si le terrain peut devenir votre allié ou se transformer en ennemi implacable.

1. Forêts (tempérées, tropicales)

La densité du feuillage complète votre camouflage. Les bruits d'animaux, ou plutôt leur absence, serviront de signal d'alarme en cas de danger imminent. La terre meuble étouffera chacun de vos pas. Des sources occasionnelles de nourriture naturelle se présenteront régulièrement (comme les noix, les baies, le poisson, le gibier, etc.) et enrichiront vos rations de base. Dormir dans les branches en haut d'un arbre vous garantit une nuit sûre. Cependant, la canopée qui domine le sol de plusieurs mètres peut constituer un handicap. Si jamais vous entendez un hélicoptère, vous ne pourrez *pas* vous signaler rapidement. Même si l'équipage vous repère, ils auront besoin d'une zone suffisamment vaste et dégagée pour atterrir. Rien n'est plus frustrant que d'*entendre* distinctement son billet de retour sans pouvoir l'atteindre.

2. Plaines

Les vastes espaces ouverts permettent aux zombies de vous repérer de très loin. Si possible, évitez-les. Sinon, gardez l'œil sur les morts-vivants. Faites en sorte de les voir avant qu'ils ne vous voient. En cas de mauvaise rencontre, jetez-vous immédiatement au sol. Attendez qu'ils soient passés. Si vous devez absolument

vous déplacer, rampez. Restez à couvert jusqu'à ce que tout danger soit écarté.

3. Champs

Pour se cacher, rien ne vaut un champ de maïs. Mais est-ce vraiment un avantage en cas de rencontre avec une goule embusquée ? Le bruit demeure un facteur déterminant. Couper à travers champ (surtout si les pousses sont sèches) génère suffisamment de bruit pour attirer tous les zombies aux alentours. Même quand les pousses sont encore vertes, déplacez-vous doucement, tendez l'oreille et tenez-vous prêt à vous défendre à tout moment.

4. Collines

Traverser un espace vallonné réduit considérablement la visibilité. Si possible, évitez l'altitude et limitez-vous aux vallées. Gardez un œil sur les collines qui vous surplombent au cas où un zombie vous repérerait. L'altitude s'avère néanmoins utile pour établir votre position, vérifier votre route et confirmer la présence de zombies autour de vous. Déplacez-vous avec précaution. Baissez-vous autant que possible, ouvrez l'œil et soyez attentif au moindre gémissement.

5. Marais

Dans la mesure du possible, évitez les zones marécageuses, quelles qu'elles soient. Le clapotis caractéristique de vos pas interdit toute discrétion. La faune venimeuse et/ou prédatrice s'avère aussi dangereuse que les zombies. La boue molle et collante ralentit la marche, surtout si l'on est lourdement chargé. Limitez-vous toujours au sol ferme et sec.

Ne vous aventurez qu'en eaux peu profondes. Surveillez la moindre petite onde en surface. Un zombie peut très bien se cacher sous l'eau. Tâchez de repérer toutes traces ou carcasses d'animaux. Leur présence vous avertira du danger. Des centaines d'animaux et de nombreuses espèces d'oiseaux occupent cet écosystème bien particulier. Seule la menace immédiate d'un grand prédateur les fera taire. Si vous traversez un marais et que le silence se fait soudainement, soyez certain que des morts-vivants se baladent dans les parages.

6. Toundras

Le climat subarctique est bien plus accueillant pour les humains que pour les goules. Les longues nuits d'hiver s'avèrent idéales pour voyager, car les températures extrêmement basses gèlent les zombies sur place.

Les longues journées d'été rendent certes les humains très dépendants de leur vision, mais ni plus ni moins que leurs poursuivants. Ce qui laisse également davantage de temps pour la marche. Le crépuscule subarctique est réputé procurer un sommeil paisible et profond. Les réfugiés qui s'installent pour la nuit reconnaissent volontiers qu'il est beaucoup plus facile de se reposer sans craindre une attaque nocturne.

7. Déserts

En dehors des zones urbaines, les terres arides comptent parmi les environnements les plus dangereux sur terre. Même sans menace zombie, la simple déshydratation ou l'insolation peuvent tuer un homme en quelques heures. Bien entendu, voyager de nuit reste la meilleure façon d'éviter ces risques mortels. Cependant, nous déconseillons fortement les déplacements de nuit en cas d'épidémie. Voyagez uniquement trois heures après l'aube et trois heures avant la nuit. Il est vital de vous abriter et de ne plus bouger pendant la période la plus chaude et la plus aveuglante de la journée.

Utilisez les heures d'obscurité totale pour vous reposer. Cela ralentira beaucoup votre marche, mais réduira d'autant les risques de mauvaise rencontre. Plus que pour tout autre type d'environnement, assurez-vous que vous disposez d'eau en quantité suffisante pour la marche ou que vous savez *exactement* où en trouver. Dans la mesure du possible, mieux vaut éviter purement et simplement les déserts. N'oubliez pas que ce milieu peut vous tuer aussi facilement qu'un mort-vivant.

8. Zones urbaines

Comme on l'a vu plus haut, les zones à forte densité de population doivent être évitées à tout prix. Intra-muros, elles ne forment qu'un vaste et indescriptible labyrinthe. Prenez un très grand nombre de gens – disons un demi-million – livrés à eux-mêmes, sans eau courante, sans électricité, sans téléphone, sans nourriture, sans médecins, sans collecte des ordures, sans pompiers et sans police… Ajoutez à cela plusieurs milliers de créatures carnivores arpentant les rues encore luisantes de sang séché. Imaginez un demi-million d'êtres humains terrifiés, hystériques, paniqués et bien décidés à sauver leur peau coûte que coûte… Aucun champ de bataille conventionnel, aucune émeute, aucune explosion sociale « normale » ne peut vous préparer au cauchemar absolu que représente une ville infestée de morts-vivants. Si vous tenez vraiment à ignorer tous ces avertissements et à traverser quand même une zone urbaine, les instructions suivantes augmenteront vos chances de survie (sans pour autant la garantir).

A. Étudiez le terrain

Au risque de nous répéter, rappelons que cette règle de base s'applique en milieu urbain plus que partout ailleurs. Quelle est la taille de la ville dans laquelle vous pénétrez ? Quelle est la largeur de ses avenues ? Où se situent les points d'étranglement, comme les ponts et les tunnels ? Où sont les culs-de-sac, les voies sans issue ? Y a-t-il des usines, des centrales thermiques ou d'autres endroits potentiellement dangereux ? Où se trouvent les zones très denses susceptibles de constituer un obstacle ? Y a-t-il des zones plates, ouvertes, comme des stades par exemple, sur votre chemin ? Où se situent les hôpitaux, les commissariats, les églises ou tout autre bâtiment vers lequel les zombies risquent de se diriger ? Un plan est essentiel, en plus d'un guide, même s'il demeure toujours préférable de déjà connaître la ville en question.

B. *Ne prenez jamais de voiture*

Les chances de localiser une route raisonnablement dégagée d'un bout à l'autre de la ville sont quasi nulles. N'espérez pas la trouver au volant de votre berline, 4 × 4 ou camionnette, sauf si on vous tient constamment informé de l'état des voies de circulation. Une moto ferait mieux l'affaire, mais le bruit du moteur limitera votre marge de manœuvre. En voyageant à pied ou en vélo, vous disposerez des avantages de la rapidité, de la discrétion et de la souplesse pour traverser au mieux ce vaste labyrinthe de béton.

C. *Utilisez les voies rapides*

Si l'épidémie a évolué en bataille rangée après la contamination quasi totale de la zone, les routes les plus sûres seront les voies rapides. Depuis les années 50, les autoroutes ont envahi toutes les villes de moyenne importance aux États-Unis. Leur tracé reste générale-ment rectiligne pour réduire au maximum le temps de conduite. Les sections les plus longues sont entourées de grillage ou suspendues au-dessus du sol, ce qui empêche la plupart des goules de vous atteindre. Même si elles trouvent une rampe d'accès ou un grillage troué, vous aurez suffisamment d'amplitude de mouvement pour décamper au plus vite (à pied, en moto ou en vélo). Là encore, évitez les berlines et 4 × 4. Des carcasses abandonnées obstrueront certainement toutes les voies. Beaucoup abriteront des zombies : les personnes infectées qui fuyaient la ville et qui ont succombé à leurs blessures avant de se réanimer, encore attachées à leurs sièges. Examinez chaque véhicule avant de vous en approcher et regardez s'il y a une vitre brisée ou une porte ouverte. Gardez votre machette sous le coude au cas où une main griffue chercherait à vous atteindre. Si vous utilisez une arme à feu, prudence. Rappelez-vous que vous êtes entouré de réservoirs pleins d'essence. Il suffit d'une balle mal placée ou d'une simple allumette pour que les morts-vivants deviennent le cadet de vos soucis.

D. Restez au-dessus du sol

Les conduites d'évacuation, le métro, les égouts ou tout autre type de structures souterraines peuvent éventuellement vous protéger des zombies qui hantent la surface. Cependant, là encore, vous courez le risque de vous retrouver cerné par des morts-vivants déjà embusqués dans les environs. Et contrairement aux voies rapides, vous n'aurez ni le luxe de surplomber la terre ferme ni la possibilité d'enjamber le séparateur vers une autre voie. En cas de confrontation, vous risquez surtout de ne pouvoir aller nulle part… Se déplacer sous terre implique également l'obscurité la plus totale, un point qui joue nettement en votre défaveur. L'acoustique de la plupart des tunnels est bien meilleure que toutes les installations que vous trouverez à la surface. Les zombies ne devineront pas votre position exacte pour autant, mais cela entraînera une réaction en chaîne à travers tout le conduit. À moins d'être un expert dans ce domaine, d'avoir conçu le passage en question ou d'avoir participé directement à sa construction, ne vous en *approchez pas*.

E. Attention au tir ami

Même une cité ou une zone entièrement considérée comme *perdue* (c'est-à-dire complètement *saturée* de zombies) peut encore abriter quelques poches d'humanité. Ces survivants tireront d'abord et poseront les questions ensuite. Pour éviter un tir ami, soyez attentif aux rassemblements de zombies. Cela signifie sans doute qu'un affrontement est en cours. De plus, regardez si des monceaux de cadavres s'entassent en un seul endroit. Ils vous signaleront l'angle idéal du tireur positionné sur le promontoire voisin. Écoutez les coups de feu, essayez de déterminer leur provenance et faites le plus large détour possible. Restez également attentif à la fumée, aux lumières derrière les fenêtres, aux voix, ou à n'importe quel bruit de moteur. Là encore, observez les corps. Les cadavres, surtout si tous regardent dans la même direction, peuvent indiquer que les zombies ont tenté d'atteindre un objectif précis. Le fait qu'ils soient tous tombés au même endroit signifie qu'un sniper expérimenté les a tous abattus à distance. Si vous percevez une présence humaine, n'essayez *pas* de les contacter. Émettre des bruits reconnaissables ou hurler « Ne tirez pas ! » à la cantonade ne servira qu'à attirer d'autres zombies.

F. Pénétrez dans la ville à l'aube.
Quittez-la à la tombée de la nuit

À moins que la ville se révèle trop vaste pour être traversée en une seule journée, ne vous arrêtez *pas* et n'y dormez *jamais* tant que vous n'en êtes pas sorti. Comme on l'a vu plus haut, les périls encourus par toute personne se déplaçant de nuit en rase campagne sont multipliés par 100 en zone urbaine. Si vous vous trouvez à l'entrée d'une ville à quelques heures du crépuscule, faites demi-tour et retournez à la campagne pour y passer la nuit. À l'inverse, si vous la quittez alors que le soleil se couche, continuez, ne vous arrêtez pas et éloignez-vous suffisamment pour monter votre camp. C'est le seul cas où le voyage de nuit s'impose. Considérez les zones rurales comme toujours préférables aux villes, surtout dans le noir.

G. Dormez... mais avec une issue de secours
facilement accessible

D'un point de vue strictement logistique, il s'avère parfois impossible de traverser une ville en une seule journée. Ces dernières années, l'étalement urbain de plus en plus important et le principe du *« fill-in »* (le développement de zones dites « rurales » entre deux centres urbains) ont tendance à effacer les frontières des villes. Dans ce cas, il sera nécessaire de trouver un endroit adapté où dormir, ou au moins se reposer jusqu'au jour suivant. Optez plutôt pour les immeubles ne dépassant pas quatre étages, et proches (sans toutefois se toucher) les uns des autres. Un bâtiment au toit plat pourvu d'une seule entrée constitue le meilleur abri possible pour la nuit. Tout d'abord, assurez-vous que vous pourrez sauter d'un toit à l'autre sans difficulté. Si possible, scellez la porte qui donne sur le toit. Dans le cas contraire, barricadez-la avec des objets qui feront du bruit en cas d'intrusion. Enfin, établissez toujours un plan de fuite en urgence, et n'oubliez pas que cette situation risque de durer. Si les zombies débarquent sur le toit, vous laissent juste le temps de sauter sur l'immeuble voisin, puis sur un autre, et que vous vous retrouvez ensuite tout nu en pleine rue, qu'allez-vous faire ? Sans plan de secours, vous vous jetterez droit dans la gueule du loup.

AUTRES MOYENS DE TRANSPORT

1. Vol

Si l'on en croit les statistiques, le vol reste le moyen de transport le plus sûr. Surtout quand on fuit une épidémie. Le voyage se compte alors en minutes. La nature du terrain et les barrières naturelles perdent toute signification. Quant aux conseils listés dans ce chapitre, ils disparaissent dans un confortable brouillard à mesure que vous laissez les zombies loin derrière vous. Cependant, choisir la voie des airs ne va pas sans inconvénients. En fonction du type d'appareil et des conditions climatiques, ces inconvénients peuvent même anéantir tout espoir de décollage.

A. Avions

Question vitesse et disponibilité, rien ne vaut un bon avion – à supposer qu'au moins une personne de votre équipe sache piloter. Le carburant devient alors une question de vie ou de mort. Si votre voyage implique un ravitaillement en kérosène, faites un repérage complet de l'endroit concerné et *vérifiez bien* qu'il est possible d'y atterrir en toute sécurité. Dans les premières phases d'une épidémie, beaucoup de citoyens décollent avec leur avion privé sans avoir la moindre idée de leur destination. Nombre d'entre eux finissent par se crasher, d'autres tentent de se ravitailler en pleine zone contaminée. Tout le monde connaît l'histoire authentique de cet ancien pilote de foire qui a décollé pour fuir une zone dangereuse, avant de tomber en panne d'essence et de sauter *in extremis* en parachute. Le temps qu'il touche le sol, tous les zombies avaient repéré l'accident à des kilomètres et convergeaient lentement mais sûrement vers sa position (l'épilogue sinistre de cette anecdote a été rapporté par un autre pilote). Les hydravions vous évitent ce risque potentiel (tant que vous survolez une étendue d'eau). Cependant, si amerrir au beau milieu d'un lac ou en pleine mer règle la question zombie, les conditions climatiques, elles, ont toujours leur mot à dire. Commencez d'abord par lire les nombreux récits des aviateurs contraints de passer plusieurs semaines sur leur radeau de survie après avoir été abattus, et vous réfléchirez peut-être à deux fois avant de grimper à bord de votre bel oiseau amphibie.

B. Hélicoptères

La possibilité d'atterrir à peu près n'importe où et n'importe quand constitue en soi un avantage indéniable par rapport à l'avion. Tomber en panne d'essence n'est pas non plus synonyme de mort certaine, dans la mesure où vous n'avez plus besoin de piste d'atterrissage. Mais si vous atterrissez en plein territoire hostile ? Le seul bruit des moteurs annoncera votre présence à des kilomètres à la ronde. Pour tout ce qui concerne le ravitaillement en carburant, appliquez ici les mêmes règles que pour les avions.

C. Ballons

Même si certains le jugent primitif et obsolète, le ballon est en fait l'une des machines volantes les plus performantes au monde. Gonflée à l'air chaud ou à l'hélium, une montgolfière peut rester en vol plusieurs semaines. Son absence de propulsion n'en reste pas moins un inconvénient notable. Les ballons dépendent du vent et des courants thermiques. À moins d'être un pilote chevronné, embarquer sur un ballon ne fera rien

d'autre que retarder l'inévitable et vous forcer à
atterrir un peu plus tard en
pleine zone contaminée.

D. Dirigeables

On les dit ridicules et
difficiles à dénicher, mais
si vous cherchez à fuir par
la voie des airs, rien n'est
plus efficace qu'un diri-
geable gonflé à l'hélium.
Les zeppelins, perfectionnés pendant la Première Guerre
mondiale – et bien partis pour remplacer l'avion, à
l'époque –, ont presque tous été abandonnés après la
catastrophe du *Hindenburg*, en 1937. Aujourd'hui, on
ne s'en sert plus guère que pour filmer des événements
sportifs ou comme support publicitaire. Cependant, en
cas d'épidémie, ils allient la longévité du ballon à la
mobilité et à la capacité d'atterrissage tout-terrain de
l'hélicoptère. Les dirigeables ont été utilisés à quatre
reprises pendant des épidémies zombies : une fois pour
s'échapper, une pour établir ses capacités et deux autres
pour des missions de nettoyage. Les quatre expériences
se sont montrées parfaitement concluantes.

2. Voies navigables

Dans presque tous les cas, les bateaux constituent le
moyen de transport le plus sûr en cas d'attaque de
morts-vivants. Comme on l'a expliqué plus haut, même
si les zombies n'utilisent pas leurs poumons et peuvent
se déplacer sous l'eau, ils ne possèdent pas une

coordination musculaire suffisante pour nager. De fait, voyager sur l'eau présente les mêmes avantages que le vol. Dans bien des cas, des réfugiés embarqués sur des bateaux de fortune ont aperçu au fond de l'eau la silhouette caractéristique d'une goule qui les regardait d'en bas. Même si la quille du bateau ne se situe qu'à quelques centimètres des zombies « noyés », les passagers n'ont rien à craindre. Certaines études ont montré que le taux de survie était cinq fois supérieur sur l'eau que sur terre. Et comme les États-Unis sont striés de rivières et de canaux, il est théoriquement possible de voyager ainsi sur des centaines de kilomètres. Dans certains cas, des humains ont utilisé des bateaux comme îles artificielles sur des lacs où dans des baies abritées ; ils y ont survécu plusieurs semaines, alors que la rive grouillait de morts-vivants.

Types de propulsions

a. Moteur. Le carburant fossile n'augmente pas seulement la vitesse, il permet aussi le contrôle total de l'embarcation sur n'importe quel type d'étendue d'eau. Hélas, son réservoir n'a rien d'inépuisable. Là encore, assurez-vous de disposer de suffisamment de carburant pour la totalité de votre voyage ou débrouillez-vous pour localiser l'endroit exact où on en trouve encore quelques bidons. Autre problème, le lecteur s'en doute : le bruit. Voyager à vitesse réduite économise l'essence, mais attire également tous les zombies à des kilomètres à la ronde (un moteur à faible régime émet presque autant de décibels qu'un moteur poussé à fond). Cela étant, les moteurs à carburant fossile sont tout sauf inutiles. Ils peuvent libérer toute leur puissance en moins d'une seconde, par exemple. Ne les utilisez qu'en cas de nécessité, et avec prudence.

b. Voiles. Le vent constitue une source d'énergie inépuisable. Opter pour la voile vous débarrasse du problème de l'essence. Hormis le bruit de la toile quand on la hisse le long du mât, le voilier émet à peu près autant de son qu'un paquet d'algues. Malheureusement, la météo reste imprévisible. Un jour de calme plat peut vous clouer sur place. Une forte houle peut vous faire chavirer. Neuf fois sur dix, le vent ne soufflera pas dans la bonne direction. Et même si c'est le cas, il ne suffit pas de couper le moteur pour s'arrêter. N'importe qui peut conduire un Zodiac, par exemple, mais maîtriser un voilier requiert beaucoup d'expérience, une solide connaissance de la navigation, de la patience, de l'intelligence et des années de pratique.

Tâchez de vous en souvenir avant de vous précipiter sur le premier voilier venu, de hisser la grand-voile et de constater ensuite que le vent vous pousse droit sur les morts-vivants.

c. Propulsion manuelle. Quoi de plus simple que la rame ? Avec un peu de pratique, n'importe qui peut propulser et manœuvrer sa propre embarcation. Dans ce cas précis, l'inconvénient majeur réside en nous-mêmes : la fatigue. Il faut absolument en tenir compte avant de s'embarquer pour une journée de voyage. À quelle distance comptez-vous aller ? Combien de personnes voyagent avec vous ? Même en organisant des tours, êtes-vous sûr de tenir le coup et d'arriver à destination avant que tout le monde ne meure d'épuisement ? À moins d'avoir un moteur ou une voile de secours, montrez-vous très prudent en planifiant votre route. Rappelez-vous que les humains ont besoin de se reposer. Les zombies, non. Pourquoi augmenter les risques encourus en vous rendant encore plus vulnérable ?

RÈGLES GÉNÉRALES

Ne croyez surtout pas que vous laissez le danger derrière vous une fois embarqué sur un bateau. Ce faux sentiment de sécurité a causé la mort de centaines de personnes, autant de victimes qui auraient facilement survécu si elles avaient continué à réfléchir au lieu de baisser leur garde. Quand on cherche à fuir, l'eau ne constitue pas un milieu si différent de l'air ou de la terre ferme. Il faut simplement tenir compte de ses dangers inhérents, en connaître les règles et les apprendre par cœur pour que votre voyage se déroule sans encombre.

1. Sachez où vous allez

Existe-t-il des passages infranchissables ? Des barrages, des ponts, des rapides, des cascades ? Comme pour la terre ferme, la connaissance précise de votre route est essentielle avant de lever l'ancre.

2. Naviguez en eaux profondes

Dans l'idéal, plus de quatre mètres. Dans une eau peu profonde, un zombie peut éventuellement s'agripper à votre embarcation. Beaucoup de rescapés ont subi les attaques de goules immergées, surtout en eaux troubles. D'autres ont perdu un morceau d'hélice ou de gouvernail en heurtant un mort-vivant.

3. N'oubliez pas les provisions

D'aucuns considèrent que naviguer le long d'une rivière les dispenserait de prévoir un stock de vivres.

Après tout, pourquoi ne pas boire l'eau du fleuve et se contenter de pêcher ? Hélas, l'époque de *Huckleberry Finn*, où les poissons abondaient dans des rivières propres, est révolue depuis longtemps. Aujourd'hui, après plusieurs décennies de pollution industrielle, la plupart des rivières arrivent à peine à héberger la vie. Même sans polluants artificiels, les fleuves charrient bien assez de bactéries issues des déjections humaines et animales pour empoisonner n'importe quel aliment. Pour y remédier, ayez toujours sur vous suffisamment de nourriture et d'eau pour assurer votre voyage. Une pompe manuelle à filtre doit impérativement être utilisée pour la cuisine et la toilette.

4. Surveillez votre ancre

Trop souvent, des réfugiés ont fait halte pour la nuit et, se croyant en sécurité, ont jeté l'ancre avant de s'endormir aussitôt. Certains ne se sont jamais réveillés. Les zombies tapis au fond entendent très bien le bruit d'un bateau et celui d'une ancre qui racle le sol. En supposant qu'ils trouvent le mouillage, ils peuvent s'en servir pour se hisser jusqu'au pont. Laissez toujours une sentinelle pour surveiller la chaîne et soyez prêt à tout larguer au premier signe de danger.

Chasse/Nettoyage

En juillet 1887, le Sud de la Nouvelle-Zélande fut le théâtre d'une épidémie réduite dans une ferme située à proximité d'Omarama. Les premières heures de l'incident restent obscures : des témoins ont rapporté qu'au crépuscule, un groupe de quatorze hommes armés s'était débarrassé de trois zombies dans les collines voisines, avant de se diriger vers la maison contaminée pour finir le travail. L'un des hommes fut envoyé en éclaireur et entra : on entendit des hurlements, des gémissements et des coups de feu, puis plus rien. Un second homme décida d'y aller. Au début, tout se passa bien. On l'aperçut se pencher par l'une des fenêtres du premier étage et signaler qu'il n'avait trouvé qu'un corps à demi dévoré. Soudain, un bras décomposé apparut derrière lui, lui attrapa les cheveux et le tira en arrière. Les autres se précipitèrent aussitôt pour l'aider. À peine avaient-ils pénétré dans la maison que cinq zombies leur tombaient dessus. Les armes encombrantes comme les haches et les faux sont inutiles dans un espace confiné. Même chose pour les fusils. Trois hommes furent tués par des balles perdues et deux autres blessés. Au pire de la mêlée, l'un des hommes succomba à la panique, se précipita hors de la maison, empoigna une lampe à pétrole et la balança à travers une fenêtre. Quand on fouilla les décombres, on ne découvrit rien d'autre que des squelettes carbonisés.

Ce chapitre vous aidera à planifier vos missions de nettoyage. Comme on l'a vu plus haut, les pouvoirs publics disposent de leur propre matériel et ont élaboré un plan (espérons-le) pour traiter ce genre de situation non conventionnelle. S'ils s'en occupent, parfait. Asseyez-vous, détendez-vous et voyez comme vos impôts sont judicieusement dépensés. Mais si ceux que nous payons pour nous protéger ne se montrent pas ? Dans ce cas, la responsabilité d'exterminer tous les zombies du coin vous incombe, à vous ou à votre équipe. Chaque règle, chaque méthode, chaque arme et chaque outil décrits dans ce chapitre sont taillés sur mesure pour faire face à cette situation. Tous sont le fruit d'une longue expérience. Tous ont été testés avec succès et dûment validés.

Il est maintenant temps de relever la tête et de *chasser les chasseurs*.

RÈGLES GÉNÉRALES

1. Réponse collective

Comme pour n'importe quel type de combat armé, la lutte anti-morts-vivants n'est jamais l'affaire d'une seule personne. On l'a vu, les sociétés occidentales – et surtout américaines – baignent dans la culture des superhéros. Un seul homme aux nerfs d'acier, bien armé et parfaitement entraîné peut conquérir le monde… Ceux qui croient de telles âneries feraient tout aussi bien de se déshabiller, d'appeler les zombies et de se coucher tout nus sur un plateau d'argent. Si vous y allez seul, non seulement vous mourrez, mais vous irez grossir les rangs des zombies. Le travail d'équipe a maintes fois prouvé sa supériorité stratégique dès qu'on envisage sérieusement d'annihiler l'armée des morts.

2. Maintenez la discipline

Si vous ne deviez retenir qu'une seule chose de ce chapitre, focalisez-vous sur cet aspect dans votre lutte contre les morts-vivants : la discipline. La discipline la plus stricte. La discipline la plus rigoureuse. La discipline dans ce qu'elle a de plus sacré. Un groupe discipliné, quel que soit le nombre de personnes qui le compose, infligera beaucoup plus de dommages aux hordes de zombies que n'importe quelle bande surarmée livrée à elle-même. Si pour vous, armement correct, équipement adapté, moyens de communication adéquats et plan précis riment avec perte de temps, autant laisser tomber tout de suite. Cet ouvrage se destinant avant tout aux civils – et non aux militaires –, il leur faut impérativement saisir toute l'importance de l'obéissance. Quand vous composerez votre équipe, assurez-vous que les hommes et les femmes sous votre commandement comprennent bien vos instructions. Utilisez un langage clair et concis. Évitez tournures et jargon militaires tant que votre équipe n'est pas encore habituée à sa signification. Assurez-vous qu'il y a *un seul* leader, accepté et reconnu de tous. Faites en sorte qu'aucun grief personnel ne subsiste entre les différents membres de votre unité (ou qu'au pire, on les a enterrés pour de bon). Si ces contraintes réduisent le nombre de candidats, tant pis. Votre équipe doit fonctionner comme un seul homme. Sinon, pléthore d'imprévus cauchemardesques vous tomberont dessus. On a vu des groupes bien préparés se faire totalement décimer parce que leurs membres ont paniqué, se sont dispersés ou bien entre-tués. Oubliez les mauvais films de série Z dans lesquels une bande de types débraillés, le fusil à pompe et la bière à la main, protègent l'humanité de la menace zombie. Dans la vraie vie, ceux-là servent d'apéritif aux morts-vivants. Rien d'autre.

3. Restez sur vos gardes

Même si l'euphorie vous submerge après un combat victorieux, même si vous êtes épuisé après plusieurs jours sans sommeil, même si les heures et les heures de marche forcée vous ont totalement engourdi le cerveau, quelle que soit la raison, ne baissez *jamais* votre garde. Les morts-vivants sont partout, silencieux, cachés. Qu'importe si un endroit vous semble sûr, restez sur vos gardes, restez sur vos gardes, restez sur vos gardes !

4. Utilisez des guides

Toutes les batailles n'ont pas forcément lieu sur votre pelouse. Avant de pénétrer une zone qui ne vous est pas familière, recrutez quelqu'un du coin. Il ou elle vous indiquera les cachettes, les obstacles, les possibilités de fuite, etc. Des groupes dépourvus de guide ont parfois déclenché des catastrophes en ne sachant tout simplement pas qu'un réservoir de gaz se trouvait en plein dans leur ligne de mire ou que des produits chimiques extrêmement toxiques étaient stockés dans le bâtiment qu'ils venaient de faire sauter. De tout temps, les armées victorieuses ont toujours employé de la main-d'œuvre locale pour faciliter la conquête du territoire convoité. Les armées qui avancent à l'aveuglette finissent généralement hachées menu.

5. Prévoyez une base et des renforts

Jamais une équipe ne devrait partir au combat sans établir un périmètre de sécurité et une position de repli. Cette zone doit se situer suffisamment loin du champ de bataille. Une équipe de renfort doit s'y poster en permanence, avec tout le matériel et les provisions nécessaires pour vous permettre de continuer le combat. Par ailleurs, elle doit être facilement défendable si la situation vous échappe. Fortifications, infirmerie, provisions, centre opérationnel de combat, tout cela doit être parfaitement clair et défini quand vous donnez l'ordre de « rentrer à la base ».

6. Profitez de la lumière du jour

Les films d'horreur se déroulent presque toujours la nuit. Les ténèbres nous effraient, et cela n'a rien d'étonnant : l'*homo sapiens* n'est pas adapté aux activités nocturnes. Absence de vision de nuit, faible odorat et ouïe limitée font de nous des créatures diurnes. Bien que les zombies ne soient pas plus adaptés au combat de nuit que nous, cette relative marge de sécurité a tendance à disparaître quand on se bat de nuit – des études l'ont prouvé. De plus, jour ne rime pas seulement avec lumière, il améliore le moral de votre équipe.

7. Planifiez la retraite

Combien de zombies comptez-vous affronter ? À moins d'en connaître le chiffre exact, prévoyez toujours un itinéraire de repli, reconnu et dûment gardé. Bien souvent, des chasseurs trop confiants débarquent dans une zone contaminée et y subissent des assauts beaucoup plus violents que prévu. Débrouillez-vous pour que l'itinéraire de repli soit libre, proche, et par-dessus tout dénué de tout obstacle. Si le nombre vous l'autorise, laissez-y plusieurs membres de votre équipe pour maintenir la route ouverte. Lors de retraites mal organisées, des unités entières ont parfois été piégées parce que leur itinéraire de repli grouillait déjà de zombies.

8. Laissez-les venir

Plus que toute autre, ce genre de stratégie autorise les vivants à jouir pleinement de leur avantage principal : l'intelligence. Si une attaque se prépare, une armée humaine attendra patiemment et confortablement, tout en optant pour une stratégie défensive. Lors d'un assaut conventionnel, les attaquants doivent toujours être en nette supériorité numérique (de l'ordre de trois contre un) pour espérer remporter la partie. Avec les morts-vivants, la question ne se pose pas. Les zombies ne fonctionnent que par instinct ; ils attaqueront donc de front, et ce quelle que soit la situation. Cela vous laisse le luxe d'attendre à proximité d'une zone contaminée et de les laisser venir. Faites autant de bruit que possible, allumez des feux, envoyez même quelques éclaireurs agiles pour les attirer. Quand les morts arriveront, vous serez en position de « défense agressive », prêts à en abattre la majorité avant de passer à l'offensive proprement dite. Cette stratégie a maintes fois prouvé son efficacité et vous en trouverez quelques exemples pratiques un peu plus loin dans ce chapitre.

9. Frappez à la porte

Avant d'entrer dans une pièce, fermée ou non, tendez l'oreille pour déterminer s'il y a de l'activité à l'intérieur. Un zombie peut très bien attendre de l'autre côté de la porte – calme, silencieux, prêt à bouger au moindre signe de proie. Pourquoi ? Beaucoup d'humains mordus ont succombé après avoir été enfermés par des gens pensant les protéger. Quelles qu'en soient les raisons, ce cas de figure se produit environ 1 fois sur 7. Si vous n'entendez rien, faites du bruit. Soit une goule se manifestera, soit vous aurez la confirmation que la pièce est bel et bien vide. Dans tous les cas, prudence.

10. Soyez méthodique

Dans les premières heures d'une épidémie, les gens ont tendance à *capturer* – et non *tuer* – les zombies qu'ils ont connus de leur vivant. Quand les ravisseurs ont décampé ou succombé à leurs blessures, les zombies encore enfermés restent parfois des années sur place, prêts à débuter un nouveau cycle si on les libère. Après avoir nettoyé une zone de toutes ses goules, nettoyez-la à nouveau. Puis recommencez. Les zombies peuvent être partout – greniers, caves, égouts, voitures, conduits d'aération, espaces exigus, parfois même à l'intérieur des murs ou encore coincés sous un tas de détritus quelconques. Faites particulièrement attention aux points d'eau. Des zombies marchant au fond de lacs, de rivières et même de réservoirs d'eau potable ont été repérés au moment où ils en sortaient longtemps après la fin de toute alerte dans le secteur. Suivez scrupuleusement les instructions détaillées plus bas pour nettoyer correctement un plan d'eau.

11. Restez à l'écoute

Maintenir le contact avec chaque membre de votre équipe est un facteur essentiel pour réussir une mission. Sans une communication adéquate, les chasseurs se séparent, sont débordés ou abattus accidentellement par leurs compagnons (un drame bien plus fréquent qu'on ne veut l'admettre, même dans les conflits conventionnels). Les petites radios portatives (type talkie-walkie) – un modèle bas de gamme vendu dans les bazars électroniques fera l'affaire – constituent un excellent moyen de communication. Préférez les talkies-walkies aux téléphones mobiles ; ils ne dépendent pas de la couverture satellite ou des réseaux.

12. Tuez, écoutez, tuez

Après un accrochage, méfiez-vous des poches de zombies résiduelles. Une fois la goule abattue, cessez toute activité et écoutez attentivement. Il y a de bonnes chances qu'un zombie avoisinant ait entendu la bagarre et s'approche de votre position.

13. Débarrassez-vous des corps

Une fois la zone sécurisée, brûlez tous les corps des morts-vivants et de vos camarades tombés au combat. Vous éviterez les réanimations intempestives et vous préviendrez tout risque infectieux lié à la chair décomposée. Les humains fraîchement tués constituent un mets de choix pour de nombreux oiseaux, des charognards et, bien sûr, d'autres zombies.

14. Surveillez votre feu

Si vous faites du feu, réfléchissez bien à ce que cela implique. Êtes-vous en mesure de le contrôler ? Attention à ne pas mettre votre unité en danger. La menace zombie est-elle suffisamment sérieuse pour prendre le risque de détruire la quasi-totalité de la zone contaminée ? La réponse peut sembler évidente, mais pourquoi brûler la moitié d'une ville pour se débarrasser de trois zombies alors qu'un simple fusil ferait l'affaire ? Comme on l'a vu plus haut, le feu est votre allié... et votre ennemi. Ne l'utilisez qu'en cas de nécessité absolue. Soyez certain que votre équipe peut s'enfuir au cas où l'incendie deviendrait incontrôlable. Assurez-vous de connaître l'emplacement exact de toute matière toxique ou explosive et tâchez de savoir si leur destruction représente un risque. Entraînez-vous au maniement de toutes vos armes incendiaires (chalumeaux, Molotov, fusées de détresse, etc.) avant de pénétrer sur un champ de bataille, vous saurez ainsi de quoi vous êtes capable. Méfiez-vous des gaz inflammables, notamment des fuites. Même si vous ne comptez pas vous servir du feu comme arme principale, le danger des émanations chimiques, des réservoirs automobiles percés et de quantité d'autres produits nocifs proscrit la cigarette pendant vos missions de recherches et de nettoyage.

15. Ne partez jamais seul

Il arrive parfois qu'envoyer tout un groupe là où un seul homme suffirait paraisse exagéré. Cinq individus motivés peuvent abattre davantage de travail que toute une équipe. En termes de temps et d'efficacité, certainement. Mais pas en termes de sécurité. La priorité, quand on décide de se débarrasser des zombies, c'est de rester ensemble. Un individu isolé se fait encercler et dévorer très facilement. Pire, des chasseurs doivent parfois exterminer des zombies qui faisaient encore partie de leur équipe quelques heures plus tôt...

ARMES ET ÉQUIPEMENTS

Armer et équiper une équipe civile antizombies devrait suivre la même logique que pour une unité militaire. Chaque personne devrait disposer d'un kit standard en plus de certains outils destinés au groupe dans son ensemble :

- Arme à feu principale (fusil ou carabine semi-automatique).
- 50 cartouches.
- Kit de nettoyage.
- Arme de secours (si possible, un pistolet).
- 25 balles.

- Arme de poing (grande ou petite).
- Couteau.
- Lampe de poche.
- 2 fusées de détresse.
- 1 miroir de signalisation.
- Talkie-walkie.
- Au moins 2 méthodes pour faire du feu (allumettes, briquet, etc.)
- Gourde.
- Rations de combat.
- Banane pour effets personnels.
- Chaussures de randonnée ou de combat.
- Deux paires de chaussettes.
- Tapis de sol ou coussin.

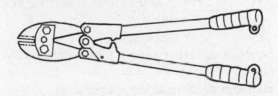

Chaque groupe (10 personnes ou moins) doit avoir :
- 2 armes silencieuses (pouvant jouer le rôle d'armes de secours).
- 3 engins explosifs.
- 2 grappins.
- 150 mètres de corde (en Nylon, section 7/16, tension 3 200 kilos, coefficient d'absorption 225 m/litre).
- 2 paires de jumelles (au moins 50 mm/zoom × 10).
- 2 pieds-de-biche (peuvent jouer le rôle d'armes de secours).
- 2 cutters de chantier.

- Boîte à outils (marteau, clés plates, clé Allen, clés à pipe, clous, écrous, vis, chevilles, tournevis plat, tournevis cruciforme, lime, scie à métaux, scie à bois).

- Hache ou hachoir à main (peuvent jouer le rôle d'armes de combat rapproché).
- Kit médical (bandes, coton, deux écharpes, ciseaux, sparadrap, antiseptique de surface, lingettes de nettoyage, savon antibactérien, gaze stérile, Mercurochrome, bistouri).
- 15 litres d'eau supplémentaires.
- 2 cartes (zone concernée et environs).
- 2 boussoles.
- Batteries de rechange pour tous les engins électroniques.
- 10 fusées de détresse supplémentaires.
- 2 outils compacts pour creuser (pouvant s'utiliser comme armes secondaires).

TRANSPORT

Contrairement au chapitre *Fuite/Déplacements*, le but de cette section n'est pas de vous expliquer comment fuir une zone infectée, mais bien de vous apprendre à y entrer. Ici, on ne cherche pas à échapper aux morts-vivants, mais à les attirer. Par ailleurs, et là encore contrairement aux chapitres précédents, vous ne serez pas seul, et l'équipe d'appui logistique facilitera le ravitaillement en carburant et la conduite des véhicules. L'idée consiste à vous servir du bruit du moteur comme appeal à zombies (voir « Marche à suivre », page 209). Dans le même ordre d'idée, retirer le pneu d'une bicyclette produira des effets comparables. Ne soyez pas trop dépendants de vos véhicules. À moins d'appliquer une stratégie précise (voir plus bas), considérez-les plutôt comme des moyens commodes d'atteindre et de quitter le champ de bataille. Une fois sur place, descendez et continuez à pied. Cela vous donne plus de flexibilité, notamment dans les zones urbaines.

TYPES DE TERRAINS

Au premier coup d'œil, ce chapitre peut sembler redondant. Toutefois, contrairement au chapitre *Fuite/Déplacements* qui vous explique comment tirer parti de votre environnement pour vous échapper, celui-ci vous apprendra à vous en servir pour chasser. Cette fois, vous ne vous contenterez pas de traverser une zone aussi vite et aussi discrètement que possible. Vous êtes ici en tant que chasseur, pour reconquérir ladite zone, la tenir et la nettoyer jusqu'à ce que ne subsiste plus la moindre trace de morts-vivants. Ce chapitre ne concerne que cet aspect.

1. Forêts

Quand vous partez en chasse, repérez les carcasses récentes. Déterminez si le prédateur était un animal ou un zombie. Pensez également à grimper aux arbres pour étendre votre champ de vision : tous peuvent servir de point de vue ou de poste de tir. Ne pressez la gâchette qu'au dernier moment.

2. Plaines

Les grands espaces procurent une visibilité sans égale et autorisent l'usage de n'importe quel type d'arme à longue portée. Une équipe de 5 personnes correctement armées et munies de lunettes télescopiques peut nettoyer plusieurs kilomètres carrés en une seule journée.

Bien entendu, la visibilité joue dans les deux sens. Des groupes de chasseurs opérant en plaine ont parfois attiré les goules sur des kilomètres. Autre danger relativement minime, mais à envisager : la probabilité de rencontrer des morts-vivants allongés dans les hautes herbes.

Ceux qui ont perdu leurs jambes, par exemple, ou dont la colonne vertébrale est brisée, peuvent passer inaperçus jusqu'à ce qu'il soit trop tard. Si votre unité traverse des zones de ce type, avancez lentement, observez bien le sol et soyez attentifs au moindre gémissement.

3. Champs

Des chasseurs insouciants se sont déjà fait attaquer par un zombie errant alors qu'ils en chassaient d'autres à travers champs ! À moins d'avoir reçu l'ordre de protéger les cultures, ou si la nourriture en elle-même revêt une importance vitale, c'est l'un des rares cas autorisant l'usage prioritaire du feu. Bien que le reste du livre

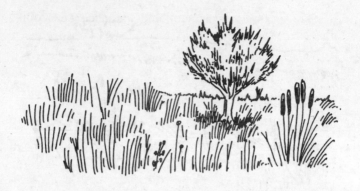

ressasse sans faiblir l'extrême dangerosité du feu et son côté éminemment incontrôlable, une vie humaine vaut davantage que quelques hectares de maïs.

4. Toundras

Danger propre à la toundra et inconnu sous d'autres latitudes : la possibilité d'une épidémie « multigénérationnelle ». Les hivers rigoureux ont tendance à préserver les zombies, qui peuvent ainsi geler et « survivre » plusieurs  décennies. Une fois au chaud, ils rejoindront les rangs des morts-vivants nouvellement infectés et dans certains cas, pourront même recontaminer toute une région. Les toundras gelées, plus que tout autre type d'environnement, impliquent non seulement des recherches exhaustives, mais également une vigilance beaucoup plus élevée lors du dégel.

5. Collines

Zombie ou pas, les terrains vallonnés s'avèrent aussi traîtres que dangereux. Si possible, tenez le sommet et restez-y. Cela vous procurera plus de marge de manœuvre. On oublie trop souvent que les goules possèdent une dextérité limitée. Appliquez ce constat à l'escalade, et vous obtiendrez une masse grouillante de zombies tentant vainement de grimper vers une proie inaccessible pendant que vous les alignez un à un.

6. Déserts

Les problèmes évoqués dans *Fuite/Déplacements* s'aggravent dès qu'on évolue dans le désert. Contrairement aux colonnes de réfugiés, votre équipe de chasseurs devra se déplacer pendant les heures les plus chaudes, les plus épuisantes et les plus aveuglantes de la journée. Assurez-vous que les membres de votre groupe soient bien équipés pour se protéger du soleil et que chacun possède suffisamment d'eau. Combattre requiert beaucoup d'énergie et augmente de fait les risques de déshydratation. N'en négligez pas les signes avant-coureurs. Un seul membre en difficulté handicapera toute l'équipe et donnera la possibilité aux morts-vivants de reprendre l'avantage. Perdre le contact avec la base et se retrouver complètement isolé ne serait-ce qu'une journée prend une tout autre signification quand on livre un combat à mort en territoire hostile.

7. Zones urbaines

S'il ne s'agissait que de se débarrasser des zombies, il suffirait de bombarder les zones urbaines ou d'y mettre le feu. Certes, cela « sécuriserait » le secteur, mais où iraient vivre les survivants une fois leurs maisons réduites en cendres ? Le combat urbain s'avère extrêmement difficile pour de multiples raisons. Tout d'abord, il requiert un temps considérable : chaque bâtiment, chaque pièce, chaque tunnel de métro, chaque voiture, chaque égout, chaque coin et recoin de ce labyrinthe doivent être minutieusement vérifiés. En fonction de la taille de la ville, votre équipe travaillera sans doute de concert avec les forces gouvernementales. Dans le cas contraire, montrez-vous extrêmement prudent, et toujours raisonnable dès qu'il s'agit des membres de votre équipe, du timing et de vos ressources (nourriture, eau, etc.). Les villes sont capables d'avaler et de digérer à peu près n'importe quoi.

8. Jungles

La jungle est un environnement cauchemardesque pour le combat rapproché. Les fusils à longue portée et les autres armes de ce type comme les arbalètes perdent toute utilité. Équipez votre groupe en fusils à pompe et en carabines. Chaque personne doit avoir sa propre machette, aussi bien pour se tailler un chemin que pour se défendre. Inutile de chercher à faire du feu : l'humidité condamne la moindre tentative. Quoi qu'il arrive, restez groupés et *très* vigilants. Écoutez attentivement les bruits de la jungle. Comme on l'a évoqué précédemment pour les forêts et les marais, c'est là votre seul système d'alarme.

9. Marais

Bien des aspects du combat en jungle s'appliquent aux marais. Il n'y fait pas forcément aussi chaud et la végétation n'y est pas aussi dense, mais cela ne les rend pas plus sûrs pour autant. Faites très attention à l'eau. Les stratégies développées pour le combat sous-marin – et décrites un peu plus loin – peuvent également s'employer dans ce contexte.

MARCHE À SUIVRE

1. Les attirer et les tuer

Utilisez un ou plusieurs véhicules, gros 4 × 4 ou camionnettes pour entrer dans la zone contaminée. Une fois à l'intérieur, faites autant de bruit que possible pour attirer les morts-vivants. Quittez la zone tranquillement en adaptant votre vitesse à celle de vos poursuivants. Vous constaterez alors assez rapidement que toute une cohorte de zombies vous suit scrupuleusement, formant un sinistre carnaval qui ne vous lâchera pas d'une semelle. À partir de là, les tireurs d'élite postés à l'arrière du véhicule peuvent ouvrir le feu. Les goules ne comprendront pas ce qui leur arrive et leur cerveau primitif ne remarquera même pas que leurs semblables s'effondrent les uns après les autres. Continuez à les faire sortir de la zone tout en les décimant jusqu'à ce qu'il n'en reste plus une seule. Utilisez ensuite la même stratégie en zones urbaines (uniquement si les routes sont dégagées) ou dans n'importe quel type d'environnement, pour peu qu'un long voyage en véhicule reste envisageable.

2. Barricades

Voilà une stratégie comparable à la précédente, sauf qu'au lieu de mener une file de morts-vivants sur plusieurs kilomètres, vos appels les attireront vers une position donnée. On peut facilement ériger une place forte à partir de débris, de barbelés, d'épaves de voitures ou même en se servant de son propre véhicule. Une fois installée, votre équipe devra garder la position et tuer tous les zombies avant de se faire déborder. Dans ce cas précis, les engins incendiaires font des merveilles. Les zombies seront certainement accolés les uns contre les autres quand ils s'approcheront. Cocktails Molotov ou (et seulement dans ce cas) lance-flammes feront des ravages. On peut employer du barbelé ou tout obstacle similaire pour ralentir leur avance et permettre une meilleure concentration du feu. Si l'incinération n'est pas envisageable, un simple fusil suffira pour accomplir le travail. Assurez-vous de tirer à la bonne distance et de ne pas gâcher de munitions. Surveillez toujours vos flancs. Si possible, faites en sorte que la zone d'approche soit étroite et qu'elle le reste. Soyez prêt à vous enfuir, mais gardez le contrôle de votre unité pour éviter toute retraite prématurée. Utilisez la tactique de la barricade en milieu urbain ou dans n'importe quelle zone offrant une excellente visibilité. Évitez systématiquement les jungles, les marais ou les forêts trop denses.

3. Tours

Repérez un point qui surplombe largement le sol (arbre, immeuble, château d'eau, etc.). Restez alors en position avec suffisamment de munitions et de provisions pour tenir un siège (plus qu'une seule journée). Une fois tous ces détails réglés, attirez les morts par tous les moyens à votre disposition.

Dès qu'ils se seront rassemblés autour de votre position, massacrez-les tous. Soyez prudent si vous utilisez des engins incendiaires : le feu peut facilement s'étendre à votre perchoir et la fumée représente un risque bien réel.

4. Tours mobiles

Conduisez un camion-poubelle, un semi-remorque ou n'importe quel véhicule suffisamment imposant au beau milieu d'une zone contaminée. Choisissez un emplacement doté d'une bonne visibilité, immobilisez-vous et commencez à tirer. Avec cette méthode, vous ne serez jamais pris au piège comme cela arrive parfois avec les positions fixes. Vous attirerez les morts avec le bruit du moteur et vous disposerez (pour peu que la cabine soit sûre, évidemment) d'un moyen de fuite immédiatement accessible.

5. Cage

Si vous ne croyez pas aux vertus de l'expérimentation animale et des mauvais traitements infligés à nos infortunés compagnons, oubliez cette méthode. Il s'agit de placer un animal dans une cage, de positionner votre unité à portée de tir et d'abattre tout zombie désireux de dévorer l'appât. Il faut prendre en compte plusieurs facteurs pour que cette stratégie fonctionne. L'animal en question doit faire suffisamment de bruit pour attirer toutes les goules voisines. La cage doit être assez résistante pour ne pas céder en cas d'attaque directe et bien ancrée au sol pour ne pas se renverser. Bien entendu, votre équipe doit rester cachée. Il faut également faire attention à ne pas abattre par mégarde l'animal enfermé. Les appâts silencieux ou morts compliquent énormément la manœuvre. Les environnements qui limitent par trop les possibilités de camouflage s'avèrent moins adaptés. Évitez cette technique si vous chassez dans un champ, en pleine toundra ou dans le désert.

6. Chars d'assaut

Il est bien évident que votre équipe n'a pas les moyens de se procurer un véritable tank ou une chenillette blindée. Par contre, on peut envisager d'utiliser le genre de camionnette dont se servent les sociétés privées pour transporter des fonds ou toute autre cargaison de valeur. Dans ce cas précis, l'objet de valeur, c'est vous. La technique du tank ressemble beaucoup à celle de la cage, dans la mesure où le but principal consiste à attirer les zombies vers un endroit donné, puis de les abattre à coups de fusil les uns après les autres. Mais contrairement au principe de la cage, les occupants de la cabine ne se contenteront pas seulement de jouer les appâts : les meurtrières circulaires prévues pour se défendre vous laisseront toute latitude pour ajouter votre puissance de feu à celle des snipers positionnés à l'extérieur. Attention toutefois à ce que les morts-vivants ne retournent pas votre véhicule.

7. Rodéo

De toutes les méthodes de chasse utilisées contre les morts-vivants, cette technique est sans aucun doute la plus spectaculaire. Très simple, le processus consiste à diviser votre équipe en plusieurs groupes, à embarquer sur un grand nombre de véhicules, à vous rendre dans une zone contaminée et à écraser tous les zombies que vous trouverez sur votre chemin. Malgré son image très romantique, cette technique est aujourd'hui abandonnée par tous les chasseurs un tant soit peu sérieux. Renverser une goule ne la tue que rarement. Par contre, un zombie laissé pour mort continuera à ramper malgré sa colonne vertébrale brisée ou ses jambes arrachées. Après votre chasse, prévoyez toujours plusieurs heures de nettoyage additionnel par une équipe à pied. Si malgré tout, vous décidez d'opter pour le rodéo, agissez en terrain découvert (plaine, désert, toundra). Les zones urbaines présentent de nombreux obstacles, comme les épaves de voitures ou les barricades abandonnées. Trop souvent, des équipes de chasseurs se retrouvent bloquées ; le rapport de force s'inverse alors radicalement. Dans le même ordre d'idée, évitez les marais et les terrains trop humides.

8. Battue

À l'exact inverse du rodéo, la battue impose une approche calme, lente et méthodique de la question. Les chasseurs patrouillent au volant de véhicules suffisamment grands et bien protégés à la vitesse maximale de 20 kilomètres par heure. Les bons tireurs abattent les morts-vivants les uns après les autres. Les camions-bennes s'avèrent plus pratiques, car ils offrent d'excellents angles de tir et une meilleure protection aux snipers embarqués. Bien que cette technique ne soit pas aussi aléatoire que le rodéo, il faudra néanmoins inspecter chaque corps et s'en débarrasser par la suite. Les vastes zones ouvertes restent idéales pour un balayage méthodique, même si la lenteur de l'opération autorise cette pratique en ville. Évitez les jungles et les zones tropicales. Là encore, comme pour le rodéo, il faut planifier un nettoyage manuel méthodique. Abattre au fur et à mesure les zombies que vous rencontrez n'est pas suffisant pour se débarrasser définitivement des morts-vivants cachés au fond des mares, coincés dans les placards, tapis dans les égouts ou bloqués à la cave.

9. Bombardement aérien

Quoi de plus sûr que d'anéantir votre ennemi par la voie des airs ? Avec quelques hélicoptères, votre section effectuerait le même travail qu'une équipe au sol, le risque en moins, n'est-ce pas ? En théorie, oui. En pratique, non. Même un cadet de première année sait reconnaître l'importance de l'infanterie, et ce quelle que soit l'intensité du bombardement aérien. Ce principe s'applique plus que jamais aux zombies. Oubliez les attaques aériennes en zone urbaine, au-dessus des forêts, des jungles, des marais ou de n'importe quel type de terrain couvert. Votre taux de réussite passera sous la barre

des 10 %. Oubliez également l'idée d'une chasse
« propre », sûre et sans douleur, même si la visibilité est
excellente. Quoi qu'il arrive, il faudra quand même se
salir les mains et nettoyer la zone *in situ*. Le transport
aérien s'avère néanmoins utile, surtout pour le déploiement de troupes et la reconnaissance. Les avions et les
hélicoptères couvrent de vastes territoires et procurent
des informations essentielles aux équipes de chasseurs
disséminées sur le terrain. Les dirigeables présentent
l'avantage de planer au-dessus des zones contaminées
toute la journée, envoyant un flux constant d'informations et d'avertissements sur les embuscades et dangers
potentiels. Les hélicoptères peuvent évacuer immédiatement ceux qui en ont besoin, ou rapprocher deux unités
séparées. Soyez prudents, néanmoins, quand vous
déployez votre appui aérien. Les pannes entraînent
parfois des atterrissages forcés en pleine zone hostile.
L'équipage courra alors un grave danger ; pire, les
équipes de secours qui partiront à leur recherche prendront elles aussi de gros risques.

Pourquoi ne pas parachuter une équipe de nettoyage
en pleine zone contaminée ? Cette hypothèse a été évoquée à maintes reprises sans jamais être appliquée. C'est
à la fois téméraire, courageux, héroïque et totalement
idiot. Faut-il parler des blessures à l'atterrissage, du
risque de terminer empalé sur une branche, de dériver
trop loin, de se perdre et de tous les risques inhérents au
saut en parachute en temps de paix ? S'il vous faut une
métaphore, jetez un petit morceau de viande sur une
fourmilière. La boulette risque fort de ne jamais toucher
le sol. En clair, l'appui aérien mérite bien son nom : un
« appui » et rien d'autre. Ceux qui persistent à y voir la

seule façon de gagner une guerre n'ont pas leur place dans une équipe solide qui planifie rigoureusement ses actions dans la lutte contre les morts-vivants.

10. Tempête de feu

Si vous pensez pouvoir maîtriser l'incendie, si la zone concernée s'y prête et que vous avez prévu des protections adaptées, alors rien n'est plus efficace qu'un nettoyage par le feu. Il faut clairement en définir les limites pour que les flammes suivent l'itinéraire prévu et ne sortent pas dudit périmètre. Gardez l'œil sur les zombies qui traversent le rideau de flammes. En théorie, le feu les conduira vers une zone précise et les carbonisera en quelques minutes. Un nettoyage manuel n'en reste pas moins nécessaire, surtout dans les zones urbaines, où les caves et autres refuges peuvent offrir quantité d'abris aux zombies. Comme toujours, agissez avec prudence et soyez prêt à combattre également le feu.

11. Combats sous-marins

Ne négligez jamais les goules qui hantent le fond de l'eau avant de déclarer une zone officiellement sécurisée. Trop souvent, les gens retournent dans une zone « nettoyée » et subissent quelques jours, quelques semaines, voire plusieurs mois plus tard une nouvelle attaque de zombies. Et comme les morts peuvent « vivre », agir et même tuer en milieu liquide, la chasse sous-marine s'avère parfois indispensable. La chose reste extrêmement dangereuse, l'eau étant par essence un milieu hostile pour l'homme. Les problèmes évidents de respiration, de manque de communication, de mobilité et de visibilité font du monde sous-marin un endroit délicat pour chasser le mort-vivant. Contrairement à la fuite *sur* l'eau (où vous avez clairement l'avantage sur les zombies), la plongée fait nettement pencher la balance du côté des morts. Cela dit, la chasse sous-marine n'a rien d'impossible ; bien au contraire. Assez ironiquement, les difficultés inhérentes à cette pratique améliorent la concentration et l'efficacité des chasseurs. Appliquez les règles qui suivent pour que l'opération se déroule convenablement.

A. *Étudiez le terrain*

Quelle est la profondeur de la zone concernée ? Sa taille ? Est-elle fermée (lac, mare, réservoir) ? Sinon, où se situent les passages vers la haute mer ? Quelle visibilité ? Y a-t-il des obstacles sous-marins ? Répondez à toutes ces questions avant de vous jeter à l'eau.

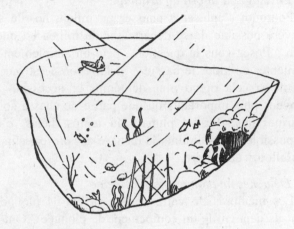

B. *Observez la surface*

Enfilez votre combinaison de plongée, immergez-vous dans une eau infestée de zombies et vous expérimenterez *in situ* l'angoisse infantile de la noyade *et* celle de se faire dévorer. Ne plongez jamais avant d'avoir exploré consciencieusement la zone depuis le rivage/ quai/bateau. Si la turbidité des eaux ou la trop grande profondeur vous en empêchent, il est toujours possible d'employer d'autres moyens. Les sonars, un équipement usuel qu'on trouve sur n'importe quel bateau de pêche, détectent très facilement les gros objets comme les corps humains. Une simple inspection de surface ne suffit pas toujours à déterminer la dangerosité des lieux.

Les obstacles sous-marins comme les vieilles souches, les rochers ou même les épaves masquent parfois la silhouette d'un zombie.

Si d'aventure, vous en repérez ne serait-ce qu'un, observez scrupuleusement les règles suivantes.

C. Envisagez d'abord un drainage

Pourquoi s'épuiser à chasser en milieu hostile s'il s'avère possible de se débarrasser du milieu en question ? Posez-vous la question : peut-on simplement se contenter de vider le bassin ? Si la réponse est oui, et même si cela prend plus de temps et nécessite des moyens plus importants qu'une partie de chasse sous-marine, faites-le. La plupart du temps, hélas, c'est impossible. Pour éliminer la menace des profondeurs, il va falloir y descendre.

D. Dénichez un plongeur expérimenté

Les membres de votre équipe savent-ils plonger ? Ont-ils déjà enfilé un équipement de plongée ? Ont-ils déjà fait du snorkeling en vacances (palmes, masque et tuba) ? Envoyer des gens inexpérimentés sous l'eau peut les tuer avant leur rencontre avec des zombies subaquatiques. Noyade, essoufflement, narcose, hypothermie, nombreux sont les dangers encourus par nous autres mammifères terrestres quand l'envie nous prend d'aller faire une promenade sous-marine. Si vous avez le temps – si, par exemple, les zombies sont coincés dans une zone précise –, trouvez quelqu'un pour vous apprendre à plonger, pour commander votre palanquée ou encore se charger lui-même de la besogne. Mais si vous constatez que les zombies tombés à l'eau risquent de propager l'épidémie dans les villes situées en aval, plus de temps à perdre. Attachez votre ceinture de plomb, et assumez-en les risques.

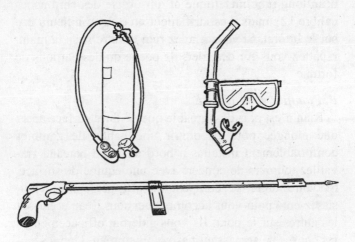

E. Préparez votre équipement

Comme lors d'un combat au sol, armes adéquates et équipement adapté restent fondamentaux pour votre survie. L'appareil respiratoire le plus répandu est le scaphandre autonome de plongée loisir (bouteille d'air comprimé et détendeur). Si vous n'en trouvez pas, un simple compresseur et des tuyaux de caoutchouc feront l'affaire. Les lampes étanches sont obligatoires. Même dans les eaux les plus claires, il est parfois difficile de repérer les zombies s'ils se cantonnent aux zones plus opaques ou s'ils se tapissent dans des failles rocheuses. Emportez un fusil-harpon (une sorte d'arbalète sousmarine avec une flèche d'acier reliée au corps du fusil par une longue cordelette) comme arme principale. Aucune autre arme subaquatique n'est suffisamment puissante pour transpercer à distance un crâne humain en toute sécurité. Il existe également une espèce de fusil à pompe sous-marin (de fabrication italienne, constitué d'un long tube métallique et qui utilise des cartouches calibre 12), mais il est difficile d'en trouver ailleurs que sur le littoral. Si vous n'avez rien d'autre sous la main, rabattez-vous sur des filets de pêche ou des harpons de fortune.

F. Planifiez votre chasse

Rien n'est plus désagréable que de faire surface après une plongée pour découvrir une bande de zombies confortablement installés à bord de votre bateau. Travaillez toujours de concert avec une équipe de surface. Si votre unité se compose de 10 personnes, choisissez-en 4 pour vous accompagner sous l'eau et laissez les autres sur le pont. Ils vous aideront efficacement si les choses ne se passent pas comme prévu. Une « sécu-surface » peut également se révéler utile pour surveiller la zone, éventuellement tuer les morts-vivants qui émergent de l'eau ou appeler les renforts si besoin. Tous les stratèges militaires vous confirmeront que les environnements hostiles requièrent un appui renforcé.

G. Observez la faune

Nous savons déjà que les oiseaux et les animaux signalent l'approche d'un zombie. Idem pour les poissons. Il est désormais prouvé que la faune sous-marine est capable de détecter quasi immédiatement le virus du solanum dès qu'il envahit un corps immergé. Dans ce cas, toutes les formes de vie animale fuiront immédiatement la zone. Les plongeurs sous-marins le constatent immanquablement : les poissons disparaissent dès qu'ils sentent la présence des zombies.

H. *Méthodes de chasse*

Ne dédaignez pas ces méthodes, même si elles vous semblent douteuses, peu pratiques, voire franchement ridicules. Toutes ont été appliquées dans des conditions réelles de nettoyage subaquatique. Et toutes se sont montrées remarquablement efficaces.

a. Technique du sniper. Chasse à l'agachon. Prenez un fusil-harpon en lieu et place d'un fusil à lunette, remplacez l'air par l'eau, et appliquez globalement la même méthode. Les fusils-harpons ont une portée plus réduite que les fusils « terrestres », le plongeur est donc beaucoup plus exposé. Si vous manquez votre cible, ne rechargez pas sur place. Nagez sur une distance suffisante, armez votre flèche et rapprochez-vous à nouveau de votre proie.

b. Technique du harponneur. À utiliser s'il s'avère impossible de toucher directement la tête. Servez-vous de la cordelette (souvent gainée de métal) attachée à votre harpon et visez la cage thoracique. Dès que le zombie est ferré, l'équipe de surface se chargera de le remonter et de s'en débarrasser. N'oubliez pas que même dans cette situation, les zombies restent extrêmement dangereux. Si possible, servez-vous d'une arme à feu et visez la tête dès qu'elle sortira de l'eau. Cela demande une excellente coordination entre le plongeur et l'équipe de surface. Par le passé, il est arrivé que les membres de la sécu-surface remontent ce qu'ils prenaient pour les restes d'un zombie mort. Leurs cris n'ont jamais été entendus par le plongeur maladroit.

c. Technique du harponneur-pêcheur. Une variante de la précédente. Attachez votre harpon à une solide corde reliée à l'embarcation, visez le zombie et laissez

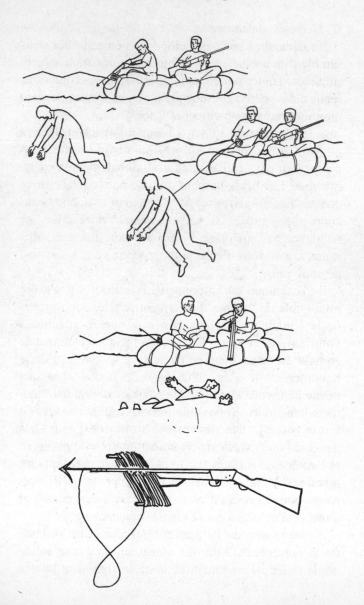

l'équipe de surface le remonter. Des pointes-hameçons réduisent les risques de décrochage pendant l'ascension du mort-vivant.

Si l'eau est peu profonde et suffisamment claire, on peut tirer directement depuis le bateau. Là encore, comme pour la technique précédente, il faut impérativement neutraliser la « prise » avant qu'elle soit trop près.

d. Technique du filet. C'est votre équipe de surface qui dirige la pêche, les plongeurs jouant le rôle d'éclaireurs.

Des filets (de pêche ou autre) sont largués sur les goules cibles et utilisés ensuite pour les ramener à la surface. Principal avantage de cette méthode : le zombie pris dans les filets est généralement trop emmêlé pour bouger. Bien entendu, « généralement » est un mot à prendre avec des pincettes. Nombreux sont les chasseurs ayant succombé à l'attaque de zombies pas assez « généralement » emmêlés.

I. Règles spécifiques

Considérez chaque point d'eau comme unique. Leur topographie varie fortement et présente des différences parfois insoupçonnables depuis la surface. Leur seul point commun reste l'eau qui les constitue. Vous avez déjà un ennemi mortel à gérer, n'en rajoutez pas.

a. Rivières. Le courant permanent relève autant de la bénédiction que de la malédiction. En fonction de la puissance de ses eaux, une rivière peut disséminer des zombies sur des kilomètres autour de la zone initialement contaminée. Des goules tombées dans le fleuve à Winona, dans le Minnesota, peuvent très bien refaire surface plusieurs semaines plus tard en pleine

Nouvelle-Orléans. D'où la nécessité d'agir vite. Les lacs fermés ne posent pas ce genre de problèmes. Dans la mesure du possible, installez des filets aux endroits les plus étroits. Surveillez-les scrupuleusement et soyez très prudents si vous envoyez des plongeurs les inspecter. Un courant trop violent risque de les emporter droit vers leurs cibles… qui les attendent à bras (et bouche) ouverts.

b. Lacs et bassins. Comme ce type de point d'eau reste généralement fermé, il y a peu de chances qu'un zombie puisse s'en échapper sans encombre. En général, il est facile de repérer et d'abattre rapidement tout mort-vivant qui fait surface. Par contre, il faudra repêcher et éliminer un par un ceux qui restent sous l'eau.

L'absence de courant en fait un endroit idéal pour les plongeurs. Les lacs et les bassins gelés en hiver posent toutefois le problème des épidémies multigénérationnelles. Si le lac gèle dans son intégralité, la glace piégera les zombies tout l'hiver et empêchera toute tentative de chasse sous-marine. Si le gel ne concerne que la surface, les zombies continueront à hanter les profondeurs jusqu'au printemps.

c. Marais. Probablement l'environnement le plus frustrant pour la chasse sous-marine. Leurs eaux boueuses interdisent presque la plongée. Leur fond jonché de plantes, de racines et de débris suffit à brouiller le sonar le plus sophistiqué. La plupart du temps, leur faible profondeur permet aux zombies de jaillir de l'eau et d'agripper un chasseur, voire de renverser facilement son embarcation. Opérer en nombre en utilisant allègrement lampes et sondes reste la seule méthode reconnue pour nettoyer ce genre d'endroit. Après avoir fait l'expérience des marais, vous comprendrez mieux pourquoi les réalisateurs de films d'horreur en raffolent.

d. Océans. À moins que la zone concernée se limite à un port ou à une baie confinée, n'espérez pas agir efficacement en pleine mer. Les océans sont tout simplement trop vastes pour être correctement nettoyés. Leur profondeur est telle que seuls les sous-marins les plus sophistiqués et les plus onéreux peuvent en atteindre le fond. C'est certes problématique, mais au final, la menace représentée par ces zombies transocéaniques reste quasi négligeable. La plupart continueront à hanter le fond de la mer sans jamais en sortir et se décomposeront peu à peu. Attention, n'ignorez pas cette menace potentielle pour autant. Dès que vous aurez confirmation que des zombies ont disparu sous les flots, étudiez les courants sous-marins et repérez les endroits où peuvent (doivent ?) dériver les corps. Il est alors fondamental d'avertir tous les habitants du littoral concerné et de maintenir une surveillance constante pendant quelques semaines. Aussi improbable que cela puisse paraître, on a vu des zombies débarquer sur des plages situées à plusieurs *milliers* de kilomètres d'une épidémie localisée, et ce quelques *mois* après son terme.

Supposons que vous ayez suivi toutes ces instructions à la lettre. La bataille est terminée, la zone sécurisée, les victimes évacuées et les zombies brûlés. Avec un peu de chance, c'est la dernière fois de votre vie que vous aurez à gérer ce genre de problème. Mais si cela se reproduit ? Si votre combat n'était qu'une goutte d'eau dans l'océan d'horreur qui s'annonce ? Et si – Dieu nous en préserve – l'humanité perdait la guerre contre les morts-vivants ?

Vivre dans un monde
envahi par les zombies

Que faire si l'impensable finit par se produire ? Si les hordes de zombies atteignent un nombre suffisant pour dominer la planète ? Nous évoquons ici l'épidémie de catégorie 4 (ou *épidémie terminale*) qui menace les humains d'extinction. Improbable ? Sans doute. Impossible ? Hélas non. Quelles que soient les personnes qui les composent, les gouvernements restent désespérément *humains*... Et tout aussi peureux, étroits d'esprit, arrogants et incompétents que nous. Pourquoi croiraient-ils à l'assaut imminent de cadavres réanimés assoiffés de sang, alors que la plupart des gens refusent eux-mêmes de l'admettre ? Bien sûr, certains diront que cette logique résistera aux épidémies de catégorie 1 ou 2, mais que la menace posée par plusieurs centaines de zombies suffira à galvaniser nos élites et les obligera à prendre des mesures adaptées. Comment pourraient-ils faire autrement ? Comment le pouvoir en place – surtout à notre époque si moderne et si éclairée – pourrait-il ignorer la propagation d'une maladie mortelle jusqu'à ce qu'elle atteigne les proportions d'une pandémie ? Voyez comment les différents pays ont réagi à la menace du sida et vous aurez votre réponse. Et si les

« autorités » comprennent la nature de la maladie, mais se révèlent incapables de la maîtriser ? Les graves récessions économiques, les guerres locales, les désordres civils ou les accidents industriels peuvent très bien épuiser les ressources gouvernementales et interdire toute mesure sanitaire efficace. Même dans des conditions idéales, contrôler une épidémie dépassant la deuxième catégorie s'avère extrêmement difficile. Imaginez la mise en place d'une quarantaine dans une ville aussi grande que Chicago ou Los Angeles. Imaginez les millions de personnes qui tenteront de fuir par tous les moyens. Combien y aura-t-il de gens *déjà* mordus pour répandre l'infection bien au-delà de la zone initiale ?

Les immenses océans qui recouvrent la majorité de notre planète ne peuvent-ils pas nous sauver ? L'Europe, l'Afrique, l'Asie et l'Australie ne sont-elles pas à l'abri d'une épidémie nord-américaine ? Peut-être. Mais seulement si tous les pays ferment leurs frontières, que le trafic aérien cesse complètement et que chaque gouvernement a conscience du problème et travaille avec ses homologues à le solutionner. Même ainsi, avec des millions de zombies sur les bras, peut-on raisonnablement espérer arrêter *tous* les avions et *tous* les bateaux dont les passagers sont probablement déjà malades ? Peut-on vraiment inspecter et surveiller chaque centimètre carré de plage ? Hélas, non. Le temps reste le meilleur allié des zombies. Chaque jour, leur nombre augmente et rend leur extermination plus problématique. Contrairement à son équivalente humaine, une armée de zombies n'a besoin d'aucun appui, d'aucun ravitaillement. Elle n'a que faire des munitions, des armes ou des antennes médicales. Rien ne l'affecte : ni les chutes de moral, ni la fatigue ni l'incompétence de ses chefs. Elle se contre-fiche de la panique, de la désertion, des mutineries. L'armée des morts suit très exactement le même pro-cessus que le virus qui lui a donné naissance : elle continue à se développer et à envahir la planète jusqu'à ce qu'il ne reste plus rien à dévorer. Où irez-vous ? Que ferez-vous ?

UN MONDE MORT-VIVANT

Le jour où les morts-vivants triompheront, le monde basculera dans le chaos. L'ordre social disparaîtra. Ceux qui détiennent le pouvoir s'enterreront dans leurs bunkers ou dans leurs enclaves ultrasécurisées avec leur famille et leurs semblables. Enfermés dans des abris creusés pendant la guerre froide, ils seront sans doute en mesure de survivre. Peut-être continueront-ils à main-tenir tant bien que mal une vague structure gouverne-mentale. Ils disposeront d'ailleurs de moyens de communication leur permettant de garder le contact avec d'autres bunkers ou d'autres chefs politiques. Mais d'un point de vue strictement pratique, le gouverne-ment sera en exil. En exil et impuissant. Après la dispa-rition de la loi et de l'ordre, des petites bandes émerge-ront pour asseoir leur autorité. Pillards, bandits et autres charognards prendront ce qu'ils voudront et jouiront de tout comme ils l'entendront. La mort d'une civilisation s'accompagne généralement d'une dernière et gigan-tesque fête. Aussi pervers que ça paraisse, des gens croyant vivre leurs derniers instants se livreront à de véritables orgies à travers tout le pays.

Les ultimes vestiges de la police et de l'armée serviront les décombres du gouvernement, mais déserteront en masse pour sauver leur famille et deviendront à leur tour des bandits. Les moyens de communication planétaires cesseront totalement de fonctionner. Des villes isolées seront transformées en champs de bataille, hérissées de barricades dressées par celles et ceux qui combattront les goules et les pillards. Les machines livrées à elles-mêmes finiront pas tomber en panne ou, dans certains cas, exploser. La fusion des réacteurs nucléaires et autres désastres industriels seront monnaie courante et pollueront durablement l'environnement. La campagne grouillera de zombies. Les villes se videront de leurs habitants et les morts-vivants s'éparpilleront un peu partout à la recherche de proies. Les maisons de campagne et les banlieues seront réduites en cendres alors que les habitants fuiront, tenteront de résister ou attendront la mort chez eux. Et le carnage ne se limitera pas aux humains. L'air résonnera des cris des animaux domestiques qui tenteront de protéger leurs maîtres ou des bêtes de somme attachées dans leur étable.

Avec le temps, les choses finiront par se calmer, les explosions cesseront et les hurlements s'éteindront. Les zones fortifiées commenceront alors à manquer de provisions, ce qui forcera leurs occupants à affronter les morts pour des missions de récupération, d'évacuation, ou lors de simples batailles rangées livrées par des survivants fous de désespoir. La liste des victimes s'allongera encore quand les derniers humains accablés, pourtant bien équipés et bien protégés, se suicideront par milliers.

Les pillards mentionnés plus haut ne s'en sortiront pas mieux que les autres. Ces barbares des temps modernes ne se définiront que par l'irrespect de la loi, la haine de l'organisation et des choix philosophiques primant la destruction sur la création. Leur mode de vie nihiliste et parasitaire tendra à les rendre dépendants des autres plutôt qu'autosuffisants. Leur mentalité leur interdira de se fixer quelque part pour commencer une nouvelle vie. Ils seront toujours sur les routes et combattront occasionnellement les morts-vivants en cas de mauvaise rencontre. Et pourtant, même s'ils réussissent à se débarrasser de cette menace immédiate, leur sens naturel de l'anarchie les poussera inévitablement à se battre les uns contre les autres. Les nombreuses bandes tiendront grâce au charisme de leur chef. Dès qu'il ou elle aura disparu, plus rien ne maintiendra la cohésion du groupe. Une horde de pillards qui errent sans but à travers un territoire hostile ne peut espérer y survivre indéfiniment. Après quelques années, il ne restera plus grand-chose de ces prédateurs sans foi ni loi.

Difficile de savoir ce qu'il adviendra des restes du gouvernement. Cela dépend grandement du pays dont nous parlons, de ses ressources avant l'épidémie et de son organisation sociale. Une société fondée sur des idéaux comme la démocratie ou le fondamentalisme religieux a beaucoup plus de chances de perdurer. Les survivants n'y dépendent pas du magnétisme (ou de l'intimidation) d'une seule personne. Un dictateur du tiers-monde réussira peut-être à garder ses mignons auprès de lui tant qu'il survivra. Mais à l'instar des gangs de barbares, sa disparition ou la moindre preuve de faiblesse de sa part scellera le destin de tout son « gouvernement ».

Peu importe ce qui arrive aux survivants, cela ne résoudra pas la question des morts-vivants. Silhouettes putrides aux yeux froids et à la bouche béante, ils se répandront sur terre et chasseront toute créature vivante passant à leur portée. Certaines espèces animales seront sans doute menacées d'extinction. Celles qui réussiront à fuir s'adapteront peut-être et se développeront à nouveau dans un écosystème radicalement différent.

Cet avenir post-apocalyptique aura des allures de désastre : villes réduites en cendres, routes désertes, maisons effondrées, navires abandonnés échoués sur les côtes, ossements rongés et blanchis éparpillés sur toute la surface d'un monde désormais régi par une espèce aussi morte que mécanique. Fort heureusement, vous n'assisterez pas au désastre. Lorsqu'il se produira, vous serez déjà loin.

AU COMMENCEMENT

Au chapitre *Défense*, vous avez appris à tenir un siège jusqu'à ce que les secours vous viennent en aide. Dans le chapitre *Fuite/Déplacements*, vous avez intégré l'art de couvrir de grandes distances en privilégiant la sécurité. Maintenant, il est temps de vous préparer au pire. À présent, vous et vos proches devez fuir toute forme de civilisation, trouver un endroit isolé et inhabité (notre planète en recèle plus que vous ne croyez) et repartir de zéro. Imaginez un groupe de naufragés sur une île déserte, voire une colonie humaine sur une autre planète. Intégrez bien cette donnée si vous voulez survivre. *Personne* ne va venir vous chercher. Aucun secours n'arrivera *jamais*. Impossible de rejoindre vos alliés, impossible de vous abriter derrière une quelconque organisation militaire d'envergure. Votre ancienne vie a disparu *pour de bon*. La nouvelle, par contre, en termes de qualité et de durabilité, dépend entièrement de vous. Aussi affreux que cela paraisse, n'oubliez pas que l'homme s'est adapté à son environnement et a dû reconstruire son mode de vie à plusieurs reprises au cours des siècles. Même aujourd'hui, alors que nos sociétés nous ont ramolli le corps et l'esprit au-delà du récupérable, le gène de la survie reste enfoui au plus profond de nous. Ironie de l'histoire, votre plus grand défi sera d'affronter la vie quotidienne dans toute sa banalité, non de vous mesurer aux morts-vivants. D'ailleurs, si vous appliquez rigoureusement les bonnes techniques de survie, il se peut même que vous ne croisiez jamais le moindre zombie. Votre but reste avant tout de créer un microcosme confortable, équipé du nécessaire pour survivre, mais aussi de maintenir au minimum un semblant de société civilisée.

Alors, quand faut-il s'y mettre ? Immédiatement. La guerre totale peut très bien ne jamais se produire ou bien se déclencher dans quelques années. Mais si elle survient plus tôt que prévu ? Si une épidémie de catégorie 1 se répand insidieusement sans que personne ne s'en émeuve ? Si une épidémie de catégorie 2 ou 3 se produit dans un pays totalitaire où la presse est soumise à une censure féroce ? Dans ce cas, la guerre totale risque d'engloutir le monde en quelques mois. Selon toute probabilité, ça n'arrivera pas. Mais est-ce une raison suffisante pour ne pas se préparer au pire ? Contrairement aux provisions que vous stockerez en attendant la catastrophe, vous aménager un coin de civilisation isolé prend énormément de temps. Plus vous en avez, mieux cela vaudra. Devez-vous abandonner votre mode de vie actuel pour vous consacrer exclusivement à l'approche imminente de la fin du monde ? Bien sûr que non. Ce texte a été pensé pour correspondre aux contraintes matérielles du citoyen moyen. Toutefois, une préparation minimale ne doit pas compter moins de 1 500 heures. Même étalé sur plusieurs années, cela représente beaucoup de temps. Si vous pensez pouvoir régler la question à la dernière minute, autant ne rien faire. Mais vous risquez de bâcler votre arche de Noé si vous attendez les premières gouttes pour commencer à la construire.

RÈGLES GÉNÉRALES

1. Constituez dès maintenant votre équipe

Comme on l'a vu dans les chapitres précédents, une réponse collective est toujours préférable à une réponse individuelle. Un groupe augmente vos ressources financières et vous permet d'acquérir plus de matériel et plus de terrain. Vous disposerez également d'un champ de compétences accru. Ici, la situation diffère d'un siège classique, où le moindre talent est déjà appréciable en soi : en vous préparant à l'avance au scénario catastrophe, vous disposerez d'assez de temps pour que tous les membres de votre groupe acquièrent les compétences nécessaires. Par exemple, combien de forgerons connaissez-vous ? de docteurs capables de fabriquer des

médicaments avec ce qu'ils ont sous la main ? Les
citadins s'y connaissent-ils vraiment en agriculture ? La
spécialisation facilite la préparation (une équipe repère
les lieux potentiels pendant qu'une autre s'occupe
d'acheter le matériel, etc.). Pendant l'épidémie, une ou
plusieurs personnes de votre groupe pourront partir en
éclaireurs dans la zone choisie pour se préparer à
l'avance au cas où la situation empirerait. Bien entendu,
il reste quantité de problèmes à régler. Contrairement
aux sièges relativement courts, la survie à long terme
implique des conflits sociaux inédits, même pour nos
sociétés modernes. Ceux qui espèrent encore l'arrivée
des secours se montrent en général plus loyaux que ceux
qui ne croient plus à rien. Le mécontentement, les mutineries et même les bains de sang restent toujours possibles. Tel est le mantra de ce livre : *préparez-vous !*
Prenez des cours de sociologie et de dynamique sociale.
Lisez le plus possible et assistez à des conférences de
leadership. Vous passerez de la théorie à la pratique
quand vous choisirez les membres de votre groupe et
prendrez le commandement. Au risque de nous répéter,
faire coopérer un groupe d'individus sur le long terme
reste l'une des tâches les plus ardues au monde. Cependant, en cas de succès, ce groupe sera capable d'accomplir n'importe quoi.

2. Étudiez, étudiez, étudiez encore

L'expression « redémarrer à zéro » n'est pas tout à
fait adéquate. Nos ancêtres sont partis de rien et il faut
beaucoup de temps pour que le savoir se développe,
s'accumule et s'échange. Mais vous disposez d'un

immense avantage sur les premiers singes pensants : des milliers d'années d'expérience accumulée. Même si vous vous retrouvez dans un coin hostile dépourvu du moindre outil, la connaissance stockée dans votre cerveau vous donne des années-lumière d'avance sur le néandertalien le mieux équipé. En plus des manuels de survie généralistes, étudiez également les autres scénarios catastrophe. Des centaines de livres traitent de la survie en milieu naturel après une guerre nucléaire, par exemple. Assurez-vous d'avoir des éditions aussi récentes que possible. Les histoires vécues de survie peuvent également s'avérer édifiantes. Les récits de naufrage, d'accident d'avion, et même ceux des premiers colons européens recèlent de véritables trésors d'informations sur ce qu'il faut et ne faut pas faire. Observez le mode de vie de nos ancêtres et voyez comment ils se sont adaptés à leur environnement. Les romans, pour peu qu'ils s'inspirent de faits réels (comme *Robinson Crusoé*, par exemple), ne sont pas non plus à négliger. Vraies ou fausses, toutes ces histoires vous aideront à comprendre que vous n'êtes pas les premiers. Savoir que « quelqu'un l'a déjà fait » constituera un calmant très efficace le jour où il faudra s'y mettre.

3. Apprenez à vous passer du luxe inutile

Bon nombre d'entre nous rêvent d'un régime plus strict. « Demain, j'arrête le café », « Il faut que je me calme sur le sucre », « Je dois manger plus de légumes verts »… Autant de remarques qu'on prononce ou qu'on entend souvent dans la vie de tous les jours. Faire face à une épidémie de catégorie 4 ne vous laissera pas beaucoup le choix. Même dans des conditions idéales, il est impossible de produire ou de faire pousser toute la nourriture ou tous les produits dont vous jouissez aujourd'hui. Passer d'une telle abondance au zéro absolu en une seule nuit constitue déjà en soi un choc très violent pour votre équilibre. Commencez donc dès maintenant à vous passer des produits superflus dont vous ne disposerez plus par la suite. Bien évidemment, il vous faut connaître votre nouvel environnement et savoir ce que l'on peut y produire. Inutile de dresser une liste dès à présent, le bon sens suffit à faire la différence entre ce dont on peut se passer et le strict minimum vital. Le tabac et l'alcool, par exemple, peu importe à quel point vous les appréciez, ne sont pas nécessaires à la physiologie humaine. Le besoin en vitamines, en sels minéraux et en sucre peut être assouvi par une alimentation naturelle et variée. Certains médicaments comme les analgésiques légers se remplacent facilement : par l'acupuncture, différentes techniques de massage ou même la méditation. Toutes ces suggestions peuvent vous paraître un peu trop exotiques ou « ésotérico-new-age » pour nos sociétés occidentales pragmatiques. Souvenez-vous néanmoins que la plupart de ces régimes et méthodes de soin ne sont pas nés en Californie, mais bien dans les pays du tiers-monde, où les ressources restent rares. Gardez à l'esprit que les Américains sont pourris gâtés par rapport au reste de la planète. Se pencher sur le cas des « déclassés » vous donnera un aperçu de la bonne manière d'appréhender les problèmes avec des moyens simples, à défaut d'être confortables.

4. Restez vigilant

La préparation à une épidémie de catégorie 4 doit commencer dès les premiers stades de la catégorie 1. Au moindre signe d'épidémie (meurtres bizarres, disparitions inexpliquées, maladies inhabituelles, couverture presse contradictoire, implication du gouvernement), contactez tous les membres de votre groupe. Discutez des moyens d'évacuation. Assurez-vous qu'aucune loi n'a changé concernant les voyages, les permis, le transport de matériel, etc. Si l'épidémie passe en catégorie 2, soyez prêt à partir. Inventoriez et préparez votre équipement. Envoyez un groupe en éclaireur préparer votre refuge. Songez dès maintenant à vous forger un alibi solide (si vous optez pour les funérailles d'un être cher, faites savoir que ce dernier est déjà malade, etc.). Tenez-vous prêt à quitter votre domicile dès que possible. Si l'épidémie passe en catégorie 3, fuyez immédiatement.

5. Pour les siècles des siècles

Vous serez peut-être tenté de vous enfermer indéfiniment dans votre maison ou dans votre nouvel abri anti-zombies au lieu de vous installer ailleurs. Ce n'est pas recommandé.

Même si vous vivez dans une enceinte fermée bien protégée, bien équipée et dotée de tous les moyens de produire nourriture et eau pour plusieurs décennies, vos chances de survie restent faibles. Les zones urbaines deviendront dans un futur proche le théâtre de féroces combats entre les vivants et les morts. Même si votre forteresse survit à ces combats de rue, elle finira

immanquablement par succomber aux mesures militaires les plus extrêmes comme le bombardement intensif. On l'a signalé plus haut au chapitre *Défense*, les centres urbains abritent des zones où les risques d'accidents industriels et d'incendies demeurent extrêmement élevés. Pour dire les choses clairement : restez en ville et vos chances de survie sont nulles ou minimes. Les banlieues et les campagnes avoisinantes connaîtront le même sort. À mesure que le nombre de morts-vivants augmentera, ils finiront forcément par repérer votre refuge. Un siège qui commence avec quelques douzaines de zombies en attirera des centaines, des milliers, puis des dizaines de milliers en un laps de temps très court. Dès qu'ils vous auront trouvé, ils ne vous lâcheront jamais. Par-dessus tout, leurs incessants gémissements collectifs en attireront des centaines d'autres à des kilomètres à la ronde. D'un point de vue strictement théorique, il est parfaitement possible que vous vous retrouviez assiégé par des *millions* de zombies.

Bien sûr, vous n'en arriverez pas là. Si votre forteresse se situe dans le Middle West, les Grandes Plaines ou même les Rocheuses, les risques de devoir gérer plusieurs millions de zombies restent faibles (mais pas nuls !). Dans ces endroits-là, cependant, les bandits représenteront un danger plus sérieux. Impossible de savoir à quoi ressembleront les voyous du futur, s'ils se déplaceront à moto ou à cheval, avec des épées ou des armes lourdes. Mais ils ne vous feront pas de cadeaux. Au fil du temps, ils enlèveront des femmes. Et plus tard, des enfants pour leur servir d'esclaves ou en faire de nouveaux guerriers. Et comme si la menace zombie ne posait pas déjà suffisamment de problèmes, ces ruffians pourraient très bien se livrer à des actes de cannibalisme. S'ils découvrent votre abri, ils l'attaqueront. Même si vous en sortez vainqueur, un seul survivant suffira pour vous mettre en danger à l'avenir. Tant que ces bandes ne se seront pas autodétruites, vous resterez leur cible. Il faudra vous installer loin de toute civilisation. Au-delà du dernier endroit où l'on aperçoit encore ce qui ressemble à une route. Il ne doit *pas* y avoir de routes, pas de lignes téléphoniques, pas d'électricité, rien. Votre refuge doit se situer en marge du globe, un endroit totalement inhabité, suffisamment *isolé* pour empêcher toute approche de zombies, interdire tout raid de bandits, et rendre insignifiant tout risque de retombées chimiques ou de bombardement militaire. Imaginez la colonisation d'une nouvelle planète ou la mise en place d'une station scientifique sous-marine. Fuyez à tout prix les grands centres de population.

6. Sachez où vous allez

Quand viendra le temps de partir, n'espérez pas charger le coffre de votre Jeep, emprunter la route qui monte vers le nord et tomber sur un endroit sympa au Yukon. Quand on planifie la retraite face à l'avancée des morts-vivants, *surtout* dans une zone inhabitée, on doit savoir *exactement* où l'on se rend. Prenez le temps d'étudier la topographie des lieux. Les cartes trop anciennes peuvent très bien omettre de signaler de nouvelles routes, de nouveaux pipelines, de nouveaux villages ou n'importe quel autre type de bâtiment. Quand vous choisissez l'endroit où vous réfugier, assurez-vous de répondre aux questions suivantes :

A. Est-ce isolé – au moins à plusieurs centaines de kilomètres de toute civilisation ?

B. Y a-t-il une source d'eau potable pour vous et les animaux que vous déciderez d'emmener ? N'oubliez pas que vous aurez besoin d'eau en quantité : boire, vous laver, faire la cuisine, sans oublier les cultures.

C. Est-il possible d'y produire de la nourriture ? La terre est-elle suffisamment bonne pour envisager des plantations ? Qu'en est-il de l'élevage (bovins, ovins et poissons) ? Pourrez-vous y produire suffisamment de nourriture *consistante* mois après mois ?

D. Quid des défenses naturelles ? Est-ce en haut d'un pic ou ceinturé de falaises ou de rivières ? En cas d'attaque humaine ou de zombies, le terrain vous aidera-t-il vous ou vos ennemis ?

E. Quelles sont les ressources naturelles ? Y a-t-il des matériaux de construction à disposition comme du bois, des pierres ou du métal ? Qu'en est-il du combustible ?

Charbon, pétrole, gaz ou, là encore, bois ? Quelle quantité de matériel devez-vous emporter pour construire un abri ? La flore environnante possède-t-elle des vertus curatives ?

7. Ne laissez rien au hasard

Ne choisissez pas votre nouveau foyer à la légère. Lisez tous les livres, tous les dossiers et tous les articles qui traitent du sujet. Examinez chaque carte et chaque photographie. Le type de terrain que vous choisirez fait certainement déjà l'objet d'un ou de plusieurs manuels de survie spécifiques. Achetez-les et étudiez-les tous. Lisez également les récits des occupants précédents, ceux des indigènes ayant vécu dans des conditions similaires. Au risque de nous répéter, visitez le site régulièrement et à toutes les saisons. Campez-y au moins quelques semaines et explorez la région autant que possible. Tachez d'en connaître chaque recoin, chaque pierre, chaque arbre, chaque dune ou chaque glacier. Prévoyez les systèmes de production de nourriture les plus efficaces (agriculture, pêche, chasse, cueillette) et établissez grosso modo le quota de personnes que vous pourrez nourrir sur cette base. Ce point s'avère crucial au moment de considérer la taille de votre groupe. Si la loi vous l'autorise, achetez le terrain. Cela vous permettra (si vos ressources le permettent) de commencer tout de suite à construire votre refuge définitif. Vous n'en ferez pas forcément votre domicile permanent, mais il doit au moins pouvoir vous abriter pendant la construction de votre futur complexe. S'il est petit et fonctionnel, mieux vaut l'utiliser comme pièce de stockage et de remise. S'il est grand et confortable, il pourra vous servir de résidence secondaire ou de maison de vacances. Pendant la guerre froide, de nombreuses personnes ont ainsi acheté des maisons de campagne leur servant par la même occasion de refuge potentiel en cas d'holocauste nucléaire. Familiarisez-vous avec la population locale la plus proche. S'ils parlent un langage différent, apprenez-le, au même titre que les coutumes locales et l'histoire du coin. Leurs conseils de terrain devraient compléter votre savoir théorique pour tout ce qui concerne la région. N'avouez *jamais* aux locaux pourquoi vous êtes là. Mieux vaut aborder ce sujet plus tard.

8. Planifiez votre route

Observez ici les mêmes règles qu'au chapitre *Fuite/Déplacements*. Mais multipliez-les par 100. Non seulement vous allez devoir faire face aux dangers des routes bloquées et des innombrables obstacles naturels, mais vous traverserez des zones qui grouilleront littéralement de zombies, de bandits et de tous les éléments déviants d'une société en décomposition. Et tout ça avant même que l'état d'urgence ne soit officiellement déclaré… Quand ce sera le cas, l'armée vous posera beaucoup plus de problèmes que les zombies. Contrairement à ce qui se passe quand on fuit une zone infestée de zombies, vous n'aurez pas le luxe de choisir entre plusieurs destinations. Il ne peut y en avoir qu'une et il vous faudra l'atteindre coûte que coûte pour survivre. Comme on l'a vu précédemment à plusieurs reprises, *il ne faut jamais croire qu'une planification parfaite élimine tout contretemps.* Un élément que l'on devrait toujours prendre en compte pour choisir son refuge. Un endroit perdu en plein cœur du Sahara peut sembler très attractif au premier abord, mais comment s'y rendre si les liaisons aériennes sont suspendues jusqu'à nouvel ordre ? Même une île située à quelques milles seulement des côtes devient aussi inaccessible que la lune si vous ne disposez d'aucun bateau. Toutes les leçons du chapitre *Fuite/Déplacements* restent valables ici. Par contre, elles ne traitent pas des problèmes internationaux. Que faire, par exemple, si vous achetez un terrain en Sibérie, que les compagnies aériennes maintiennent leurs vols, mais que la Russie a fermé ses frontières ? La Sibérie n'est pas à proscrire pour autant, mais tâchez de savoir comment entrer à tout moment dans le pays, légalement ou pas.

9. Plans B-C-D-E

Et si votre moyen de transport refuse de fonctionner ? Et si la route s'avère impraticable ? La rivière bloquée ? Si vous découvrez que les zombies, les bandits, l'armée ou même d'autres réfugiés ont déjà pris possession de votre refuge ? Si des milliers de petits détails malheureux s'accumulent ? Pensez aux plans de secours. Notez scrupuleusement tous les dangers potentiels et développez des plans individuels bien calibrés pour les éviter. Itinéraires secondaires, véhicules de secours, voire refuge de secours… Il ne sera sans doute pas aussi confortable que l'original, mais au moins vous gardera-t-il en vie suffisamment longtemps pour vous permettre d'établir une nouvelle stratégie.

10. Inventoriez votre équipement et tenez-vous prêt à faire les magasins

Un guide de survie digne de ce nom doit cataloguer *tout* ce dont vous avez besoin pour commencer une nouvelle vie. Gardez toujours 3 listes détaillées et régulièrement révisées : 1. Ce dont vous avez absolument besoin pour survivre. 2. Le matériel supplémentaire pour vous aider à construire et à agrandir votre refuge. 3. Tout ce qui permet de retrouver (un peu de) confort. Si vos finances vous l'autorisent, achetez dès aujourd'hui tous les articles listés. Sinon, sachez où les trouver. Vérifiez régulièrement les prix et les revendeurs. Conservez la trace des magasins qui ont déménagé et repérez les successeurs de ceux qui ont fermé. Ayez au moins deux destinations de rechange au cas où votre fournisseur principal serait en rupture de stock. Assurez-vous que tous les revendeurs ne se trouvent qu'à quelques heures de route au maximum. Ne comptez *pas* sur la vente par correspondance ou sur Internet. Les soi-disant « livraisons express » manquent de fiabilité en temps normal, imaginez ce qu'il en sera en cas d'urgence… Conservez toutes ces informations avec vos listes.

Ajustez-les en conséquence. Ayez toujours une réserve d'argent liquide pour parer au plus pressé (le montant total dépend de votre équipement). Les chèques et les cartes de crédit ne valent jamais autant que le bon vieux cash, même en temps normal.

11. Établissez un périmètre défensif

Rien n'est plus important, votre sécurité en dépend. Dès que votre équipe se sera installée dans un coin tranquille et isolé, commencez immédiatement à renforcer toutes les constructions. On ne sait jamais quand un zombie errant va débarquer et attirer les autres par ses gémissements. Établissez un plan détaillé des fortifications. L'agencement doit être prévu à l'avance et le matériel de construction acheté ou correctement signalé sur le terrain. Tout, y compris le matériel de construction, les outils, le ravitaillement, doit être en place le jour même où vous arrivez, de telle sorte qu'il n'y ait rien d'autre à faire que de se mettre au travail. Rappelez-vous : vos défenses doivent vous protéger des zombies, mais également des bandits. N'oubliez pas non plus que vos assaillants humains disposeront, du moins au début, d'armes à feu et d'explosifs. S'ils réussissent à percer votre périmètre, aménagez-vous toujours une position de repli. Une simple maison fortifiée peut très bien jouer le rôle de fortin supplémentaire, mais une cave ou un simple mur secondaire feront l'affaire. Quoi qu'il en soit, entretenez scrupuleusement le bâtiment en question et parez-vous à toute éventualité. Cette seconde position peut vous sauver la mise si la bataille semble désespérée.

12. Préparez la retraite

Qu'allez-vous faire si vos défenses tombent au cours d'un assaut ? Assurez-vous que tout le monde connaît la sortie et peut l'atteindre par ses propres moyens. Vérifiez que ravitaillement, armes et matériel d'urgence y sont convenablement stockés et prêts à l'emploi. Désignez un point de ralliement pour l'ensemble du groupe et un point de rendez-vous en cas de dispersion générale pendant l'attaque. Abandonner sa nouvelle « maison » ne fait de bien à personne, ni psychologiquement, ni sur le plan affectif, surtout après tout le temps et l'énergie dépensés pour la construire. Ceux qui ont déjà vécu ce genre de situation vous le confirmeront. Aussi attaché que vous soyez à cet endroit que vous avez fini par appeler « foyer », mieux vaut s'enfuir que mourir en essayant de le protéger. Pour parer à toute éventualité, prévoyez un refuge de secours, et ce avant même d'investir votre abri principal. Il doit être suffisamment éloigné pour que ni les zombies ni les bandits ne vous débusquent en vous suivant à la trace, mais assez proche pour que vous puissiez vous y rendre à pied dans les pires conditions (on ne sait jamais quand on doit abandonner sa base). Là encore, vous devrez repérer le bon endroit *avant* l'épidémie. Chercher un nouveau refuge – ou quoi que ce soit d'autre – *après* n'a vraiment rien d'une partie de plaisir (voir le chapitre suivant).

13. Restez sur vos gardes

Votre installation terminée, vos fortifications établies, les quartiers d'habitation fin prêts, les plantations semées et le travail organisé, pas question de vous détendre. Postez des sentinelles 24 heures sur 24. Camouflez les lieux de surveillance et équipez-les d'un moyen fiable d'alerter les autres. Assurez-vous que le moyen en question n'avertira pas non plus les assaillants. Établissez un périmètre de sécurité bien au-delà de vos fortifications principales. Patrouillez jour et nuit. Les gens qui s'aventurent à l'extérieur ne doivent jamais y aller seuls, et jamais sans armes. Ceux qui restent à l'abri ne doivent pas se trouver à plus de quelques mètres des caches d'armes – évidemment prêtes à l'emploi en cas d'accrochage.

14. Restez cachés

Même si la topographie de votre refuge suffit parfois à minimiser les risques de détection, un zombie ou un bandit peut toujours s'aventurer près de votre camp. Assurez-vous d'éteindre toute lumière une fois la nuit tombée. Débrouillez-vous pour que la fumée des feux ait disparu à l'aube. Si l'environnement naturel ne dissimule pas suffisamment vos installations, à vous de concevoir un camouflage artificiel. Entraînez-vous à la « discipline du silence » à toute heure du jour et de la nuit. Ne criez qu'en cas de nécessité. Isolez les pièces communes pour que la musique, les conversations et les autres bruits usuels y restent confinés. À chaque nouvelle tranche de travaux ou de maintenance routinière, postez des sentinelles supplémentaires aussi loin que porte le bruit. Rappelez-vous que le vent véhicule le moindre son et risque ainsi de trahir votre position. Déterminez toujours d'où il vient, soit d'une zone d'habitation (là d'où vous venez), soit d'une zone considérée comme sûre (océan, lac, désert, etc.). Si votre source d'énergie est bruyante (un générateur à combustible fossile, par exemple), isolez-la au maximum et utilisez-la avec parcimonie. Vous trouverez ces mesures de sécurité et ce niveau de vigilance difficiles à respecter au début, mais à mesure que le temps passera, ils deviendront une seconde nature. Les hommes ont vécu ainsi pendant des siècles, de l'Europe médiévale aux steppes d'Asie centrale. L'histoire humaine ne fait que bégayer : quelques îlots d'ordre cernés par un océan de chaos. Des peuples luttant pour leur survie sous la menace constante d'une invasion. S'ils ont réussi à survivre de cette manière pendant des générations, pourquoi pas vous, avec un peu d'entraînement ?

15. Restez isolés

Ne vous laissez *pas* aller à la curiosité *quelles que soient* les circonstances. Même un éclaireur professionnel, parfaitement entraîné à l'art de la dissimulation, peut accidentellement conduire une armée de morts-vivants jusqu'à votre refuge. Si votre homme est capturé et torturé par des brigands, ceux-ci apprendront forcément où vous vous cachez. Au-delà de la menace immédiate des zombies et des bandes armées, le risque que votre éclaireur contracte une banale maladie et infecte le reste du groupe n'est jamais nul (compte tenu du peu de médicaments dont vous disposerez, ce genre de problème peut s'avérer désastreux). Cependant, ne vous coupez pas pour autant de toute civilisation. Les radios alimentées par des dynamos ou des panneaux solaires restent des moyens sûrs et fiables de collecter des informations. Mais contentez-vous d'écouter. La moindre transmission trahira votre position à quiconque possède le matériel de détection le plus primitif. Pour autant que vous fassiez confiance à votre groupe, mieux vaut garder sous clé tous les moyens de communication, les fusées de détresse et autres dispositifs de signalisation. Un seul moment de faiblesse suffit pour vous condamner. Seul un entraînement scrupuleux au leadership peut vous apprendre à gérer ces situations délicates.

TYPES DE TERRAINS

Examinez attentivement une mappemonde et repérez un coin agréable doté d'un climat tempéré. Rapportez-le à la densité de population et vous constaterez que les données correspondent parfaitement. Les premières communautés humaines savaient ce qu'elles cherchaient lors de leur sédentarisation : une météo clémente, un sol fertile, de l'eau à profusion, des ressources naturelles en quantité. Ces zones primitives ont évolué pour devenir peu à peu les grands centres de population modernes que nous connaissons aujourd'hui. C'est précisément cette manière de penser, ce processus logique imparable dont il va falloir vous débarrasser au moment de choisir votre nouvelle patrie. Revenez à la carte. Vous venez de trouver un endroit plaisant. Dites-vous bien que plusieurs *millions* de personnes seront d'accord avec vous le jour où elles décideront de s'enfuir. Évacuez cette logique en appliquant à la lettre le slogan *plus c'est dur, plus c'est sûr*. Et pour un maximum de sécurité, optez pour les coins les plus hostiles et les plus rudes de la planète. Vous devez choisir une zone si peu attractive et si inhospitalière qu'aucune personne saine d'esprit n'aurait envie d'y élire domicile. La liste d'environnements naturels qui suit vous aidera à faire votre choix. D'autres manuels vous donneront toutes les informations utiles concernant le climat, la nourriture, l'eau, les ressources naturelles, etc. Ce chapitre vous montre la corrélation entre tous ces facteurs et un territoire zombie.

1. Déserts

Hormis les régions polaires, les déserts comptent parmi les environnements les plus hostiles – et donc les plus sûrs – au monde. Malgré ce que vous avez pu voir dans les films, les déserts ne sont que très rarement des océans de sable. Les rochers se fendent et se taillent facilement pour la construction d'habitations confortables et, plus important, l'érection de hauts murs défensifs. Si votre camp est isolé, les bandes de pillards l'éviteront presque à coup sûr. Ces charognards ne s'aventureront jamais à l'intérieur d'un désert si aucun campement humain d'importance n'y est installé. Quel intérêt ? Et même si certains tentent le coup, la chaleur accablante et le manque d'eau les tueront avant qu'ils atteignent votre base. Les zombies, par contre, ne s'en tiendront pas là. Chaleur et soif ne rentrent pas en ligne de compte. L'air sec va même retarder leur décomposition, déjà lente. Si votre désert se situe entre deux zones à forte densité de population, le Sud-Ouest américain

par exemple, certains risquent de découvrir votre camp. À moins que vos fortifications ne surplombent le sommet d'une colline ou de grosses formations rocheuses, la platitude du terrain augmentera le besoin d'ériger des défenses artificielles.

2. Montagnes

Quelles que soient leur position géographique ou leur altitude, les zones montagneuses offrent d'excellents moyens de défense contre les morts-vivants. Plus les pentes sont raides, plus ils auront de mal à y grimper. Si les montagnes en question sont dénuées de routes ou de chemins, cela découragera également les pillards humains. Bien que l'altitude améliore la visibilité aux alentours, elle complique le camouflage. Ce dernier reste donc prioritaire, surtout pour tout ce qui concerne fumée et lumière. Autre inconvénient notable, l'éloignement des ressources utilisables. Descendre au niveau de la mer pour vous procurer nourriture, eau et matériel de construction compromet votre sécurité. En conséquence, n'optez pas pour le sommet le plus inaccessible ou le plus facile à défendre, choisissez celui qui abrite tout ce dont vous aurez besoin pour survivre.

3. Jungles

Contrairement aux déserts, les jungles et les forêts tropicales regorgent d'eau, de nourriture, de matériel de construction, d'herbes médicinales, de combustibles et de possibilités de camouflage instantané. L'épaisseur du feuillage agit comme isolant sonore et empêche le vent de véhiculer les sons sur des kilomètres comme il le ferait en terrain découvert. À l'inverse de ce que nous avons vu au chapitre *Chasse/Nettoyage* (ce type de milieu a tendance à défavoriser les équipes de chasseurs), la faible visibilité et le sol boueux sont parfaitement adaptés aux positions défensives. Il est facile d'y piéger d'éventuelles bandes armées et de les anéantir. Les zombies isolés peuvent être éliminés en toute discrétion. Hélas, il existe bon nombre d'inconvénients liés à ce type d'écosystème équatorial. L'humidité engendre la vie, dont celle de milliers de micro-organismes. Les maladies demeurent une menace constante. La moindre blessure risque de dégénérer en gangrène. La nourriture se décompose beaucoup plus rapidement que sous un climat plus sec. Il faut surveiller tous les équipements métalliques et les empêcher de rouiller. Les vêtements non traités vous pourrissent littéralement dessus. La moisissure est omniprésente. Les insectes locaux compteront parmi vos pires ennemis. Certains ne représentent qu'un moindre mal ; d'autres peuvent très bien s'avérer venimeux ; d'autres encore véhiculent des maladies atroces comme la fièvre jaune, la malaria ou la dengue. Aspect positif, la constante humidité et la multitude de micro-organismes accélèrent la décomposition des zombies. Dans certains cas, le taux augmente de 25 %… Au final, ce type de milieu s'avère extrêmement bien adapté à la survie, même s'il ne manque pas d'inconvénients.

4. Forêts tempérées

Très répandu sur notre planète, ce type de milieu est certainement l'un des plus confortables dès qu'on envisage la survie à long terme. Cependant, un endroit accueillant ne va jamais sans problèmes. Surprises par l'épidémie, les colonnes de réfugiés paniqués envahiront certainement toutes les forêts du Nord Canada. La première année, les gens vagabonderont à travers la lande, pilleront toute la nourriture disponible, recourront à la violence pour obtenir n'importe quel type de matériel et devront sans doute se contraindre au cannibalisme pendant l'hiver. Des bandits les accompagneront d'entrée de jeu ou débarqueront quelques années plus tard, dès que certains réfugiés auront décidé de s'installer pour de bon. Reste encore le problème des zombies. Les forêts tempérées ne sont jamais très éloignées de la civilisation et abritent déjà quelques villages. La probabilité de tomber sur une goule est 10 fois plus élevée qu'ailleurs. En cas d'afflux de réfugiés, il ne fait guère de doute que les morts-vivants les suivront vers le nord. Souvenez-vous également que les zombies gèlent pendant l'hiver et redeviennent actifs au dégel. N'optez pour ce type de milieu que si des frontières naturelles délimitent la zone : montagnes, rivières, etc. Tout ce qui sort de ces critères paraît beaucoup trop risqué – même si l'endroit vous semble aussi éloigné de l'humanité que possible. N'espérez pas que les vastes plaines de Sibérie s'avèrent plus sûres que le Nord canadien. Rappelons qu'au sud de ces étendues quasi vierges se trouvent l'Inde et la Chine, les deux nations les plus peuplées de la terre.

5. Toundras

Les réfugiés auront bien du mal à croire que ces landes désolées peuvent héberger la vie. Ceux qui s'y essaieront mourront par manque de nourriture, de préparation ou d'équipement adéquat. Les pillards ne s'en tireront pas mieux. Selon toute probabilité, bien peu s'aventureront aussi loin au nord. Cela étant, les morts-vivants peuvent très bien finir par atteindre votre camp. Ceux qui ont migré vers le nord en suivant les réfugiés ou les réfugiés eux-mêmes réanimés en zombies risquent de vous découvrir et de signaler votre présence aux autres. Leur nombre ne sera pas très important et le problème se traitera facilement. Là encore, construisez scrupuleusement vos périmètres défensifs, assurez-vous de leur solidité et surveillez-les constamment. Comme pour les forêts tempérées, préparez-vous à ce que l'activité zombie suive les saisons (gel en hiver, reprise des attaques au printemps).

6. Régions polaires

Difficile de trouver milieu plus hostile. Les températures glaciales et les vents violents suffisent à tuer un être humain en quelques secondes. La glace constitue le matériau principal de construction. Le fioul est rare. Les plantes (médicinales ou non) inexistantes. La nourriture est certes abondante, mais il faut beaucoup de technique et pas mal d'habileté pour l'obtenir. Même en été, l'hypothermie reste un danger permanent. Chaque jour est une lutte pour la survie. La moindre erreur concernant la nourriture, l'abri ou l'hygiène peut avoir des conséquences dramatiques. Bon nombre de gens ont entendu parler d'Allakariallak, l'Inuit dont la vie sur les vastes étendues glacées de la baie d'Hudson a fait l'objet du documentaire *Nanouk l'Esquimau*. Bien peu savent que Nanouk est mort de faim moins d'un an après le tournage. Cela étant, vivre dans le Grand Nord n'a rien d'impossible. Des communautés entières habitent ces régions depuis des milliers d'années. Il faut simplement 10 fois plus de connaissances et de détermination pour vivre tout en haut (ou tout en bas) du monde qu'ailleurs. Si vous n'êtes pas prêt à passer au moins un hiver à vous entraîner dans ces conditions extrêmes, *n'essayez pas* le jour où il faudra vous enfuir. Alors pourquoi y aller ? Pourquoi braver la mort dans un environnement aussi hostile alors que vous cherchez justement à survivre ? Simplement parce que l'environnement en question sera votre *unique* problème. Réfugiés et bandits n'iront jamais aussi loin. Les chances qu'un zombie s'aventure dans ces régions et tombe sur vos installations sont de 1 sur 35 millions (des statistiques scientifiquement vérifiées). À l'instar des forêts tempérées et de la toundra, le risque qu'une goule gèle pendant l'hiver et se libère pendant l'été n'est pas négligeable. Si vous vous installez sur la côte, surveillez les vagues ou les épaves de navires contaminés, toujours susceptibles de rejeter un zombie. Au début, les côtes vous rendront vulnérables aux pirates (voir aussi le paragraphe suivant concernant les îles). Érigez des défenses côtières et restez sur vos gardes, même si les risques sont ici considérablement moins élevés qu'ailleurs.

7. Îles

Quoi de plus sûr qu'un caillou cerné par les eaux ? Les zombies ne savent pas nager. Si le pire se produit, ne faut-il pas envisager de vivre sur une île ? Jusqu'à un certain point, oui. Géographiquement, l'isolement réduit à néant les possibilités d'invasion massive de morts-vivants, un point dont il convient de tenir compte si on part du principe que des millions de zombies grouilleront sur toutes les côtes du continent. Même située à seulement quelques milles de la berge, une petite île suffira à vous maintenir hors de portée des multitudes gémissantes et affamées. Pour cette seule et unique raison, une île reste un bon choix. Cependant, le simple fait de vivre entouré d'eau ne garantit pas votre survie pour autant. Les îles attireront aussi les réfugiés. Tous ceux qui disposent d'un bateau s'y rendront aussitôt. Des bandits s'en serviront comme base arrière et mèneront ensuite leurs campagnes de pillage sur le continent. Les îles n'échappent pas non plus aux risques d'accidents industriels, comme la contamination des rivières ou la pollution des nappes phréatiques. Pour éviter tous ces dangers potentiels, optez pour une île accessible uniquement aux navires hauturiers et aux marins expérimentés. Choisissez une côte dépourvue de port naturel ou de plages trop accessibles. Cela la rendra moins attrayante aux yeux des autres réfugiés. (Souvenez-vous qu'acheter une île n'empêche les gens d'y accéder *qu'avant* l'épidémie. Aucune embarcation surchargée de gens paniqués et affamés ne respectera le panneau « Propriété privée ».) Cherchez des îles cernées de hautes falaises et, si possible, entourées de récifs dangereux.

Malgré ces impressionnantes frontières naturelles, construisez tout de même des défenses et camouflez-les. Le danger rôde. Au tout début de la crise, des pirates risquent de s'aventurer d'île en île pour s'accaparer tout ce qu'ils y trouveront. Gardez toujours un poste de vigie orienté vers la mer. Les zombies viendront également sous plusieurs formes. Si la totalité du monde est contaminée, nombre d'entre eux hanteront le fond des océans. Il reste toujours la possibilité, certes faible, mais envisageable, que l'un d'eux gravisse la pente sous-marine conduisant à votre île. D'autres encore, toujours munis du gilet de sauvetage qu'ils portaient en mourant, peuvent dériver jusqu'à vos côtes. Et puis demeure le risque d'un navire contaminé qui viendrait s'échouer sur le rivage et y déverserait sa cargaison mortelle. Quels qu'ils soient, ne détruisez pas tous les moyens de transport qui peuvent vous permettre de vous échapper. Tirez vos embarcations sur la plage et camouflez-les. Les perdre risque de transformer votre refuge en prison.

8. Vivre en mer

Il a été suggéré qu'en cas de catastrophe générale, un bon équipage embarqué sur un bon bateau peut très bien survivre indéfiniment en haute mer. Théoriquement, oui, mais les chances de succès sont astronomiquement faibles. Au tout début d'une épidémie, beaucoup de gens prendront aussitôt la mer sur leur voilier de plaisance ou en réquisitionnant un tanker de 80 000 tonneaux. Leur survie dépendra de ce qu'ils auront apporté à bord. Ils pilleront les ports contaminés les uns après les autres, pêcheront de manière intensive et distilleront autant d'eau que possible. Des pirates embarqués sur des vedettes rapides écumeront les mers. Ces boucaniers des temps modernes existent déjà aujourd'hui, s'attaquent aux plaisanciers et aux bâtiments de commerce le long des côtes de nombreux pays du tiers-monde et même de certains détroits stratégiques. Si le pire se produit, leur nombre enflera pour atteindre plusieurs milliers et ils n'auront pas le luxe de choisir leurs cibles. Dès que les ports militaires perdront le contrôle de la situation, les bâtiments qui n'appuieront pas directement les opérations au sol seront sécurisés au mouillage. À bord de ces bases isolées, les marines du monde entier attendront que l'épidémie se termine, attendront et attendront encore.

Après quelques années, le temps et les éléments commenceront à réclamer leur dû auprès des marins. Les navires propulsés par des moteurs à explosion useront leurs dernières gouttes de carburant et seront condamnés à dériver sans que leur équipage puisse y remédier. Ceux qui tenteront leur chance dans les ports et les dépôts de carburant finiront en amuse-gueule. Dès que les médicaments et les vitamines viendront à manquer, d'anciennes maladies comme le scorbut réapparaîtront. Les coups de vent détruiront de nombreuses embarcations. Les pirates disparaîtront en s'entre-tuant, en combattant des réfugiés plus tenaces ou sous les coups de dents des quelques zombies occasionnels. L'épidémie continuera de se propager et le nombre de navires contaminés augmentera. Des bâtiments abandonnés infestés de zombies dériveront sans but sur tous les océans du globe, précédés par des gémissements sur des dizaines de milles. Le temps finira par éroder tous les moteurs délicats, y compris les générateurs et les désalinisateurs. Après quelques années, seuls les voiliers taillés pour la haute mer sillonneront encore les océans. Tous les autres auront coulé, se seront échoués ou auront simplement jeté l'ancre dans la première baie isolée, leur équipage déterminé à tenter sa chance sur la terre ferme.

Quiconque envisage de survivre à bord d'un bateau doit remplir les conditions suivantes :

A. Au moins 10 années d'expérience comme marin, soit sur des bâtiments de commerce, soit sur des bâtiments militaires. Posséder un simple navire de plaisance ne suffit pas.

B. Un voilier solide est de rigueur. D'au moins 15 mètres, muni de tout l'équipement nécessaire et doté d'une coque non organique et inoxydable.

C. Possibilité de distiller de l'eau douce de manière permanente sans compter sur l'eau de pluie. Non seulement votre système doit être fiable, simple, facile à entretenir et inoxydable, mais il vous en faut un autre de secours à bord.

D. Possibilité d'attraper et de cuisiner la nourriture sans réchaud dépendant d'un carburant non renouvelable. En d'autres termes, pas de réchaud à gaz.

E. Connaissance complète de chaque plante et animal aquatique. Toutes les vitamines et les sels minéraux obtenus à terre peuvent être remplacés par leur équivalent marin.

F. Équipement de secours complet pour chaque membre de votre équipage au cas où il faudrait abandonner le navire.

G. Connaissance des abris côtiers. Tout bateau a besoin d'un port, même primitif. Archipel de récifs au Canada ou atoll isolé du Pacifique Sud, peu importe ; en cas de tempête, vous coulerez à pic si vous ne connaissez pas exactement la position de l'abri le plus proche.

Une fois tous ces avertissements bien assimilés, il devient plus facile d'organiser vos nouvelles conditions de vie. Utilisez votre bateau comme maison flottante alors que vous naviguez d'île en île ou de côte en côte. L'existence y sera bien plus confortable qu'en haute mer. Malgré tout, gardez un œil sur les zombies qui abondent dans les eaux peu profondes et surveillez toujours – *toujours* – votre mouillage. D'un point de vue théorique, ce mode de vie paraît possible, mais guère recommandé.

COMBIEN DE TEMPS ?

Combien de temps devrez-vous supporter ces conditions de vie ? Combien de temps avant que les zombies tombent en poussière ? Avant que la vie reprenne son cours dans un semblant de normalité ? C'est malheureusement difficile à dire. S'il n'est pas congelé, embaumé ou conservé d'une manière ou d'une autre, un zombie se décompose totalement en cinq ans. Cependant, il risque de s'écouler une bonne dizaine d'années avant que le monde passe entièrement sous l'emprise des morts-vivants (rappelez-vous que vous fuirez tout au début de la guerre, pas à la fin). Dès que les zombies domineront réellement la planète et qu'il y aura de moins en moins d'humains à contaminer, il faudra encore attendre au moins cinq ans avant que la majorité pourrisse totalement. Les climats secs et les régions froides en préserveront beaucoup et les maintiendront opérationnels pendant des décennies. Les bandits, les réfugiés ou d'autres survivants comme vous peuvent toujours se transformer en proies, ajoutant leur maigre mais nouvelle génération aux vieilles hordes pourrissantes. Le temps qu'ils retournent tous à la poussière, les derniers morts-vivants seront prisonniers des glaces ou conservés artificiellement. Vous allez devoir exercer une surveillance constante pendant les décennies à venir. Même vos enfants et vos petits-enfants ne devront jamais baisser leur garde. Mais alors, quand pourra-t-on sortir en toute sécurité ?

Année 1 : déclaration de l'état d'urgence. Vous fuyez. Vous construisez un périmètre défensif. Vous établissez vos nouveaux quartiers et organisez la répartition du travail. Une nouvelle vie commence. Pendant toute cette période, suivez attentivement les émissions radiophoniques ou télévisées tout en surveillant de près le déroulement du conflit.

Années 5-10 : c'est pendant cette période que la guerre se termine. Les morts ont remporté la partie. Les émissions radio et TV cessent. Partez du principe que le virus a contaminé le monde entier. Vous continuez à vivre tout en surveillant vos fortifications ; des bandits ou des réfugiés peuvent débarquer à tout moment.

Année 20 : après 2 décennies d'isolement, vous envisagez d'envoyer une équipe en reconnaissance. Ce faisant, vous risquez d'être découvert. Si le groupe en question ne revient pas à une date donnée, considérez-le comme perdu. Il a sans doute divulgué votre localisation. Restez caché. N'envoyez *pas* de seconde équipe et préparez-vous au combat. Attendez au moins cinq ans avant de renouveler l'expérience. Si votre groupe de reconnaissance revient, leur rapport déterminera la suite des événements.

Vos éclaireurs découvriront un monde dans lequel l'un de ces 3 scénarios a prévalu :

1. Les zombies continuent à parcourir le monde. Entre ceux préservés artificiellement et ceux qui gèlent chaque hiver, il en existe encore plusieurs millions. Même si on n'en rencontre pas fréquemment – il y en a environ 1 pour 3 kilomètres carrés –, ils demeurent le principal prédateur. La quasi-totalité de l'humanité a disparu. Ceux qui ont survécu se cachent.

2. Il reste encore quelques morts-vivants. Les combats perpétuels et la décomposition ont fait des ravages. On en rencontre peut-être encore 1 ou 2 tous les

100 kilomètres. L'humanité relève timidement la tête. Des poches de survivants se sont regroupées et s'efforcent de reconstruire une société viable. Cette dernière peut prendre toutes sortes de formes différentes, de la collectivisation harmonieuse conçue par des citoyens libertaires à la domination féodale et chaotique de barbares ou de seigneurs de la guerre. Dans ce dernier cas, mieux vaut rester caché. Aussi improbable que cela paraisse, il reste toujours la possibilité qu'un semblant de gouvernement en exil sorte de son bunker. Armés de la technologie qu'ils auront stockée et du savoir-faire archivé, ils essaieront – et parviendront – à replacer l'humanité sous leur domination.

3. Il ne reste plus rien. Avant de pourrir définitivement, les morts ont effacé toute trace d'humanité. Les réfugiés ont été dévorés. Les bandits se sont entre-tués ou ont succombé aux attaques des goules. Les camps de survivants sont tombés les uns après les autres sous les attaques répétées, à cause des maladies, des violences internes ou du simple ennui. C'est un monde désormais silencieux, vide d'activité zombie ou humaine. Hormis le vent qui souffle dans les branches, les vagues qui s'écrasent contre les côtes et les cris des oiseaux qui ont survécu malgré tout, notre planète connaît un calme sinistre, du jamais vu depuis des millions d'années.

Quel que soit le destin des derniers humains (ou des morts), le règne animal suivra sa propre évolution. Les morts-vivants dévoreront toute créature incapable de s'échapper. Beaucoup d'espèces herbivores s'éteindront, espèces faisant partie du régime alimentaire de nombreux prédateurs. Les charognards connaîtront eux aussi la famine (rappelez-vous que la chair d'un zombie mort n'en reste pas moins toxique). Même les insectes, en fonction de leur nombre et de leur taille, risquent de devenir la proie des zombies errants. Difficile de déterminer quelles formes de vie hériteront de la terre. Un monde dominé par des morts-vivants aura de toute façon un impact sur l'écosystème beaucoup plus important que la dernière ère glaciaire.

ET APRÈS ?

Les romans et les films post-apocalyptiques montrent souvent des survivants se réapproprier leur monde dans des scènes toutes plus photogéniques les unes que les autres ; la « libération » d'une ville, par exemple. « L'image » ne manque pas d'efficacité, mais cette méthode n'a rien d'efficace pour recoloniser quoi que ce soit. Au lieu de traverser le pont George-Washington pour repeupler Manhattan, mieux vaut opter pour une position plus conservatrice : étendre sa zone d'habitat ou émigrer vers un endroit plus accueillant, mais toujours relativement isolé. Par exemple, si vous avez établi votre nouveau domicile sur une petite île déserte, le meilleur choix consiste à débarquer sur une île plus importante, à éliminer les derniers zombies et à faire des bâtiments abandonnés vos nouveaux quartiers. Sur le continent, l'équivalent consiste à quitter le désert ou la toundra pour se rendre dans la ville abandonnée la plus proche. Les manuels de survie extrême, tout comme les récits historiques, vous aideront à commencer la reconstruction. En revanche, ils ne vous apprendront pas à assurer la sécurité de votre nouveau foyer ; vous devrez pourtant y veiller. Rappelez-vous : vous représentez le seul gouvernement, la seule police et la seule armée à des kilomètres à la ronde. La sécurité de tous relève de votre responsabilité, et même si le danger semble écarté, vous ne devez *jamais* considérer qu'il l'est définitivement. Peu importe ce que vous découvrirez. Quels que soient les défis que vous relèverez, n'oubliez pas que vous avez survécu à une catastrophe à côté de laquelle l'extinction des dinosaures fait figure de conte pour enfants : un monde entièrement dominé par les morts-vivants.

Épidémies recensées

Cette liste d'attaques zombies à travers l'histoire n'a rien d'exhaustif. Il ne s'agit que d'un simple rappel chronologique des événements pour lesquels des informations fiables ont été enregistrées, conservées et portées à la connaissance de l'auteur. Rassembler les récits des sociétés à tradition orale a réclamé beaucoup plus de travail. La mémoire se perd quand lesdites sociétés se désagrègent au cours des guerres, des rafles d'esclaves ou des catastrophes naturelles, sans parler de la corruption inhérente à l'ère moderne. Qui sait combien de récits, d'informations vitales – et peut-être même de remèdes – ont disparu au cours des siècles ? Même à l'heure de l'information mondialisée, seule une infime partie des épidémies est portée à la connaissance du public. Pourquoi ? Essentiellement à cause des différentes organisations politiques et religieuses qui ont juré de conserver le secret sur tout ce qui touche aux morts-vivants. Mais l'ignorance pure et simple du public sur la véritable nature de ces épidémies entre également en ligne de compte. Dans la plupart des cas, ceux qui soupçonnent la vérité gardent le silence pour préserver leur crédibilité. La liste qui suit est certes limitée, mais fiable. Attention, les événements sont listés chronologiquement et non par ordre de découverte.

60 000 ANS AVANT J.-C. –
KATANDA, AFRIQUE CENTRALE

Sur les rives supérieures de la rivière Semliko, une récente expédition archéologique a mis au jour une caverne abritant 13 crânes, tous écrasés. On y a également découvert une grande quantité de cendres fossilisées dispersées autour des restes. Des analyses en laboratoire ont montré que ces cendres provenaient de 13 *homo sapiens*. Sur les murs de la grotte, une peinture rupestre représentait une silhouette humaine, les mains levées dans un geste menaçant et le regard mauvais. Dans sa bouche ouverte, on distinguait la silhouette d'un second être humain. Cette découverte n'a jamais été officiellement authentifiée. Certains pensent que les crânes brisés appartenaient à des goules dont se seraient débarrassés les premiers habitants du lieu, la peinture servant alors d'avertissement. D'autres chercheurs estiment ces preuves insuffisantes et regrettent l'absence de solanum à l'état fossile. À ce jour, l'affaire n'est toujours pas classée. Toutefois, si l'authenticité de la grotte de Katanda est confirmée, la question du très grand laps de temps séparant cette première épidémie de la seconde ne manquera pas d'être soulevée.

3 000 ANS AVANT J.-C. – HIERACONPOLIS, ÉGYPTE

En 1892, des archéologues britanniques ont découvert une tombe totalement inconnue. On n'a jamais trouvé le moindre indice révélant le nom de la personne qui l'occupait, ni sa position officielle dans la société de l'époque. Le corps a été découvert hors d'un sarcophage ouvert, enroulé autour de lui-même et partiellement décomposé. Des milliers de marques d'ongles constellaient l'intérieur du caveau, comme si le mort l'avait gratté sans relâche pour s'en échapper.

D'après les médecins légistes et les experts scientifiques, les traces de marques s'étalent sur une période de plusieurs années. Le corps en lui-même portait plusieurs traces de morsures sur le radius. L'empreinte dentaire correspondait à une mâchoire humaine. Une autopsie complète a montré que les restes desséchés du cerveau partiellement décomposé présentaient des aspects analogues aux dégradations infligées par le solanum (le lobe frontal a totalement fondu), mais

qu'ils contenaient aussi quelques traces du virus lui-même. Le débat fait désormais rage au sein des égypto-logues pour déterminer si les embaumeurs ont commencé à retirer le cerveau des momies après cette période.

500 ANS AVANT J.-C. – AFRIQUE

Lors de son voyage d'exploration sur les côtes d'Afrique de l'Ouest, Hanno de Carthage, l'un des plus fameux navigateurs occidentaux, a consigné dans son livre de bord les lignes qui suivent :

> *Aux abords d'une immense jungle, là où les collines mas-quent leurs sommets dans les nuages, j'ai donné l'ordre qu'une petite expédition débarque à l'intérieur des terres pour nous ravitailler en eau douce... Nos mages nous l'ont déconseillé. Ils y voyaient une terre maudite, peuplée de démons et abandonnée des dieux. J'ai ignoré leurs avertisse-ments et j'en ai payé le prix... Sur les trente-cinq hommes qui ont débarqué, seuls sept sont revenus...*
>
> *Des sanglots dans la voix, les survivants ont narré une histoire de monstres hantant la jungle. Des hommes aux crocs de serpent, aux griffes de léopard et dont les yeux brû-laient d'une lumière infernale. Les lames de bronze tran-chaient leur chair, mais les blessures ne saignaient pas. Ils ont dévoré nos marins et le vent a porté leurs hurlements sur plusieurs lieues... Nos mages nous ont mis en garde contre les survivants, prédisant qu'ils attireraient la mort et l'afflic-tion sur tout ce qu'ils toucheraient... Nous avons quitté les lieux aussi vite que possible, abandonnant ces pauvres hères à la merci des hommes-fauves. Que les dieux me pardonnent.*

Nombre de lecteurs le savent, les écrits de Hanno restent controversés et très débattus dans les cercles académiques. Hanno décrit d'ailleurs un peu plus loin une confrontation avec d'énormes créatures semblables aux singes qu'il prend pour des « gorilles » (des animaux n'ayant jamais habité cette partie du continent) ; on peut en conclure que ces deux mésaventures sont le produit de son imagination ou celui des exégètes ayant travaillé sur le texte par la suite. Malgré tout, si l'on met de côté les exagérations évidentes comme les crocs de serpent, les griffes de léopard et les yeux infernaux, la description de Hanno fait immanquablement penser aux morts-vivants.

329 ANS AVANT J.-C. – AFGHANISTAN

Une colonne macédonienne anonyme érigée par le légendaire Alexandre le Grand a reçu plusieurs fois la visite des Forces spéciales soviétiques pendant leur guerre d'occupation. À environ 8 kilomètres du monument, une unité a découvert les restes de ce que l'on pense être une ancienne caserne militaire grecque. Entre autres artefacts, on y a retrouvé un petit vase en bronze. Sa décoration extérieure montre : 1. Un homme qui en mord un autre. 2. La victime gisant sur son lit de mort. 3. La victime qui se relève.

Puis retour au 1, un homme qui en mord un autre, etc. La conception circulaire du vase et les peintures qui le décorent tendent à prouver l'existence d'une attaque zombie. Alexandre lui-même en a-t-il été le témoin direct ou bien l'une des nombreuses tribus rencontrées au cours de son périple lui a-t-elle raconté cette histoire ? Mystère.

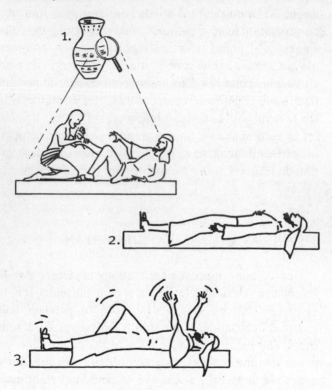

212 ANS AVANT J.-C. – CHINE

Sous la dynastie Qin, les livres qui ne traitaient pas de sujets pratiques comme l'agriculture ou la maçonnerie furent brûlés sur ordre de l'empereur pour combattre la « pensée déviante ». On ne saura jamais si des récits d'attaques zombies ont disparu dans les flammes. Ce paragraphe peu connu d'un manuscrit médical, dissimulé dans un mur par un savant chinois exécuté par la suite, pourrait bien constituer la preuve d'une de ces attaques :

> *Le seul traitement applicable aux victimes du* cauchemar du réveil éternel *consiste à les démembrer entièrement, avant de les brûler. Le sujet doit être entravé, la bouche emplie de paille et bâillonné. Ses membres et ses organes doivent ensuite être retirés prestement, en évitant tout contact avec le fluide corporel. Les morceaux doivent être ensuite entièrement brûlés et les cendres dispersées dans douze directions différentes. Aucun remède ne peut guérir le malade, car ce mal n'en connaît aucun... Le désir de chair humaine devient alors inextinguible... Si les victimes sont trop nombreuses et qu'on ne peut toutes les attacher, il faut alors les décapiter au plus vite... Le bâton shaolin paraît particulièrement adapté.*

Le texte ne précise pas si les victimes du *cauchemar du réveil éternel* sont déjà mortes. Seul le passage sur le désir de chair humaine et la vigueur du « traitement » suggèrent la présence de zombies dans la Chine antique.

121 APRÈS J.-C. – FANUM COCIDI, CALÉDONIE (ÉCOSSE)

Bien que l'origine exacte de l'épidémie reste incertaine, son déroulement est parfaitement connu. Un chef barbare local, prenant une horde de morts-vivants pour de simples déments, envoya 3 000 guerriers mater cette « révolte inepte ». Résultat, plus de 600 hommes furent dévorés, les autres blessés et finalement transformés en morts-vivants. Un marchand romain nommé Sextus Sempronios Tubero, qui voyageait dans cette province pendant l'accrochage, a assisté à la bataille. Même s'il n'a pas saisi la véritable nature des morts-vivants, Tubero a remarqué que seuls les zombies décapités cessaient d'attaquer. Après s'être échappé *in extremis*, Tubero a raconté sa découverte à Marcus Lucius Terentius, le commandant de la garnison militaire la plus proche. À moins d'un jour de marche du camp, on comptait déjà plus de 9 000 zombies. Traquant le flot des réfugiés, les goules ont continué leur route vers le sud, s'enfonçant chaque jour plus profondément en territoire romain. Terentius ne disposait que d'une seule cohorte (480 hommes) et les renforts bivouaquaient à 3 semaines de marche. Aussi commença-t-il par ordonner de creuser 2 tranchées de 2 mètres de profondeur qui se rejoignaient peu à peu jusqu'à former un long couloir d'environ 1 kilomètre. Le résultat ressemblait à un entonnoir ouvert au nord. Le fond des deux tranchées fut ensuite rempli de bitume *liquidum* (du pétrole brut, utilisé couramment pour alimenter les lampes à cette époque). On enflamma l'huile au moment où les zombies s'approchaient. Toutes les goules piégées dans les tranchées furent rapidement carbonisées. Les autres se précipitèrent dans l'entonnoir, là où seuls quelques morts-vivants pouvaient avancer de front. Terentius ordonna à ses hommes de tirer leur épée, de lever leur bouclier et de marcher sur l'ennemi. Après neuf heures de combat, tous les zombies gisaient décapités. Les têtes aux mâchoires encore « fonctionnelles » furent précipitées dans les flammes. Les pertes romaines s'élevèrent à 150 hommes. Tous morts (les légionnaires ont achevé tous leurs camarades blessés).

Les conséquences de cette épidémie furent immédiates et importantes d'un point de vue historique. L'empereur Hadrien ordonna que tous les témoignages concernant l'incident soient compilés en un seul document. Ce dernier ne se contente pas de décrire le schéma comportemental des zombies, il liste les différentes méthodes pour se débarrasser efficacement des corps et recommande aussi l'envoi de forces très nombreuses pour « faire face à l'inévitable panique de la population ». Une copie de ce document, connu simplement comme « Ordre militaire XXXVII », fut distribuée à tous les légionnaires stationnés à travers l'Empire. C'est pour cette raison que les épidémies apparues sous le joug romain n'ont jamais dépassé le stade critique et n'ont jamais été décrites en détail. Il est également admis que cette première épidémie a accéléré la construction du mur d'Hadrien, une enceinte isolant avec efficacité le Nord de la Calédonie du reste de l'île. Cet exemple illustre parfaitement l'épidémie de catégorie 3 ; sans doute la plus importante de toutes celles jamais enregistrées par la suite.

140-141 – THAMUGADI, NUMIDIE (ALGÉRIE)

Six petites épidémies survenues chez les nomades ont été recensées par Lucius Valerius Strabo, le gouverneur romain de la province. Toutes furent écrasées par 2 cohortes du troisième camp légionnaire d'Augusta. Zombies éliminés : 134. Légionnaires tués : 5. En marge du rapport officiel, une note privée due à la plume d'un ingénieur des armées pointe une découverte significative :

> *Une famille d'autochtones est restée prisonnière dans sa maison pendant au moins douze jours, alors que les créatures grattaient en vain aux portes et aux fenêtres. Après que nos troupes eurent éliminé cette racaille et sauvé la famille, ces gens présentèrent tous les signes de la folie. D'après ce que nous avons pu comprendre, les gémissements de ces bêtes féroces, jour après jour, nuit après nuit, ont eu raison de leurs nerfs.*

Ce texte constitue la première trace connue des dommages psychologiques causés par une attaque zombie. Compte tenu de leur proximité chronologique, il est probable que ces 6 épidémies soient dues à une ou à plusieurs goules épargnées pendant les premières, et qui auraient « survécu » suffisamment longtemps pour réinfecter la population.

156 – CASTRA REGINA, GERMANIE (SUD DE L'ALLEMAGNE)

Une attaque perpétrée par 17 zombies contamina un éminent dévot. Reconnaissant là tous les signes d'une réanimation zombie, le commandant romain ordonna à ses troupes d'en finir avec le saint homme, mais les habitants devinrent fous furieux et une émeute éclata. Zombies éliminés : 10, en comptant le saint homme. Victimes romaines : 17, toutes à cause de l'émeute. Civils tués par la répression romaine : 198.

177 – LIEU-DIT NON IDENTIFIÉ
PRÈS DE TOLOSA, AQUITANIA
(SUD-OUEST DE LA FRANCE)

Un courrier privé, écrit par un marchand itinérant à son frère de Capua, décrit l'assaillant :

> Un homme puant la charogne est sorti du bois. Sa peau grise semblait striée de nombreuses blessures, mais aucune ne saignait. Dès qu'il a vu la fillette qui hurlait, son corps s'est mis à trembler d'excitation. Sa tête s'est tournée vers elle et sa bouche s'est ouverte sur un long gémissement... Darius, le légendaire vétéran romain, s'est approché... Poussant la mère terrifiée de côté, il s'est emparé de l'enfant et a levé son glaive. La tête de la créature est tombée à ses pieds et a roulé sur quelques mètres avant que le corps décapité ne s'affaisse... Darius a insisté pour que ceux qui brûlaient le corps portent des protections de cuir... Alors qu'elle gigotait encore de manière écœurante, la tête a été précipitée dans les flammes.

Ce texte nous montre l'attitude romaine typique envers les morts-vivants. Aucune peur, aucune superstition, un simple problème qui requiert une solution pratique. Il s'agit de la dernière attaque enregistrée sous l'Empire romain. Les épidémies suivantes ne furent ni combattues avec la même efficacité, ni retranscrites avec autant de précision.

700 – FRISE (NORD DE LA HOLLANDE)

Ces événements semblent avoir eu lieu aux alentours de l'an 700, une peinture récemment découverte dans les réserves du Rijksmuseum d'Amsterdam en apporte la preuve. L'analyse des matériaux utilisés confirme la date. La peinture montre un groupe de chevaliers en armures attaquant une bande d'hommes à la chair grise, vêtus de haillons, le corps perclus de blessures, hérissés de flèches et la bouche ensanglantée. Les deux groupes se rencontrent au centre du tableau et les chevaliers abaissent leurs épées pour décapiter leurs ennemis. Trois « zombies » sont représentés dans le coin inférieur droit, penchés sur le corps d'un chevalier tombé à terre. Certaines pièces de son armure manquent et l'un de ses membres a été arraché. Les zombies se repaissent de sa chair. Comme cette peinture est anonyme, personne ne sait d'où elle provient ni comment elle a fini au célèbre musée.

850 – PROVINCE INCONNUE EN SAXONIE (NORD DE L'ALLEMAGNE)

C'est un pèlerin en route vers Rome, Bearnt Kuntzel, qui a noté cet incident dans son journal personnel. Un zombie est sorti de la Forêt-Noire avant de mordre et de contaminer un fermier du cru. La victime s'est réanimée quelques heures après son décès et a immédiatement attaqué sa propre famille. De là, l'épidémie s'est étendue au village entier. Les survivants ont cherché refuge au château du seigneur local sans se rendre compte que certains d'entre eux étaient déjà porteurs du virus. Alors que l'épidémie continuait de s'étendre, les habitants d'un village voisin ont décidé de nettoyer eux-mêmes la zone infectée. Le clergé local estimait que les morts-vivants étaient possédés par un esprit malin et que l'eau bénite et les incantations suffiraient à exorciser le démon. Cette « quête sacrée » s'est terminée en massacre, la congrégation entière finissant dévorée ou transformée en morts-vivants.

De désespoir, les seigneurs voisins et leurs chevaliers s'unirent pour « purifier les fils de Satan par le feu ». Cette armée hétéroclite brûla tous les villages et tous les zombies dans un rayon de 8 kilomètres. Même les humains en parfaite santé ne purent échapper au carnage. Quant au premier château, il se transforma vite en prison envahie par quelque 200 goules. Comme ses occupants avaient hissé le pont-levis et barricadé les portes avant de succomber à leur tour, les chevaliers ne purent pénétrer à l'intérieur des murs pour y continuer leur œuvre purificatrice. Au final, la forteresse fut officiellement déclarée « hantée ». Pendant plusieurs années, les paysans qui s'aventuraient aux alentours purent entendre les gémissements des zombies enfermés à l'intérieur. D'après ce qu'en raconte Kuntzel, on dénombra 573 zombies et plus de 900 morts. Dans ses écrits, Kuntzel raconte également la violente répression contre un village juif de la région, considéré comme responsable de l'épidémie pour son « manque de foi ». Le récit de Kuntzel fut conservé dans les archives du Vatican jusqu'à sa découverte accidentelle en 1973.

1073 – JÉRUSALEM

L'histoire du docteur Ibrahim Obeidallah, l'un des pionniers de l'étude physiologique des zombies, illustre bien les grandes avancées et les tragiques erreurs de la science dans ses tentatives répétées pour comprendre la nature exacte des morts-vivants. Une épidémie d'origine inconnue se déclara dans la ville de Jaffa, en Palestine. Utilisant une traduction de l'« Ordre militaire XXXVII », la milice locale extermina efficacement les zombies avec un minimum de pertes. Une femme mordue fut néanmoins confiée à Obeidallah, éminent médecin et fin biologiste. L'« Ordre militaire XXXVII » conseillait la décapitation immédiate et l'incinération de toutes les personnes mordues, mais Obeidallah réussit à convaincre (par corruption ?) la milice de lui laisser examiner la mourante. Il fut autorisé à transporter le corps et tout son matériel à la prison municipale. Là, dans une cellule, et sous bonne garde, il observa l'agonie de la victime entravée et poursuivit ses observations jusqu'à ce qu'elle se réanime. Il effectua ensuite de nombreuses expériences sur la goule. Obeidallah mit scientifiquement en évidence que toutes les fonctions vitales de la victime avaient cessé, prouvant par là même que malgré sa mort, elle n'en continuait pas moins de « vivre ». Par la suite, il voyagea à travers tout le Moyen-Orient pour rassembler les informations disponibles sur les autres épidémies. Les recherches d'Obeidallah constituèrent la pierre fondatrice de toute l'étude physiologique des morts-vivants. Ces notes comprennent des rapports sur leur système nerveux, leur appareil digestif et même leur vitesse de décomposition en fonction de l'environnement. Ce travail remarquable inclut également une étude complète du comportement des morts-vivants. Ironie de l'histoire, lorsque les Croisés mirent Jérusalem à feu et à sang en 1099, cet homme exceptionnel fut accusé de satanisme et décapité ; on brûla la quasi-totalité de ses œuvres. Quelques fragments du texte original furent sauvés et conservés à Bagdad pendant plusieurs siècles. Même si on ne connaît pas tous les détails de ses expériences, l'histoire d'Obeidallah a survécu aux carnages, tout comme son biographe (un historien juif qui travaillait avec lui). Ce dernier réussit à passer en Perse, y recopia les notes, les publia en un volume et gagna même quelque considération auprès des nombreuses cours moyen-orientales. On peut aujourd'hui en consulter un exemplaire aux Archives nationales de Tel-Aviv.

1253 – FISKURHOFN, GROËNLAND

Comme le veut la vieille tradition des expéditions nordiques, le chef islandais Gunnbjorn Lundergaart établit une petite colonie de 153 personnes à l'embouchure d'un fjord isolé. Lundergaart fit ensuite voile vers l'Islande après avoir hiverné sur place, sans doute pour se ravitailler et embarquer d'autres colons. À son retour, cinq ans plus tard, il trouva le campement en ruine. Des colons, il ne restait qu'une trentaine de squelettes, les os nettoyés. Seules 3 personnes avaient survécu, 2 femmes et 1 enfant. Leur visage était grisâtre, et par endroits, leurs os avaient même percé la peau. Ils portaient d'évidentes traces de blessures, mais ne semblaient pas saigner. Dès qu'ils les aperçurent, les survivants s'approchèrent des hommes de Lundergaart, les attaquèrent aussitôt et furent rapidement taillés en pièces. Se croyant victime d'une malédiction, le chef ordonna de brûler tous les corps et toutes les installations. Comme il comptait des membres de sa propre famille parmi les squelettes, Lundergaart ordonna à ses hommes de le tuer lui aussi, de démembrer son corps et de l'offrir aux flammes. *La Saga de Fiskurhofn*, racontée par certains membres de l'expédition Lundergaart à des moines itinérants irlandais, reste consultable aux Archives nationales de Reykjavik, en Islande. Ce récit d'une attaque zombie est non seulement le plus fidèle de toute l'ancienne civilisation nordique, mais il explique également pourquoi tous les hameaux vikings établis au Groënland ont mystérieusement disparu au début du XIVe siècle.

1281 – CHINE

L'explorateur vénitien Marco Polo écrit dans son journal que, lors d'une de ses visites à Xanadu, le palais d'été de l'empereur, Kublai Khan lui avait présenté une tête de zombie conservée dans une vasque emplie d'un liquide alcoolisé transparent (d'après Polo, le fluide ressemblait à « de l'essence de vin âpre et très claire »). Cette tête avait été ramenée par son grand-père Genghis, à son retour des nombreuses guerres de conquête qu'il avait menées en Occident. Polo assure que la tête était consciente de leur présence, et qu'elle semblait presque les regarder de ses yeux décomposés.

Alors qu'il s'approchait pour la toucher, la tête tenta de lui mordre les doigts. Le khan le réprimanda pour cet acte imbécile et lui raconta l'histoire d'un officier de cour de second rang qui avait agi de même, mais que la

tête tranchée avait mordu pour de bon. Cet homme « mourut le jour suivant, mais se releva ensuite et attaqua ses serviteurs ». Polo affirme que cette tête est restée « vivante » pendant tout son séjour en Chine. Personne ne sait ce qu'elle est devenue. Quand Polo est rentré d'Asie, cette histoire a été censurée par l'Église catholique et n'apparaît donc pas dans la publication officielle de ses voyages. Certains historiens estiment que la tête en question pourrait bien être celle de l'un des cobayes originaux d'Obeidallah, dans la mesure où les Mongols ont atteint Bagdad à plusieurs reprises. Si tel est le cas, cette tête gagnerait le concours du plus vieux reste « encore fonctionnel » d'un spécimen zombie.

1523 – OAXACA, MEXIQUE

Les indigènes évoquent une maladie qui assombrit l'âme et entraîne une envie sanguinaire fratricide. Ils parlent d'hommes, de femmes et même d'enfants dont la chair putrescente devient grise et dont l'odeur est corrompue. Il n'existe aucun moyen de les guérir et seule la mort peut les libérer de leurs tourments. Cette purification doit s'accomplir par le feu, car leur corps devient alors insensible aux armes des hommes. Cette tragédie ne concerne que les païens ; leur ignorance de Notre Seigneur Jésus-Christ les empêche d'être sauvés. À présent que nous avons béni la population en lui insufflant la lumière et la vérité de Son amour, nous devons nous efforcer de retrouver ces âmes enténébrées pour les purifier enfin, grâce à la toute-puissante gloire du Ciel.

Selon toute vraisemblance, ce paragraphe est tiré des récits de frère Esteban Negron, prêtre espagnol et ancien élève de Bartolomé de Las Casas. Manifestement supprimées du texte original, ces lignes ont récemment été retrouvées à Saint-Domingue. Les opinions varient quant à leur authenticité. Certains y voient la preuve qu'à l'époque, le Vatican ordonnait systématiquement la suppression de toute allusion au sujet. D'autres estiment qu'il s'agit d'un canular très élaboré dans la lignée des journaux secrets de Hitler.

1554 – AMÉRIQUE DU SUD

Une expédition espagnole commandée par Don Rafael Cordoza s'enfonça dans la jungle à la recherche du mythique El dorado. Des guides tupis les mirent en

garde contre une vaste zone connue sous le nom de
« vallée du Sommeil Éternel ». Là-bas, dirent-ils, vivait
une race de créatures gémissantes comme le vent et
assoiffées de sang. De tous ceux qui s'y étaient rendus,
soufflèrent les Tupis, personne n'en était jamais revenu.
Terrifiés par cet avertissement, la plupart des conquis-
tadors supplièrent Cordoza de rebrousser chemin.
Croyant que les Tupis avaient inventé cette fable pour
lui cacher la cité d'or, le commandant s'y refusa. À la
nuit tombée, le camp fut attaqué par une douzaine de
morts-vivants. Ce qui s'est passé cette nuit-là reste un
mystère. Le registre des passagers du *San Veronica*, le
navire qui ramena Cordoza à Saint-Domingue, stipule
que ce dernier fut l'unique survivant à avoir atteint la
côte. On ignore s'il s'est battu jusqu'au bout ou s'il a
simplement abandonné ses hommes. Un an plus tard,
Cordoza atteignit l'Espagne où il fit le récit complet de
cette attaque à la cour royale à Madrid puis devant le
Saint-Office de Rome. Accusé de blasphème et d'avoir
dilapidé les ressources de la couronne, le conquistador
fut déchu de tous ses titres et mourut dans le plus grand
dénuement. Son histoire compile plusieurs fragments
traitant de cette période particulière de l'histoire espagnole. Aucun texte original n'a jamais été retrouvé.

1579 – PACIFIQUE CENTRAL

Lors de son tour du monde, Francis Drake, le célèbre
pirate devenu par la suite une icône nationale, fit escale
sur une île inconnue pour se ravitailler en eau et en nourriture. Les indigènes lui déconseillèrent fermement de

visiter un petit îlot corallien tout proche, habité par « les dieux de la mort ». Selon la tradition, les morts et les agonisants étaient débarqués sur l'île, là où les dieux les emportaient corps et âme vers la vie éternelle. Fasciné par cette histoire, Drake décida de mener sa propre enquête. Depuis son navire, il observa un groupe d'indigènes qui déposaient un homme agonisant sur la plage de l'îlot. Après avoir soufflé à plusieurs reprises dans une conque, ils se retirèrent prestement. Quelques minutes plus tard, plusieurs silhouettes émergèrent de la jungle. Drake les regarda se nourrir du corps avant de disparaître. À sa grande surprise, le cadavre à moitié dévoré se releva et disparut à son tour. Drake ne parla jamais à personne de cette histoire. Après sa mort, les faits furent découverts dans son journal intime. Passant d'un collectionneur à un autre, ce texte a finalement atterri chez l'amiral Jackie Fischer, le fondateur de la Royal Navy moderne. Fischer en fit quelques copies en 1907 et les offrit à ses amis en guise de cadeau de Noël. Drake nota la position géographique exacte de l'île et la baptisa « île des Damnés ».

1583 – SIBÉRIE

Une équipe de reconnaissance envoyée par le Cosaque tristement célèbre Yermak s'égara et manqua mourir de faim avant d'être recueillie *in extremis* par les indigènes d'une tribu asiatique. Dès qu'ils eurent retrouvé un peu de leur force, les Européens remercièrent la peuplade en s'autoproclamant seigneurs du village et s'installèrent pour l'hiver afin de préparer l'arrivée de Yermak. Après avoir festoyé plusieurs semaines en épuisant les réserves de nourriture des villageois, les Cosaques s'occupèrent de ces derniers comme il convenait. Lors d'un acte innommable de cannibalisme aggravé, 13 personnes furent dévorées et les autres s'enfuirent de justesse dans les collines. Cette nouvelle source de nourriture ne dura qu'une semaine. De désespoir, les Cosaques se tournèrent vers le cimetière local, là où les températures glaciales conservaient les corps très longtemps. Le premier cadavre exhumé était celui d'une femme âgée d'une vingtaine d'années, enterrée les mains liées et la bouche bâillonnée. Une fois décongelée, la morte ressuscita aussitôt. Les Cosaques en furent bien évidemment stupéfaits. Désireux d'apprendre comment elle avait réussi pareil prodige, ils lui ôtèrent son bâillon ; la femme mordit aussitôt l'un d'entre eux à la main. Aussi ignorants que brutaux, les Cosaques la firent rôtir et la dévorèrent. Seuls deux s'en abstinrent : le guerrier blessé (ses camarades estimaient qu'il ne fallait pas gâcher la nourriture en la donnant aux mourants) et un homme profondément superstitieux qui jugeait la viande maudite. D'une certaine manière, il avait raison. Tous ceux qui mangèrent la chair du zombie moururent dans la nuit. Quant au blessé, il expira au matin.

L'unique survivant tenta de brûler les corps. Alors qu'il préparait un bûcher funéraire, le cadavre mordu ressuscita à son tour. Le Cosaque paniqué s'enfuit alors à travers la steppe, traqué de près par ce zombie tout frais. Au bout d'une heure de poursuite, le zombie finit par geler sur place. Le Cosaque erra plusieurs jours avant d'être sauvé par une seconde équipe de reconnaissance envoyée par Yermak. Son récit fut transcrit par un historien russe, le père Pietro Georgiavich Vatutin. Le texte, interdit pendant plusieurs générations, resta conservé dans un monastère isolé sur les îles Valaan au beau milieu du lac Ladoga. Sa traduction en anglais commence à peine. On ignore tout du destin des villageois asiatiques ainsi que leur véritable identité. Le génocide consécutif perpétré par Yermak sur ces gens n'a laissé que peu de survivants. D'un point de vue strictement scientifique, ce récit est le premier du genre à décrire le gel d'un zombie.

1587 – ÎLE DE ROANOKE, CAROLINE DU NORD

Privés de toute aide européenne et livrés à euxmêmes, les colons anglais installés sur l'île furent contraints d'organiser plusieurs parties de chasse à l'intérieur des terres pour y débusquer de la nourriture. L'un de ces groupes ne donna aucun signe de vie pendant 3 semaines. Un seul survivant finit par rentrer au camp où il raconta qu'ils avaient subi une attaque « de sauvages… la peau putride et rongée de vers, insensibles à la poudre et aux coups ». Parmi les 11 membres du groupe, un seul fut tué pendant l'assaut, et quatre sérieusement blessés. Ces hommes moururent le jour suivant, furent mis en terre, mais sortirent de leur tombe après quelques heures. Le survivant jura tous les saints que le reste de l'équipe avait été dévoré vivant par leurs anciens camarades et que lui seul avait réussi à s'enfuir. Le magistrat de la colonie statua que l'homme mentait et qu'on devait le punir pour ses crimes. Il fut pendu le jour suivant.

On envoya alors une deuxième expédition pour retrouver les corps, pour éviter que les païens souillent leurs restes. Les cinq hommes revinrent au bord de l'évanouissement, le corps lacéré de morsures et de griffures. On les avait attaqués eux aussi. Non seulement les « sauvages » décrits par le dernier survivant, mais aussi les membres de la première expédition. Après une courte période d'observation médicale, ces hommes succombèrent à leur tour. Leurs funérailles furent prévues pour le lendemain. Ils se réanimèrent dans la nuit. Peu de détails nous sont parvenus quant au reste de l'histoire. Une version décrit l'expansion de la maladie et la destruction totale de la ville. Une autre mentionne l'intervention des Indiens crotan, qui paraissent reconnaître la vraie nature du danger et encerclent aussitôt les colons avant d'incendier la quasi-totalité de l'île. Dans une troisième version, ces mêmes Indiens sauvent les survivants, avant d'éliminer les blessés et les morts-vivants. Ces trois histoires ont inspiré de nombreux récits romanesques et des textes historiques pendant les deux siècles qui ont suivi. Aucune n'explique clairement pourquoi la première colonie anglaise en Amérique du Nord a littéralement disparu sans laisser la moindre trace.

1611 – EDO, JAPON

Enrique Dasilva, marchand portugais en voyage d'affaires dans l'archipel nippon, écrivit à son frère une lettre dont voici un passage :

> *Tout requinqué par un petit vin castillan, le père Mendoza m'a parlé d'un homme récemment converti à la vraie foi. Ce sauvage faisait partie de l'un des ordres les plus secrets de cette terre exotique et barbare, la « Confrérie de la vie ». D'après le vieux prêtre, cette société secrète entraîne ses assassins – et je l'écris ici en toute naïveté – à l'extermination des démons... D'après lui, les démons en question avaient autrefois été des êtres humains qu'un sort insidieux avait fait ressusciter après leur trépas... pour mieux se repaître de la chair des vivants. La Confrérie de la vie aurait été formée par le shogun lui-même pour combattre ces horreurs... On en sélectionne les membres très jeunes... On les entraîne à l'art de la destruction... Leurs étranges méthodes de combat insistent sur l'évitement. Pour éviter les griffes du démon, elles développent moult contorsions et mouvements qui rappellent la danse du serpent... Leurs étranges cimeterres orientaux sont conçus pour décapiter promptement leurs victimes... Leur temple, dont l'emplacement reste un secret jalousement gardé, posséderait une pièce où les têtes tranchées encore gémissantes de ces monstres ornent les murs. Avant d'intégrer totalement la fraternité, les jeunes recrues doivent passer une nuit entière avec ces choses maudites pour seule compagnie...*
>
> *Si le père Mendoza dit vrai, c'est le Diable qui gouverne ce pays, comme nous l'avions toujours soupçonné... N'était le négoce de la soie et des épices, nous ferions mieux d'éviter ces côtes à tout prix... J'ai demandé au vieux père où trouver son nouveau converti, pour entendre ce récit de sa bouche même. Mendoza m'a expliqué qu'il avait été assassiné quelques nuits plus tôt. La Confrérie n'apprécie pas que ses secrets soient révélés à n'importe qui ; elle n'aime pas davantage que ses membres renoncent à leur allégeance.*

On trouvait beaucoup de sociétés secrètes au Japon féodal. La Confrérie de la vie n'est mentionnée dans aucun texte, passé ou présent. Dasilva commet par ailleurs quelques erreurs dans sa lettre, notamment quand il décrit le sabre japonais comme un « cimeterre » (la plupart des Européens n'avaient que faire de la culture japonaise). Le passage des têtes gémissantes manque d'à-propos, dans la mesure où, sans poumons ni diaphragme ni cordes vocales, des têtes de zombies tranchées ne peuvent produire le moindre son. Si l'histoire est authentique, cela explique pourquoi on a signalé si peu d'épidémies au Japon. Soit la culture japonaise a bâti un véritable mur de silence autour du sujet, soit la Confrérie de la vie a remarquablement bien accompli sa mission. Quoi qu'il en soit, il n'existe aucune trace d'épidémie au Japon avant le milieu du XXe siècle.

1690 – ATLANTIQUE SUD

À la fin de l'été, le négrier portugais *Marialva* quitte le porte de Bissau, en Afrique de l'Ouest, avec une cargaison d'esclaves à destination du Brésil… Et disparaît corps et biens. Trois ans plus tard, au beau milieu de l'Atlantique Sud, le vaisseau danois *Zeebrug* identifie le *Marialva*, manifestement abandonné. On y envoie une équipe pour tenter de sauver ce qui peut l'être. À bord, les hommes découvrent des esclaves morts-vivants, encore enchaînés à leur banc et très occupés à gémir en cadence, mais aucune trace de l'équipage. Craignant que le navire ne soit maudit, les Danois retournent en toute hâte à bord de leur propre vaisseau pour faire leur rapport au capitaine. Aussitôt, ce dernier fait envoyer le *Marialva* par le fond d'une salve de canons. Nous n'avons aucun moyen de savoir comment l'épidémie s'est déclarée à bord du *Marialva* ; aussi sommes-nous réduits à formuler des hypothèses. On n'a pas trouvé le moindre canot de sauvetage. Seul le corps du capitaine a été découvert enfermé dans sa cabine, la tête trouée d'une balle et la main encore crispée sur le pistolet. Les Africains portaient tous de lourdes chaînes, aussi beaucoup pensent que la personne malade faisait partie de l'équipage portugais. Si tel est le cas, les malheureux esclaves ont dû endurer la vision de leurs ravisseurs succombant au virus les uns après les autres et s'entre-dévorer. Un des morts-vivants a forcément fini par mordre un esclave attaché, qui a certainement dû mordre à son tour un autre camarade terrorisé, etc., etc. Jusqu'à ce qu'un silence de mort s'abatte sur le navire et que la coque entière regorge de zombies.

Imaginez les esclaves attachés au bout de la chaîne qui assistaient, impuissants, à l'approche inexorable de la mort… Voilà qui devrait suffire à vous faire oublier vos pires cauchemars.

1762 – CASTRIES, SAINTE-LUCIE (CARAÏBES)

L'histoire de cette épidémie est encore narrée de nos jours, aussi bien par les natifs de l'île que par les colons venus du Royaume-Uni. Elle nous rappelle que la puissance des morts-vivants se nourrit de la désespérante incapacité des humains à s'unir pour y faire face. Une épidémie dont l'origine reste indéterminée éclata dans un quartier pauvre de Castries, une ville surpeuplée située sur l'île de Sainte-Lucie. Plusieurs Noirs affranchis, secondés par de nombreux mulâtres, comprirent très vite la nature de la « maladie » et tentèrent d'avertir les autorités. En vain. L'épidémie fut diagnostiquée comme un genre de rage. On enferma les premiers malades dans la prison municipale. Ceux qui subirent des morsures en essayant de les contenir furent renvoyés chez eux sans traitement particulier. Quarante-huit heures plus tard, l'horreur s'abattait sur Castries. Ne sachant comment endiguer pareil carnage, la milice locale fut rapidement débordée et dévorée. Les quelques Blancs survivants s'éparpillèrent dans les plantations qui ceinturaient la ville. Mais comme nombre d'entre eux avaient été mordus, ils répandirent l'infection à travers toute l'île. Au matin du dixième jour, 50 % de la population blanche avait succombé et 40 % (soit plusieurs centaines d'individus) erraient désormais dans l'île sous forme de zombies. Les autres réussirent à s'échapper, soit par la mer en réquisitionnant la première embarcation venue, soit en se barricadant dans les deux fortins militaires situés sur le vieux port et dans la baie de Rodney. Ce qui laissait une appréciable armée d'esclaves noirs désormais « libres », mais à la merci des morts-vivants.

Contrairement aux Blancs, les anciens esclaves avaient une profonde compréhension culturelle de leurs ennemis, un avantage qui transforma leur panique en détermination. Les esclaves de chaque plantation s'organisèrent alors en petits groupes très disciplinés. Armés de torches, de machettes (toutes les armes à feu avaient été emportées par les Blancs pendant leur fuite), alliés aux autres Noirs affranchis et aux mulâtres (Sainte-Lucie abritait de petites, mais nombreuses communautés), ils ratissèrent l'île du nord au sud. Communiquant à l'aide de tambours, les divers groupes échangèrent ainsi leurs informations et coordonnèrent plus efficacement leur chasse. Ils nettoyèrent Sainte-Lucie en une semaine par vagues d'assaut successives. Toujours barricadés dans leurs forteresses, les Blancs refusèrent de les aider, leur bigoterie raciale rejoignant leur lâcheté. Dix jours après l'élimination du dernier zombie, les troupes coloniales françaises et anglaises débarquèrent sur l'île. Tous les anciens esclaves retrouvèrent immédiatement leurs chaînes. Les résistants furent pendus. Cet incident fut officiellement considéré comme une révolte d'esclaves ; tous les Noirs affranchis et tous les mulâtres retournèrent à la captivité. On pendit ceux qui résistèrent. Même si on n'a conservé aucune trace écrite du drame, la tradition orale a fait le reste. On murmure qu'un monument secret y est consacré, quelque part sur l'île. Aucun résident n'en a jamais révélé l'emplacement exact. Si l'on peut tirer au moins une leçon de la tragédie de Castries, c'est qu'un groupe de civils motivés et disciplinés, munis des armes les plus primitives et des moyens de communication les plus frustes, peuvent facilement venir à bout d'une armée de zombies.

1807 – PARIS, FRANCE

Un homme fut interné à Château-Robinet, un « hôpital » conçu pour enfermer les fous dangereux. Dans le rapport officiel rédigé par le docteur Reynard Boise, l'administrateur de l'institut, on peut lire :

> *Le patient semble incohérent, quasi animal et doté d'une insatiable soif de violence... Avec sa mâchoire qui claque aussi violemment que celle d'un chien enragé, il a réussi à mordre un autre patient avant d'être maîtrisé.*

Le rapport décrit ensuite le « blessé » recevant un traitement minimaliste (plaies bandées et verre de rhum) avant d'être placé en cellule commune avec 50 autres hommes et femmes. Les jours suivants furent le théâtre d'une véritable orgie de violence. Trop effrayés par les hurlements en provenance de la cellule, les gardes et les docteurs attendirent une semaine avant d'oser y pénétrer. Après quoi, tout ce qui restait, c'était 5 zombies à moitié dévorés et une douzaine de corps éparpillés un peu partout. Boise démissionna immédiatement et retourna à la vie civile. On ignore tout du sort réservé aux morts-vivants et au zombie responsable de la contamination. Napoléon Bonaparte lui-même ordonna la fermeture de l'hôpital et le transforma en maison de repos pour vétérans. On ne sait donc pas d'où venait le premier zombie, ni comment il avait contracté la maladie, ni même s'il avait contaminé qui que ce soit avant son internement.

1824 – AFRIQUE DU SUD

Ce passage est tiré du journal de H. F. Fynn, un membre de l'expédition britannique chargée par Sa Majesté de rencontrer le roi Shaka Zoulou et de négocier avec lui.

Le kraal grouillait de vie... Le jeune noble s'avança au centre de l'enclos... Quatre des plus grands guerriers du roi y amenèrent alors un homme aux pieds et aux mains entravés... Un sac de cuir royal lui enserrait la tête. Des protections identiques couvraient les mains et les avant-bras des gardes, afin que leur chair n'entre jamais en contact avec celle du condamné... Le jeune noble leva son assenai *[une lance d'environ 1,20 mètre] et la planta dans le sol... Le roi hurla, ordonnant à ses guerriers de déposer leur fardeau au centre du kraal. Le condamné heurta violemment le sol et se releva comme s'il était saoul. Le sac de cuir glissa de son visage... À ma grande horreur, je constatai que sa face était hideusement défigurée. Un gros morceau de chair avait été arraché de son nez, comme si une bête féroce l'avait emporté d'un coup de griffe. Ses yeux avaient été retirés, et ses orbites vides semblaient nous observer depuis le fin fond des enfers. Aucune goutte de sang ne perlait à ses nombreuses blessures.*

*Le roi leva une main, réduisant au silence la multitude
excitée. Un calme étonnant fondit alors sur le kraal. Un
calme si complet que les oiseaux eux-mêmes obéirent à
l'ordre du roi tout-puissant... Le jeune noble leva son*
assenai *au niveau des épaules et murmura quelques paroles.
Sa voix était trop faible, trop douce pour atteindre mes
oreilles. L'autre, ce pauvre diable, entendit pourtant cette
voix solitaire. Sa tête se tourna lentement et il ouvrit largement la bouche. De ses lèvres déchirées jaillit un gémissement si terrifiant qu'il me secoua jusqu'aux os. Le monstre,
car c'en était un, j'en étais persuadé, s'avança lentement
vers le noble. Le jeune zoulou brandit son* assenai. *Il fit un
pas en avant et enfonça la lame noire dans la poitrine de son
ennemi. Le démon ne tomba point, n'expira pas non plus et
ne sembla même pas remarquer que sa poitrine venait d'être
transpercée. Imperturbable, il se contenta d'avancer comme
si de rien n'était. Le noble battit en retraite, tremblant
comme une feuille sous le vent. Il trébucha et tomba à terre,
la poussière recouvrant aussitôt ses muscles luisants de
transpiration. La foule garda le silence, mille statues
d'ébène observaient le déroulement de cette scène tragique... Alors Shaka sauta à même l'enclos en clamant
« Sondela ! Sondela ! ». Le monstre se détourna immédiatement du jeune noble pour se diriger vers le roi. Avec la
vitesse d'une balle de mousquet, Shaka retira l'*assenai *de la
poitrine du monstre et la plongea dans l'une de ses orbites
vides. Il vrilla ensuite l'arme comme un escrimeur professionnel, enfonçant profondément la pointe de la lance dans
le crâne du monstre. L'abomination tomba à genoux, puis
s'écroula, son affreux visage s'écrasant dans le sol rouge de
l'Afrique.*

Le texte n'en dit pas plus. Fynn ne précise pas ce qu'il
est advenu du jeune noble ou du zombie abattu. Naturel-
lement, ce rite de passage soulève quelques questions
brûlantes : d'où vient cette pratique ? Les Zoulous

gardaient-ils d'autres zombies ? Si oui, comment les approchaient-ils ?

1839 – AFRIQUE DE L'EST

Sir James Ashton-Ayes, l'un des nombreux Européens incompétents à s'être mis en quête de la source du Nil, décrit dans son journal de voyage ce qui ressemble fortement à une attaque zombie. Il y a également noté l'attitude de la population locale face à l'événement.

Un jeune Nègre rentra au village tôt le matin, blessé au bras. À l'évidence, il avait manqué d'adresse en jetant sa lance et son dîner lui avait faussé compagnie. Cette mésaventure prête à rire, mais les événements qui suivirent m'ont profondément choqué par leur barbarie... Le sorcier du village et le chef examinèrent tous les deux la blessure du garçon, écoutèrent sa version des faits et acquiescèrent l'un l'autre, comme s'ils venaient de prendre une décision commune. Après avoir beaucoup pleuré, le jeune homme fit ses adieux à sa femme et à sa famille – leurs coutumes proscrivent tout contact physique, semble-t-il – avant de s'agenouiller devant le chef. Le vieil homme empoigna alors un énorme gourdin à pointes de fer et l'abattit de toutes ses forces sur la tête du condamné, lui fracassant le crâne comme un œuf noir géant. Presque immédiatement, dix guerriers levèrent leur lance et leur grossier couteau, puis entonnèrent un chant bizarre : « Nagamba ekwaga nah eereah enge. » Ensuite, ils s'enfoncèrent dans la savane. À ma grande horreur, le corps de l'infortuné sauvage fut démembré et brûlé tandis que les femmes gémissaient autour de la colonne de fumée. Comme je demandai des explications à mon guide, il se contenta de hausser ses maigres épaules et répondit : « Vous voulez qu'il se relève pendant la nuit ? » Des gens bizarres, ces sauvages.

Ayes ne précise pas le nom de la tribu et des études ultérieures ont établi le caractère fantaisiste de ses indications géographiques (pas étonnant qu'il n'ait jamais trouvé la source du Nil). Par chance, on parvint à identifier le cri de guerre : *« Njamba egoaga na era enge »*, une phrase giyuku signifiant « Ensemble, nous combattrons, et ensemble nous vaincrons ou nous mourrons ». Les historiens en ont déduit que la scène se déroulait probablement dans ce qui n'était pas encore le Kenya.

1848 – CHAÎNE D'OWL CREEK, WYOMING

Même si cette attaque n'est pas la première sur le territoire des États-Unis, l'affaire d'Owl Creek n'en reste pas moins la première répertoriée officiellement. Un groupe de 56 pionniers, connu sous le nom d'« expédition de Knudhansen », disparut corps et âme dans les Rocheuses, sur la route de la Californie. Un an plus tard, une deuxième expédition découvrit les restes d'un campement considéré comme leur dernier bivouac.

Les traces de violence sautaient aux yeux. Du matériel brisé gisait parmi les chariots éventrés. Nous avons également découvert les restes d'au moins quarante-cinq personnes. Outre leurs nombreuses blessures, chacune d'entre elles avait le crâne brisé. Certaines lésions semblent avoir été causées par des balles, d'autres par des instruments plus primitifs comme des marteaux ou même des pierres... Notre guide, un homme très expérimenté ayant passé de nombreuses années dans la région, nous a expliqué que jamais les Indiens n'auraient fait une chose pareille. Après tout, souligna-t-il, pourquoi auraient-ils massacré ces gens sans voler les chevaux et les bœufs ? Nous avons recompté les squelettes de tous les animaux ; le chiffre était exact... Autre bizarrerie : le nombre de morsures qui constellaient tous les cadavres. Pourtant, aucun animal n'avait osé toucher aux carcasses, ni les loups ni les fourmis. La Frontière ne manque pas d'histoires de cannibalisme, mais nous avons constaté avec horreur que ces récits épouvantables contenaient une part de vérité, surtout après la triste affaire de la Donner Party [1]... *Par contre, nous ne comprenons toujours pas pourquoi ils ont commencé par se dévorer les uns les autres alors qu'ils ne manquaient pas encore de nourriture.*

Ces lignes sont tirées du récit d'Arme Svenson, ancien instituteur devenu fermier et membre de la seconde expédition. L'histoire proprement dite ne prouve pas qu'il s'agit bien d'une épidémie de solanum. À n'en pas douter, des preuves solides finiront par faire surface un jour ou l'autre, mais pas avant quelques années.

1852 – CHIAPAS, MEXIQUE

Un trio de chasseurs de trésors américains originaires de Boston, James Miller, Nuke MacNamara et Willard Douglass, atteignit cette province reculée pour y piller les nombreuses ruines mayas. Alors qu'ils faisaient étape dans la ville de Tzinteel, ils assistèrent à l'enterrement d'un homme décrit comme un « buveur de sang satanique ». Stupéfaits, ils constatèrent que l'homme était encore en vie, mais attaché et bâillonné. Croyant

---

1. Les colons participant à l'« expédition Donner » furent bloqués par la neige pendant l'hiver 1846-1847 dans la Sierra Nevada et se livrèrent au cannibalisme. *(N.d.T.)*

avoir affaire à une forme d'exécution particulièrement barbare, les Américains intervinrent et réussirent à libérer le condamné. Une fois libéré de ses chaînes et de son bâillon, l'homme attaqua immédiatement ses sauveurs. La poudre n'eut aucun effet sur lui. MacNamara fut tué et les 2 autres légèrement blessés. Un mois plus tard, leurs familles reçurent une lettre datée du lendemain de l'attaque. En quelques pages, les 2 hommes racontaient les détails de leur aventure et juraient que leur ami était « revenu à la vie » peu après l'attaque. Ils ajoutaient que leurs blessures superficielles s'étaient infectées et qu'ils commençaient à souffrir d'une forte fièvre. Ils promettaient ensuite de se reposer à Mexico, d'y suivre un traitement médical approprié, et de revenir aux États-Unis aussi vite que possible. On n'entendit plus jamais parler d'eux.

1867 – OCÉAN INDIEN

Le *RMS Roma*, steamer postal anglais transportant 137 prisonniers à destination de l'Australie, jeta l'ancre en rade de l'île des Bijoutiers pour porter secours à un navire non identifié, échoué sur un banc de sable. L'équipe d'abordage découvrit un zombie au dos brisé qui rampait à même le pont du navire. Quand les marins s'approchèrent de lui pour l'aider, le zombie se jeta en avant et arracha le doigt d'un homme d'un coup de dents. Alors qu'un second matelot vengeait son camarade en lacérant le crâne du zombie à grands coups de machette, les autres ramenèrent le blessé à bord de leur navire. On le transféra le soir même à l'infirmerie où on lui administra une dose de rhum avant de lui promettre que le médecin du bord le verrait à l'aube. L'homme mourut dans la nuit, se réanima et attaqua aussitôt les autres membres d'équipage. Paniqué, le capitaine ordonna qu'on cloisonne toutes les issues et qu'on enferme le zombie avec les prisonniers dans la cale. Le navire reprit ensuite sa route vers l'Australie. Pendant le reste du voyage, la cale résonna de hurlements, qui bientôt se transformèrent en gémissements. Plusieurs membres d'équipage jurèrent qu'on pouvait entendre le cri des rats au moment où on les dévorait vivants.

Après 6 semaines de mer, le navire jeta l'ancre dans la baie de Perth. Les officiers et l'équipage débarquèrent au plus vite pour informer les autorités de ces événements tragiques. Apparemment, personne ne crut l'histoire des marins. On envoya néanmoins un contingent de soldats escorter les prisonniers jusqu'à terre. Le *RMS Roma* resta 5 jours au mouillage et on attendit en vain le retour des soldats. Au sixième jour, une tempête se leva brusquement, brisa la chaîne de l'ancre, fit dériver le navire sur plusieurs milles et l'envoya se fracasser contre un récif. Personne ne découvrit le moindre mort-vivant dans l'épave. Seulement quelques ossements humains et des traces de pas s'enfonçant vers l'intérieur des terres. L'histoire du *RMS Roma* est célèbre chez les marins du XIXe et du début du XXe siècle. Les registres de l'Amirauté signalent le navire comme « perdu en mer ».

1882 – PIEDMONT, OREGON

L'histoire nous est parvenue grâce à une équipe de relève venue prendre ses fonctions dans cette petite ville minière qui sortait de 2 mois d'isolation totale. Le groupe découvrit Piedmont en ruine. Bon nombre de maisons avaient brûlé. Celles qui tenaient encore debout étaient constellées d'impacts de balles. Curieusement, les tirs semblaient provenir de l'intérieur, et non de l'extérieur, comme si les combats avaient eu lieu au sein même des habitations. Mais le pire était à venir : 27 squelettes démantibulés et à moitié dévorés. L'hypothèse du cannibalisme fut écartée lorsqu'on découvrit des stocks de nourriture dans les réserves de la ville, largement suffisants pour tenir tout un hiver. Quand ils investirent la mine, ils firent une autre découverte encore plus terrifiante. L'entrée du puits était fermée de l'intérieur. Derrière, on retrouva les corps de 58 personnes, hommes, femmes et enfants, tous morts de faim. Les sauveteurs constatèrent que d'importantes quantités de nourriture avaient été stockées et mangées ; ces gens avaient dû s'emmurer vivants sur une très longue période. On compta les victimes, dévorées ou mortes de faim : plus de 32 habitants manquaient à l'appel.

Selon la théorie la plus couramment admise, une goule (ou un groupe de goules) est sortie des bois et a attaqué Piedmont. Après une bataille aussi brève que violente, les survivants ont transporté autant de nourriture que possible à la mine. Une fois enfermés, ils ont attendu les secours, mais ces derniers ne sont jamais arrivés. On suppose qu'avant que la décision de se réfugier dans la mine ne soit prise, une ou plusieurs

306 Épidémies recensées

personnes sont parties à travers bois pour demander de l'aide au village le plus proche. Comme on n'a jamais retrouvé la moindre trace des corps ou de l'éventuelle expédition de secours, il est probable que le ou les messagers sont morts en cours de route et que les zombies les ont dévorés. Si les morts-vivants sont bel et bien responsables du carnage, on n'en a jamais retrouvé la preuve formelle. Aucune suite officielle ne fut donnée à la tragédie de Piedmont. Les rumeurs évoquent une épidémie soudaine, un glissement de terrain, la démence collective ou même une attaque d'Indiens (aucun Indien n'a jamais vécu à Piedmont ni même dans la région). La mine n'a jamais été rouverte. La Patterson Mining Company (propriétaire de la mine et de la ville) paya 20 dollars de dommages et intérêts aux familles des victimes en échange de leur silence. Les preuves de ces transactions ont été découvertes dans les livres de comptes de l'entreprise après sa faillite (en 1931, pendant la crise économique). Aucune enquête n'a jamais eu lieu.

1888 – HAYWARD, WASHINGTON

Les lignes qui suivent décrivent l'apparition en Amérique du Nord du premier chasseur de zombies professionnel. L'incident a commencé avec l'arrivée en ville d'un trappeur nommé Gabriel Allens. L'homme avait une vilaine blessure au bras.

> *Allens a parlé d'un type qui marchait comme un possédé, la peau aussi grise qu'un caillou et les yeux morts. Quand*

Allens s'est approché du pauvre diable, ce dernier a poussé un gémissement affreux et l'a mordu au bras.

Ce passage est tiré du journal de Jonathan Wilkes, le docteur qui a soigné Allens après son agression. On ne sait pas exactement comment l'infection s'est répandue. Des données très parcellaires suggèrent que les victimes suivantes furent le docteur Wilkes lui-même, puis les 3 hommes qui tentèrent de le maîtriser. Six jours après l'attaque initiale, Hayward vivait un véritable siège. Beaucoup d'habitants se terraient chez eux ou à l'église pendant que les zombies les attaquaient sans relâche. Les armes à feu ne manquaient pas, mais personne ne pensait à viser les têtes. L'eau, la nourriture et les munitions commencèrent à s'épuiser. Personne n'espérait pouvoir tenir encore une semaine.

À l'aube du septième jour, un Lakota nommé Elija Black débarqua en ville. À cheval, et muni d'un sabre de cavalerie, il décapita 12 goules en moins de 20 minutes. Black utilisa ensuite un bout de bois pour tracer un cercle autour du château d'eau municipal avant de grimper au sommet. Avec ses cris, son vieux clairon de l'armée et son cheval attaché en guise d'appât, il réussit à attirer tous les zombies qui infestaient la ville. Ceux qui dépassaient la limite du cercle recevaient une balle de Winchester en pleine tête. Grâce à cette méthode, Black élimina toute la horde, soit 59 zombies, en moins de 6 heures. Avant même que les survivants réalisent ce qui s'était passé, leur sauveur avait disparu. De nombreux récits ont raconté l'histoire de Black. Après une partie de chasse, alors qu'il avait à peine quinze ans, lui et son grand-père étaient tombés par hasard sur l'expédition de Knudhansen au plus fort du carnage. L'un de ses membres avait été contaminé et, une fois transformé en zombie, avait attaqué le reste du groupe. Black et son grand-père avaient éliminé les zombies à grands coups de tomahawk, décapitant ceux qui pouvaient l'être et brûlant les autres. L'un des « survivants », une femme de trente ans, leur expliqua comment l'infection s'était répandue et comment plus de la moitié du groupe désormais zombifié était parti dans les bois. Elle leur confia ensuite que ni ses blessures ni celles des autres ne pouvaient être guéries. Tous avaient alors supplié Black et son grand-père de les achever.

Après avoir abrégé les souffrances de ces malheureux, le vieux Lakota révéla à son petit-fils qu'il lui avait caché une morsure reçue pendant la bataille. En ce jour funeste, le dernier coup de tomahawk d'Elija Black s'abattit sur son grand-père. Il voua ensuite sa vie à chasser les zombies issus de l'expédition de Knudhansen. À chaque rencontre, il améliorait ses connaissances et son expérience. Même sans jamais être allé à Piedmont, il avait déjà éliminé 9 zombies errant aux alentours de la ville. Au moment de la tragédie de Hayward, il était sans aucun doute devenu le plus grand spécialiste de terrain et l'exterminateur de morts-vivants le plus efficace. On sait très peu de chose sur sa vie et sur la façon dont il mourut. En 1939, on publia sa biographie ainsi qu'une série d'articles dans les journaux anglais. Aucune version n'est parvenue jusqu'à nous ; on ignore le nombre exact de combats livrés par Black. Des recherches approfondies sont actuellement en cours

pour tenter de retrouver les derniers exemplaires du
livre.

1893 – FORT LOUIS-PHILIPPE,
AFRIQUE DU NORD

Le journal d'un tout jeune officier de la Légion étrangère française relate l'une des plus graves épidémies
jamais recensées :

> *Il est arrivé trois heures après l'aube. Un Arabe soli-
> taire, quasi mort de soif et d'épuisement... Après une journée
> entière de repos, quantité de soins et beaucoup d'eau, il a
> raconté l'histoire d'une maladie qui transforme ses victimes
> en monstres cannibales... Avant que l'on puisse envisager
> une expédition au village, les sentinelles du mur sud ont
> repéré du mouvement à l'horizon, quelque chose qui ressem-
> blait à un troupeau d'animaux. Grâce à mes jumelles, je me
> suis rendu compte qu'il ne s'agissait pas d'animaux, mais
> bien d'êtres humains à la chair décolorée et aux vêtements
> lacérés. Le vent forcissait ; nous entendîmes d'abord leurs
> gémissements, avant qu'une insoutenable odeur de cha-
> rogne nous submerge... On s'est dit que ces monstruosités
> devaient poursuivre celui que nous avions sauvé. C'était
> incroyable qu'ils aient réussi à couvrir pareille distance sans
> eau... Nos appels et nos avertissements n'ont pas reçu de
> réponses... Nos coups de canons ne les firent pas non plus
> ralentir d'un pouce... Même les fusils à longue portée sem-
> blaient sans effet ! Le caporal Strom a sellé son cheval et il a
> pris la direction de Bir-El-Ksaib juste avant que nous fer-
> mions les portes pour nous préparer à l'attaque.*

Une attaque qui devint le plus long siège zombie
jamais enregistré. Les légionnaires n'ont jamais vraiment compris que leurs assaillants étaient déjà morts,

aussi gâchèrent-ils quantité de munitions en les visant au torse. Quelques tirs firent mouche, mais pas assez pour que les soldats cherchent systématiquement à atteindre la tête. Le caporal Strom, l'homme qu'on avait envoyé chercher de l'aide, n'est jamais revenu. On suppose qu'il a trouvé la mort dans le désert ou qu'il est tombé sur une tribu arabe hostile. À l'intérieur du fort, ses camarades subirent le siège pendant 3 ans ! Fort heureusement, une caravane de ravitaillement venait tout juste d'arriver, et l'eau ne posait aucun problème grâce au puits autour duquel on avait bâti le fort. Les animaux de trait et les chevaux furent finalement abattus et rationnés de façon draconienne. Pendant tout ce temps, l'armée zombie, grosse de plus de 500 individus, continuait à cerner le mur d'enceinte. Le journal rapporte qu'à la longue, beaucoup de morts-vivants furent tués par des explosifs artisanaux, des cocktails Molotov improvisés ou même de lourdes pierres simplement jetées par-dessus le parapet. Ce ne fut hélas pas suffisant pour briser le siège. Les gémissements incessants rendirent fous plusieurs hommes ; 2 se suicidèrent. Certains survivants entreprirent de sauter par-dessus le mur pour s'enfuir au plus vite. Tous ceux qui s'y risquèrent furent promptement encerclés et dévorés. Une mutinerie réduisit encore les rangs des soldats, ne laissant plus que 27 survivants. C'est alors que le commandant du fort décida de tenter un plan désespéré :

> *Chaque homme a reçu une ration d'eau et de nourriture. Toutes les échelles et les escaliers qui menaient au chemin de ronde ont été détruits… Nous nous sommes rassemblés sur le mur sud et nous avons appelé nos tortionnaires afin de les*

inciter à se regrouper devant nos portes. Avec le courage d'un homme possédé par le démon, le colonel Drax est descendu à même le sol et a lui-même libéré le battant. Soudain, la multitude puante a envahi notre forteresse. Le colonel a pris soin de jouer le rôle d'appât pour attirer les monstres vers la cour d'appel, parmi les quartiers des officiers, à travers l'infirmerie... Il fut hissé sur le mur au dernier moment, une main arrachée et à moitié pourrie encore accrochée à sa botte. Nous avons continué à appeler les créatures, hurlant et sifflant, sautant comme des singes fous, mais cette fois, nous faisions tout pour les garder à l'intérieur de notre propre fort... Dorset et O'Toole sont ensuite passés vers le mur nord ; ils ont couru vers la porte et l'ont refermée aussi vite que possible... Aveuglées par leur propre rage, les créatures piégées à l'intérieur n'ont même pas eu l'idée de l'ouvrir par leurs propres moyens. Au fur et à mesure qu'elles enfonçaient toutes les portes qu'elles trouvaient, le piège se refermait autour d'elles.

Les légionnaires sautèrent ensuite au sol, éliminèrent les quelques zombies demeurant en dehors des murs lors de brefs mais féroces corps à corps et marchèrent ensuite plus de 400 kilomètres jusqu'à l'oasis la plus proche, à Bir Ounane. Les registres de l'armée ne signalent pas le siège. On n'explique toujours pas pourquoi, alors que les rapports routiniers émanant de Fort Louis-Philippe avaient cessé d'arriver régulièrement, aucune expédition de secours n'a jamais été envoyée. La seule réponse officielle des autorités fut de traduire le colonel Drax en cour martiale. La retranscription de son procès et les charges retenues contre lui restent classées confidentielles. Des rumeurs d'épidémie ont alimenté les rangs de l'armée, de la Légion et de la société civile françaises pendant plusieurs décennies. Plusieurs récits de fiction évoquent « le Siège du Diable ». Malgré son déni officiel, la Légion étrangère n'a jamais envoyé d'autres contingents à Fort Louis-Philippe.

1901 – LU SHAN, FORMOSE

D'après Bill Wakowski, un marin américain qui servait dans le corps expéditionnaire oriental, plusieurs paysans de Lu Shan sortirent de leur lit de mort et se mirent à attaquer leur village. À cause de son isolement géographique et de l'absence de moyens de communication (téléphone ou télégraphe), Taipei n'eut vent de l'affaire que 7 jours plus tard.

Ces missionnaires américains, les ouailles du pasteur Alfred, ils ont cru que c'était une punition divine contre les Jaunes qui refusaient la vraie foi. Le saint homme était bien décidé à les exorciser jusqu'au dernier. Notre commandant de bord leur a ordonné de ne pas y aller tant qu'il n'aurait pas réussi à lever une escorte armée. Le pasteur Alfred n'a rien voulu entendre. Et pendant que le pacha envoyait un câble pour demander de l'aide, les missionnaires ont franchi la rivière. Plus tard, un contingent de militaires nationalistes a rejoint notre bateau et nous nous sommes mis en route à notre tour vers le village pour l'atteindre aux alentours de midi... Des corps. En morceaux. Partout. Le sol était gluant de sang. Et cette odeur, Dieu Tout-Puissant, cette odeur !... L'odeur de ces choses quand elles sont sorties du brouillard, des créatures écœurantes, des diables humains. Nous avons fait feu à moins de 30 mètres, en vain. Ni nos Krags ni nos mitrailleuses Gattling n'avaient le moindre effet... Je crois bien que Riley en a perdu la boule. Il a monté sa baïonnette et a chargé tout seul pour en embrocher un. Les autres l'ont submergé et l'ont démembré en un éclair. Ensuite ils l'ont dévoré jusqu'à l'os. C'était une vision cauchemardesque !... Et voilà que débarque ce petit chauve accompagné d'un docteur ou d'un moine, appelez ça comme vous voulez... Il faisait tournoyer une sorte de bâton avec une lame en forme de quartier de lune au bout... Il devait y avoir dix ou vingt corps à ses pieds. Il s'est mis à courir comme un dératé en montrant sa tête et celle des créatures. Dieu sait comment le pacha a réussi à comprendre ce que ce fou voulait dire, mais il nous a ordonné de viser leurs têtes... Et c'est ce qu'on a fait... Quand on a examiné les corps, on a constaté qu'il y avait quelques Blancs parmi les Chinois... Nos propres missionnaires. Un de nos gars a trouvé un monstre avec la colonne vertébrale brisée par une balle. Il était encore en vie et faisait claquer ses dents, tout en gémissant comme un démon. Le pacha a reconnu le pasteur Alfred. Il a récité une courte prière avant de lui tirer une balle dans la tête.

Wakowski vendit son histoire au pulp *Tales of the Macabre*, ce qui lui valut d'être immédiatement emprisonné par sa hiérarchie. À sa libération, Wakowski refusa toutes les interviews. Encore aujourd'hui, la Navy persiste à nier les faits.

1905 – TABORA, TANGANYIKA
(AFRIQUE DE L'EST ALLEMANDE)

D'après la retranscription écrite d'un procès public, un guide indigène connu sous le nom de « Simon » a été arrêté et condamné pour avoir décapité Karl Seekt, un célèbre chasseur blanc. L'avocat de Simon, un fermier hollandais nommé Guy Voorster, explique que son client prétend au contraire avoir commis un acte héroïque. D'après Voorster :

La tribu de Simon croit fermement qu'il existe une maladie capable de tarir la force vitale de l'homme. Elle ne laisse qu'un corps sans vie, mais encore « actif », sans aucune conscience de son environnement et obsédé par le cannibalisme... Par ailleurs, les victimes de ce monstre mort-vivant finissent à leur tour par sortir de leur tombe pour dévorer d'autres victimes. Et le cycle se répète, encore et encore, jusqu'à ce que ces monstruosités mangeuses d'hommes envahissent la terre... Mon client déclare que sa victime est retournée au campement deux jours avant la date prévue, en proie au délire et blessée au bras. Elle est morte quelques heures plus tard... Mon client m'a assuré que Herr Seekt s'était levé de son lit de mort et avait mordu les autres membres de l'expédition. Mon client s'est servi de sa machette indigène pour décapiter Herr Seekt avant de brûler son corps.

M. Voorster s'empresse d'ajouter qu'il ne souscrit aucunement à cette version des faits, mais qu'il est de son devoir de la soumettre aux autorités afin de leur faire comprendre que Simon souffre de démence précoce, et qu'il est de fait impossible de le condamner à mort. À l'époque, l'alibi de la folie valait uniquement pour les Blancs. Simon fut condamné à mort par pendaison. La transcription intégrale du procès est en très mauvais état, mais reste consultable à Dar es Salam, en Tanzanie.

1911 – VITRE, LOUISIANE

Cette célèbre légende américaine se transmet de bar en bar et de casier d'étudiant en casier d'étudiant dans tout le Sud profond. Elle tire son origine de faits historiques dûment authentifiés : la nuit d'Halloween, plusieurs jeunes Cajuns se défièrent pour savoir qui « oserait » passer une nuit entière dans le bayou. Les racontars du coin évoquaient des zombies issus d'une famille de planteurs hantant les marais et dévorant tous les humains qui passaient à portée de dents. Le jour suivant, à midi, aucun des adolescents n'était revenu. On envoya une expédition à leur recherche passer les marais au peigne fin. Elle fut attaquée par plus de 30 goules, parmi lesquelles on comptait les jeunes disparus. Les sauveteurs battirent en retraite, attirant involontairement les morts-vivants à Vitre. Alors que les habitants se barricadaient chez eux, un citoyen, Henri de la Croix, eut l'idée saugrenue d'arroser les zombies de mélasse, croyant que cela attirerait des millions d'insectes qui leur dévoreraient aussitôt la chair. Sa tentative échoua et De la Croix s'en tira *in extremis*. On arrosa encore les goules, avec du kérosène cette fois, avant d'y mettre le feu. Sans avoir pleinement mesuré les conséquences de leur acte, les malheureux citoyens de Vitre constatèrent alors impuissants que les morts-vivants transmettaient aussitôt le feu à tout ce qu'ils touchaient. De nombreuses personnes brûlèrent vives, enfermées dans leur maison. Les autres s'enfuirent dans les marais. Quelques jours plus tard, des sauveteurs volontaires dénombrèrent un total de 58 survivants (la population atteignait auparavant 114 personnes). Vitre était totalement réduit en cendres. Les estimations varient quant au nombre exact de zombies et de victimes. En ajoutant les morts de Vitre aux corps des zombies retrouvés dans les décombres, on compta au moins 15 personnes en trop. Les registres officiels du gouvernement à Baton Rouge expliquent l'attaque par le « comportement volontiers enclin à l'émeute des Nègres », une théorie curieuse quand on sait que la population de Vitre se composait exclusivement de Blancs. Les preuves de l'attaque zombie proviennent des lettres et des journaux intimes conservés aujourd'hui encore par les descendants des victimes.

1913 – PARAMARIBO, SURINAME

Si le docteur Ibrahim Obeidallah fut le premier à compiler de manière systématique toutes les informations existantes sur les morts-vivants, d'autres suivirent son exemple. Le docteur Jan Vanderhaven, déjà respecté en Europe pour ses travaux sur la lèpre, débarqua en 1913 dans la colonie hollandaise du Suriname, en Amérique du Sud, pour y étudier une variante inconnue de cette maladie atroce.

> *Les malades présentent des symptômes comparables à ceux qu'on rencontre partout dans le monde. Éruptions purulentes, peau marbrée, chairs décomposées. Là s'arrêtent cependant les similarités avec la tristement célèbre affliction. Ces pauvres diables souffrent également de démence. Ils ne montrent aucun signe de pensée rationnelle et s'avèrent incapables de reconnaître leurs proches... Ils ne dorment jamais et ne boivent pas non plus. Ils n'acceptent aucune nourriture, sauf vivante... Hier, par jeu et contre mon gré, un infirmier a lancé un rat blessé dans la cellule des patients. L'un d'eux a prestement attrapé le rongeur et l'a gobé tout cru... Les infectés font également preuve d'une hostilité presque enragée... Ils essaient toujours de mordre ceux qui les approchent. Une visiteuse, une femme influente, n'a pas respecté le protocole hospitalier ; elle a été mordue par son mari malade. Malgré toutes les méthodes de soin*

connues, elle en est morte le jour même. Le corps a été rendu à sa famille... Contre ma volonté. On m'a même refusé l'autopsie, pour des raisons de décorum... Cette nuit-là, le corps a été volé... Des tests à l'alcool, à l'éther et à la chaleur (90 °C) effectués sur les tissus éliminent les possibilités d'une bactérie... J'en déduis que l'agent ne peut être qu'un fluide vivant et contagieux... que j'ai baptisé « solanum ».

(« Fluide vivant contagieux » était d'usage courant avant l'adoption du mot latin *virus* par le corps médical.) Ces passages proviennent d'une étude de 200 pages menée à bien par le docteur Vanderhaven sur cette nouvelle découverte. Dans cet ouvrage, il note une forte tolérance des zombies à la douleur, l'absence de respiration, un taux très réduit de décomposition, un manque de réflexes, une agilité limitée, et bien sûr l'impossibilité de trouver un quelconque remède. À cause de la nature violente des patients et de la terreur des infirmiers, Vanderhaven ne put jamais s'approcher suffisamment des goules pour pratiquer une autopsie complète. Aussi n'a-t-il pu se rendre compte que les morts-vivants étaient bel et bien morts. Il retourna en Hollande en 1914 et y publia ses travaux. Ironie de l'histoire, la communauté scientifique les accueillit avec indifférence. Son histoire, comme beaucoup d'autres à l'époque, fut éclipsée par la Première Guerre mondiale. On trouve encore quelques exemplaires du livre à Amsterdam. Vanderhaven continua à pratiquer la médecine aux Indes hollandaises (l'actuelle Indonésie), où il mourut de malaria. La découverte majeure de Vanderhaven reste celle du virus responsable de la « zombification ». Il fut en outre le premier à l'appeler « solanum ». On ignore pourquoi il a choisi ce terme plutôt qu'un autre. Même si son œuvre n'a pas été reconnue par ses contemporains, elle est aujourd'hui très appréciée. Un pays, hélas, a fait un très mauvais usage des découvertes du bon docteur (voir « 1942-1945 – Harbin », page 321).

1923 – COLOMBO, CEYLAN

Les lignes qui suivent sont tirées de *L'Oriental*, un journal destiné aux expatriés britanniques résidant aux Indes. Christopher Wells, copilote pour la compagnie aérienne British Imperial Airways, fut secouru sur son radeau de survie après 14 jours passés en mer. Avant de succomber à une sévère hypothermie, Wells expliqua qu'il transportait un corps découvert par une expédition britannique sur le mont Everest. Il s'agissait d'un Européen, vêtu comme au siècle dernier, sans aucun papier d'identité. Comme il était totalement gelé, le chef de l'expédition avait décidé de l'envoyer à Colombo par avion pour le faire autopsier. Le corps dégela pendant le vol, se réanima et attaqua l'équipage. Les 3 hommes réussirent à le tuer en lui fracassant le crâne avec un extincteur (ils ne semblent pas avoir réalisé à quoi ils avaient affaire ; peut-être ont-ils simplement essayé de se défendre contre le zombie). Ce danger écarté, ils durent ensuite se débrouiller avec un avion endommagé. Le pilote envoya un signal de détresse, mais n'eut pas le temps de signaler leur position exacte. Les 3 hommes sautèrent en parachute en plein océan, le commandant de bord ne sachant pas encore que sa morsure aurait des conséquences dramatiques par la suite. Le jour suivant,

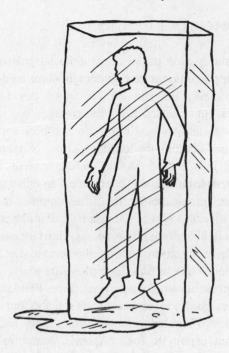

il expira, se réanima et attaqua immédiatement les 2 autres. Alors que le pilote luttait contre son assaillant, Wells, paniqué, les flanqua tous les deux par-dessus bord. Après avoir raconté – certains diront « confessé » – son aventure aux autorités, Wells perdit conscience et mourut le jour suivant. On expliqua toute l'histoire en évoquant vaguement l'acte d'un maniaque rendu fou par le soleil. On n'a jamais retrouvé la moindre trace de l'avion, de l'équipage ou du soi-disant zombie.

1942 – PACIFIQUE CENTRAL

Pendant l'assaut initial des troupes japonaises, l'état-major nippon envoya un régiment de commandos impériaux à Atuk, une île de l'archipel des Carolines. Quelques jours après leur atterrissage, les militaires furent attaqués par une horde de zombies sortis de la jungle. On déplora de lourdes pertes. N'ayant pas la moindre information sur la nature exacte de leurs ennemis, ni les moyens efficaces de s'en débarrasser, les soldats se retrouvèrent refoulés au sommet d'une colline fortifiée à la pointe nord de l'île. Par chance, le fait qu'ils aient abandonné leurs blessés derrière eux les préserva d'une situation encore plus grave. Le régiment resta coincé dans la forteresse plusieurs jours, coupé du monde presque sans eau ni nourriture. Pendant tout ce temps, les goules assiégèrent sans relâche leur position, incapables d'escalader le raidillon, mais réduisant à néant tout espoir de fuite. Après 2 semaines d'enfer, Ashi Nakamura, le sniper du régiment, découvrit qu'un tir direct à la tête s'avérait fatal aux zombies. Cette constatation permit aux Japonais d'affronter enfin leurs assaillants. Après avoir abattu les goules à coups de fusil, ils ratissèrent la jungle pour finir le travail. Des témoins oculaires rapportent que l'officier responsable, le lieutenant Hiroshi Tomonaga, a personnellement décapité 11 zombies avec son seul katana (un argument de plus en faveur de cette arme). Des recherches ultérieures ont montré qu'Atuk était probablement l'île que Sir Francis Drake avait baptisée « l'île des Damnés ». Le témoignage de Tomonaga, récupéré par l'armée américaine après la guerre, stipule qu'une fois les communications radio rétablies avec Tokyo, le haut commandement japonais ordonna la capture (et non l'élimination) de tous les zombies encore « vivants ». Cela fait (4 goules furent capturées avec succès, attachées et bâillonnées), le sous-marin impérial *I-58* fit surface pour récupérer les prisonniers morts-vivants. Tomonaga précise qu'il ignore le sort réservé aux 4 zombies. Lui et ses hommes reçurent pour ordre de ne jamais divulguer cette histoire à qui que ce soit, sous peine de mort.

1942-1945 – HARBIN, PROTECTORAT JAPONAIS DE MANCHUKO (ACTUELLE MANDCHOURIE – CHINE)

Dans un livre publié en 1951, *Aube en enfer*, l'ancien officier des services de renseignements américains David Shore liste une série d'expériences scientifiques conduites par une unité japonaise connue sous le nom de « Dragon Noir ». L'une d'elles, baptisée « Cerisier en fleur », concernait directement « l'élevage » et l'entraînement de zombies dans un cadre militaire. D'après Shore, quand les troupes japonaises ont envahi les Indes hollandaises en 1941-1942, elles y ont découvert un exemplaire du livre de Jan Vanderhaven conservé dans la bibliothèque médicale de Surabaya. L'ouvrage fut envoyé au quartier général du Dragon Noir, à Harbin, pour examen. Malgré les recherches entreprises à cette occasion, aucun scientifique ne réussit à identifier la moindre trace de solanum (preuve que l'ancienne Confrérie de la vie faisait décidément de l'excellent travail). Mais tout changea 6 mois plus tard après les événements d'Atuk. On envoya les 4 zombies capturés à Harbin. Plusieurs expériences furent conduites sur 3 d'entre eux ; on conserva le quatrième à des fins de reproduction. Shore précise que des « dissidents » japonais (quiconque émettait des réserves quant à la validité du régime militaire) servaient de cobayes. Dès qu'un « régiment » de 40 zombies fut constitué, les agents du Dragon Noir entreprirent de les entraîner et de leur inculquer la notion d'obéissance aveugle. Avec des résultats désastreux : des morsures transformèrent 10 des 16 instructeurs en zombies. Après 2 années d'essais infructueux, on prit la décision de relâcher les 50 zombies en territoire ennemi sans plus se soucier de leur entraînement. Ainsi, 10 goules devaient être parachutées sur des positions britanniques en Birmanie. L'avion fut abattu par la DCA anglaise avant d'atteindre son objectif et son explosion anéantit complètement la précieuse cargaison. On essaya ensuite de lâcher 10 zombies *via* un sous-marin dans la zone du canal du Panama, alors tenu par les Américains (dans l'espoir que le chaos qui ne manquerait pas de s'ensuivre interromprait la construction des vaisseaux de guerre destinés à renforcer les troupes américaines dans toute la zone pacifique). Le sous-marin fut coulé avant d'atteindre sa destination. Une troisième tentative eut lieu (toujours avec un sous-marin) pour relâcher 20 zombies sur la côte ouest des États-Unis. À mi-chemin, en plein Pacifique Nord, le capitaine envoya un message de détresse signalant que les zombies s'étaient libérés, qu'ils attaquaient l'équipage et qu'il fallait absolument abandonner le navire. Alors que la guerre touchait à sa fin, les Japonais firent un quatrième et dernier essai

pour parachuter le reste des zombies sur un foyer de guérilla chinoise dans la province du Yunnan. Neuf d'entre
eux furent abattus par les snipers chinois durant leur des-
cente. Les tireurs d'élite n'ont jamais compris l'importance de leur dextérité. Ils avaient ordre de *toujours* viser
la tête, quoi qu'il arrive. Le dernier zombie fut capturé,
enchaîné et envoyé au QG de Mao Tsé-Toung pour
examen. Quand l'Union soviétique envahit la Mandchourie en 1945, toutes les références et les preuves
concernant le projet Cerisier en fleur furent détruites.

Shore précise que son livre repose sur le témoignage
oculaire de 2 agents du Dragon Noir, des hommes qu'il
a personnellement interrogés après leur reddition en
Corée du Sud à la fin de la guerre. Shore dénicha un édi-
teur pour publier son livre, une petite maison indépen-
dante du nom de Green Brother Press. Hélas, le gouvernement ordonna la saisie de tous les exemplaires avant
leur parution en librairie. Green Brother Press fut nom-
mément condamnée par le sénateur Joseph McCarthy
pour diffusion de « matériaux obscènes et subversifs ».
Sous le coup d'une lourde amende, la maison d'édition
fit faillite. Quant à David Shore, il fut accusé de violer
la sécurité nationale et condamné à la prison à vie à fort
Leavenworth, au Kansas. Il a été gracié en 1961, mais a
succombé à une crise cardiaque 2 mois après sa libération. Sarah Shore, sa veuve, avait illégalement conservé
un exemplaire du manuscrit jusqu'à sa mort, en 1984.
Leur fille, Hannah, vient tout juste de remporter le
procès qui lui donne désormais le droit de le publier.

1943 – AFRIQUE DU NORD

Cet extrait provient du débriefing du PFC Anthony Marno, canonnier arrière sur bombardier américain B-24. De retour d'un raid de nuit contre les troupes allemandes rassemblées en Italie, l'appareil se perdit au-dessus du désert algérien. À court de carburant, le pilote distingua ce qui ressemblait à un village ; il ordonna à son équipage de se préparer à sauter. Il s'agissait de Fort Louis-Philippe.

Ça ressemblait à un cauchemar de môme... Comme il n'y avait pas de barre ni quoi que ce soit d'autre, on a juste ouvert les portes, comme ça. On est entrés, et là, partout, des squelettes. Des montagnes de squelettes, sans déconner ! Entassés dans tous les coins, comme dans un film. Notre commandant de bord a secoué la tête avant de dire : « J'ai l'impression qu'on a touché le gros lot, non ? » Heureusement qu'il n'y avait aucun cadavre dans le puits. On a pu remplir nos gourdes et récupérer quelques bouteilles de plus. Pas de bouffe, par contre, mais franchement, on n'avait pas faim.

Marno et son équipage furent secourus par une caravane de Bédouins à plus de 70 kilomètres du fort. Lorsqu'ils interrogèrent les Arabes sur cet endroit, aucun de leurs interlocuteurs ne voulut répondre. À l'époque, l'armée américaine n'avait ni le temps ni les ressources nécessaires pour enquêter plus avant sur des ruines abandonnées en plein désert. On n'y envoya jamais la moindre expédition.

1947 – JARVIE, COLOMBIE BRITANNIQUE

Plusieurs articles parus dans 5 journaux différents racontent l'affaire et louent l'héroïsme des habitants de ce petit hameau canadien. On ignore tout de l'origine exacte de l'épidémie. Les historiens soupçonnent Mathew Morgan, un chasseur de la région ayant débarqué un soir avec une mystérieuse morsure à l'épaule. Le lendemain, à l'aube, 21 zombies arpentaient les rues du village et avaient dévoré 9 personnes. Les 15 derniers habitants se barricadèrent dans le bureau du shérif. Un coup de feu chanceux leur montra aussitôt les dégâts qu'une balle dans la tête causait aux morts-vivants. Hélas, à cet instant, les fenêtres étaient déjà condamnées et personne ne put viser correctement. Les assiégés élaborèrent alors un plan pour s'échapper par les toits, atteindre le centre téléphonique voisin et alerter les autorités à Victoria. Ils avaient parcouru la moitié du chemin quand les goules les remarquèrent et leur collèrent aux talons. Regina Clark, l'un des membres du groupe, ordonna aux autres de s'enfuir pendant qu'elle retenait les morts-vivants. Armée uniquement d'une carabine M1, elle attira les zombies dans un cul-de-sac. Les témoins rapportent qu'elle le fit en toute connaissance de cause, et que l'étroitesse du lieu lui permettait d'ajuster 4 cibles de front en même temps. Avec une efficacité et une cadence de tir hallucinantes, Clark abattit toute la horde. Plusieurs témoins jurent l'avoir vue recharger 15 fois en moins de 12 secondes sans rater un seul coup. Le rapport officiel évoque un « cas inexplicable de violence urbaine ». Tous les articles de journaux reposent sur les témoignages des survivants.

Regina Clark a toujours refusé les interviews. Ses Mémoires restent un secret de famille bien gardé.

1954 – THAN HOA, INDOCHINE FRANÇAISE

Ces quelques lignes sont extraites d'une lettre écrite par Jean-Bart Lacouture, un homme d'affaires installé à l'époque dans l'ancienne colonie française.

> *Le jeu s'appelle « la danse du démon ». On jette un individu en bonne santé dans une cage, avec l'une de ces créatures. Notre homme ne possède en tout et pour tout qu'un petit couteau dont la lame ne dépasse pas huit centimètres... Survivra-t-il à sa « danse » avec le mort-vivant ? Combien de temps durera le combat ? Tout le monde prend ensuite les paris... Et on en a toute une étable, de ces guerriers pourrissants. La plupart sont les victimes d'un match perdu. Les autres, on les récupère dans la rue... Mais leur famille est bien payée... Que Dieu ait pitié de moi et qu'Il me pardonne cet inimaginable péché.*

Cette lettre, accompagnée d'une somme d'argent confortable, est arrivée à La Rochelle 3 mois après la capitulation française devant les armées communistes d'Hô Chi Minh. On ignore tout de cette « danse du démon », si chère à Lacouture. Aucune autre information n'a jamais filtré. Un an plus tard, le corps de Lacouture arrivait en France dans un état de décomposition avancé, une balle logée dans la cervelle. « Suicide », précisait la fiche signée par le médecin légiste nord-vietnamien.

1957 – MOMBASA, KENYA

Ce passage est tiré de l'interrogatoire d'un rebelle giyuku par un officier de l'armée britannique pendant la révolte des Mau-Mau (toutes les réponses sont traduites en simultané) :

> *Q : Vous en avez vu combien ?*
> *R : Cinq.*
> *Q : Décrivez-les.*
> *R : Des Blancs, la peau grise et craquelée. Certains étaient blessés, avec des marques de morsures sur tout le corps. Et tous avaient reçu au moins plusieurs balles dans la poitrine. Ils avançaient en trébuchant, ils gémissaient. Leurs yeux n'avaient pas l'air de voir. Leur bouche dégoulinait de sang. Une forte odeur de charogne les accompagnait où qu'ils aillent. Même les animaux s'enfuyaient.*

Une dispute éclate entre le prisonnier et l'interprète massaï. Le prisonnier se tait.

> *Q : Qu'est-ce qui s'est passé ?*
> *R : Ils s'en sont pris à nous. On s'est servi de nos* lalems [une arme massaï qui ressemble à une machette] *pour leur couper la tête. Ensuite, on les a enterrés.*
> *Q : Vous avez aussi enterré les têtes ?*
> *R : Oui.*
> *Q : Pourquoi ?*
> *R : Parce qu'un feu aurait trahi notre position.*
> *Q : Vous n'avez pas été blessé ?*
> *R : Je ne serais pas là, sinon.*
> *Q : Vous avez eu peur ?*
> *R : Nous ne craignons que ce qui vit.*
> *Q : Et eux, c'étaient des mauvais esprits ?*

Le prisonnier glousse.

Q : Pourquoi riez-vous ?

R : Les mauvais esprits, c'est ce qu'on raconte aux enfants. Ces hommes-là étaient des morts-vivants.

Le reste de l'interrogatoire ne nous apprend pas grand-chose de plus. Quand on lui demande s'il y a d'autres zombies dans le coin, l'homme garde le silence. Toute la transcription est parue l'année suivante dans un tabloïd anglais. Elle est passée totalement inaperçue.

1960 – BYELGORANSK, BIÉLORUSSIE

On suppose qu'après la Seconde Guerre mondiale, la plupart des scientifiques japonais, leurs données et les cobayes (les zombies) impliqués dans le projet Dragon Noir ont été capturés par l'Armée rouge lors de l'invasion de la Mandchourie. Des révélations récentes ont confirmé la véracité de ces rumeurs. Le but de ce programme soviétique était de créer une armée secrète de morts-vivants utilisable en prévision de l'inévitable Troisième Guerre mondiale. Rebaptisé « Esturgeon », le projet Cerisier en fleur fut développé près d'une petite ville dans l'Est de la Sibérie dont la seule autre construction en dur servait de prison spécialement aménagée pour accueillir les dissidents politiques. Pareil isolement assurait le secret absolu, mais garantissait aussi la présence de cobayes en quantité appréciable. De récentes découvertes nous permettent d'affirmer que pour une raison inconnue, les expériences ne se déroulèrent pas comme prévu et qu'une épidémie de plusieurs centaines de zombies éclata. Les scientifiques survivants réussirent à se réfugier à l'intérieur de la prison. Bien à l'abri derrière les murs, ils se préparèrent à un court siège en attendant les secours. Personne ne vint. Certains historiens estiment que l'isolement de la ville (aucune route ne permettait de s'en approcher et les vivres y étaient régulièrement parachutés) a empêché une réaction immédiate de la part des autorités. D'autres pensent que le projet ayant démarré sous Staline, le KGB renâclait à en révéler l'existence à Khrouchtchev. Une troisième théorie suppose que le leader soviétique connaissait la nature exacte de la catastrophe, que la zone était encerclée par l'armée pour empêcher toute aggravation de l'épidémie et que tout le monde attendait de voir le résultat du siège. À l'intérieur des murs, une coalition de scientifiques, de militaires et de prisonniers survécut assez confortablement. On construisit des serres et on creusa des puits. L'énergie provenait à la fois des éoliennes et des générateurs manuels à dynamo. Même le contact radio était maintenu quotidiennement. Les survivants indiquèrent qu'étant donné les circonstances, ils tiendraient jusqu'à l'hiver et que les zombies finiraient par geler. Trois jours avant les premières neiges d'automne, un appareil soviétique largua une bombe thermonucléaire sur Byelgoransk. L'explosion d'une mégatonne annihila la ville, la prison et les alentours.

Pendant des décennies, le gouvernement expliqua le désastre en invoquant un essai nucléaire de routine. La vérité ne fut révélée qu'en 1992, quand l'Ouest eut vent des premières fuites. Des rumeurs se propagèrent aussi parmi les vieux Sibériens, interviewés pour la première fois par la toute nouvelle presse libre russe. Les

Mémoires d'anciens cadres du Parti levèrent alors le voile sur la vraie nature de la catastrophe. Beaucoup ont admis que la ville de Byelgoransk avait bel et bien existé. D'autres confirmèrent qu'il s'agissait bien d'une prison politique et d'un centre d'expérimentations bactériologiques. Certains déclarèrent même qu'un genre « d'épidémie » s'y était déclaré, sans toutefois décrire quoi que ce soit de précis. La preuve la plus écrasante vint d'Artiom Zenoviev, un truand russe ex-archiviste du KGB, qui remit toutes les copies des rapports officiels à une source anonyme de l'Ouest (acte pour lequel il fut grassement rémunéré). Les rapports comprennent des transcriptions radio, des photographies aériennes (avant et *après*), la déposition des troupes envoyées au sol et de l'équipage du bombardier, en plus de celle – signée – des responsables du projet Esturgeon. On y trouve également 643 pages de données scientifiques concernant la physiologie et les schémas comportementaux des morts-vivants étudiés. Les Russes classifièrent officiellement l'affaire comme un canular. En ce cas, si Zenoviev n'est rien d'autre qu'un brillant opportuniste à la créativité débridée, pourquoi la liste des responsables impliqués correspond-elle point par point aux listes officielles des scientifiques, des militaires et des membres du Politburo exécutés par le KGB un mois après l'atomisation de Byelgoransk ?

1962 – VILLE NON IDENTIFIÉE, NEVADA

Les détails de cette épidémie restent étonnamment parcellaires, d'autant que l'incident s'est produit dans un endroit assez peuplé, pendant la seconde moitié du XXᵉ siècle. D'après certains témoignages oculaires de seconde main, des coupures de journaux jaunies ainsi qu'un vague et douteux rapport de police, une petite horde de zombies a attaqué et assiégé Hank Davis, un fermier du coin, et 3 de ses employés, dans une grange pendant 5 jours et 5 nuits. Quand la police locale a fini par abattre les goules et pénétrer à l'intérieur de la grange, ils n'y ont trouvé que des cadavres. Une enquête ultérieure a déterminé que les 4 hommes s'étaient entre-tués. Plus précisément, 3 hommes avaient été abattus et le quatrième s'était suicidé. Il n'y a jamais eu la moindre explication officielle. La grange constituait pourtant un abri suffisant pour résister à l'attaque et il restait encore bien assez d'eau et de nourriture. On pense que les gémissements incessants des zombies combinés au sentiment d'abandon et d'isolement total ont entraîné l'effondrement nerveux des assiégés. L'origine de l'épidémie n'a, elle non plus, jamais été officiellement expliquée. Aujourd'hui encore, l'enquête reste « en cours ».

1968 – EST-LAOS

Cette histoire nous a été racontée par Peter Stavros, toxicomane notoire et ancien sniper des Forces spéciales. En 1989, alors qu'il suivait un examen psychologique à l'hôpital de Los Angeles, il raconta qu'un jour, pendant la guerre, lui et son équipe poursuivaient une mission de nettoyage de routine le long de la frontière vietnamienne. Leur cible était un village suspecté d'abriter les membres du Pathet Lao (la guérilla communiste). En entrant dans le village, ils découvrirent que les habitants subissaient le siège de plusieurs douzaines de zombies. Pour des raisons inconnues, le commandant de l'expédition ordonna à ses hommes de se retirer et demanda une frappe aérienne par radio. Des chasseurs équipés de bombes au napalm balayèrent la zone et anéantirent aussi bien les morts-vivants que les civils. Aucune preuve officielle n'atteste la théorie de Stavros. Les autres membres de la mission sont morts, portés disparus, injoignables ou n'ont pas souhaité s'exprimer sur le sujet.

1971 – VALLÉE DU NONG'ONA, RWANDA

Jane Massey, grand reporter pour *Living Earth Magazine*, fut envoyée par son rédacteur en chef couvrir la vie quotidienne des gorilles à dos argenté, une espèce menacée d'extinction. Son compte-rendu personnel n'est qu'une petite goutte dans l'océan d'histoires curieuses et exotiques concernant la vie quotidienne de ces primates.

> *Alors que nous traversions une étroite vallée, j'ai remarqué quelque chose qui remuait dans le feuillage, en contrebas. Notre guide aussi. Il nous a forcés à accélérer le pas. Soudain, j'ai « entendu » quelque chose de quasi inimaginable dans cette partie du monde : un silence total. Aucun animal, aucun oiseau, pas le moindre insecte, or là on parle d'insectes habituellement très bruyants. Du fond de la vallée montait un gémissement à vous donner la chair de poule. Kevin [le photographe de l'expédition] est devenu encore plus pâle que d'habitude, répétant* ad

nauseam *qu'il devait s'agir du vent. Le vent... À d'autres... J'en avais entendu à Sarawak, du vent, au Sri Lanka, en Amazonie et même au Népal, et je peux vous assurer que ça, ce n'était PAS le vent ! Kengeri a saisi sa machette et nous a ordonné de nous taire. Je lui ai répondu que je voulais descendre pour en avoir le cœur net. Il a refusé. Comme j'insistais, il a dit dans un souffle :*
« *Il y a un mort, par là-bas* », *avant de reprendre sa route.*

Massey n'explora jamais la vallée et ne sut jamais à quoi elle avait eu affaire. L'histoire du guide pourrait relever de la simple superstition. Après tout, l'explication du « vent » n'est pas si absurde que ça. Cependant, les cartes de la vallée la présentent cernée de falaises de toutes parts, ce qui empêcherait n'importe quelle goule de s'échapper. D'un point de vue strictement historique, cette vallée pouvait très bien servir de réceptacle aux tribus désireuses de piéger, et non de tuer, les morts-vivants.

1975 – AL-MARQ, ÉGYPTE

Les informations concernant cette épidémie proviennent de différentes sources : interviews de témoins oculaires habitant la ville, 9 dépositions de sous-officiers égyptiens, ainsi que le témoignage de Gassim Farouk (un ancien officier des renseignements égyptiens récemment émigré aux États-Unis) et ceux de plusieurs journalistes internationaux qui ont préféré garder l'anonymat. Toutes ces sources confirment qu'une épidémie d'origine inconnue se déclara dans le petit village égyptien d'Al-Marq. Personne n'entendit les appels à l'aide, ni la police stationnée dans les villes voisines, ni le commandement de la base militaire de la 2e division blindée égyptienne de

Gabal Gharib, pourtant située à moins de 50 kilomètres. Par chance, l'opérateur téléphonique de Gabal Gharib travaillait aussi pour le Mossad, aussi relaya-t-il l'information aux QG de Tel-Aviv. L'information, considérée comme un canular par le Mossad et le gouvernement israélien, aurait été aussitôt oubliée sans l'intervention du colonel Jacob Korsunsky, conseiller militaire de Golda Meir. Juif américain et ancien collègue de David Shore, Korsunsky était parfaitement au courant de l'existence des zombies et savait quelle menace ils représenteraient si la question ne se réglait pas au plus vite. Aussi incroyable que cela paraisse, Korsunsky convainquit Meir d'envoyer une équipe de reconnaissance à Al-Marq. L'épidémie entrait alors dans son quatorzième jour. Neuf survivants s'étaient barricadés dans la mosquée locale avec très peu d'eau et presque rien à manger. Un peloton de parachutistes conduits par Korsunsky sauta sur la ville et, après une bataille de 12 heures, élimina tous les zombies. Les rumeurs les plus folles circulent sur la fin de l'histoire. Certains pensent que l'armée égyptienne a encerclé Al-Marq avant de capturer les Israéliens et de préparer leur exécution immédiate. Ce serait seulement après avoir écouté les témoignages des survivants, qui leur montrèrent les corps des zombies, que les militaires égyptiens auraient permis aux Israéliens de rentrer chez eux. Certains y voient d'ailleurs la principale raison de la détente israélo-égyptienne. Aucune preuve tangible n'existe pour corroborer cette version des faits. Korsunsky mourut en 1991. Ses Mémoires, récits personnels, communiqués militaires, articles de journaux ultérieurs, et même le film de la bataille enregistré par un cameraman du Mossad sont conservés sous scellés par le gouvernement israélien. Si cette histoire est vraie, elle pose une question intéressante, voire embarrassante : pourquoi les troupes égyptiennes ont-elles accepté l'existence des morts-vivants uniquement sur la base de témoignages verbaux et de ce qui ressemblait en tout point à des cadavres humains ? Un spécimen intact est préférable pour prouver pareille histoire. Et dans ce cas, où se trouve ce spécimen, aujourd'hui ?

1979 – SPERRY, ALABAMA

Alors qu'il faisait sa tournée quotidienne, Chuck Bernard, le postier du coin, s'arrêta à la ferme des Henrich et constata que le courrier de la veille n'avait pas encore été relevé. Comme cela ne s'était jamais produit auparavant, Bernard décida d'aller déposer lui-même les lettres à la porte. À quelques mètres du seuil, il entendit des coups de feu, des hurlements de douleur et des appels à l'aide. Bernard quitta les lieux immédiatement, avala les 15 kilomètres le séparant de la cabine téléphonique la plus proche et appela aussitôt la police. Quand les deux adjoints du shérif et une équipe médicale arrivèrent sur place, ils découvrirent la famille Henrich sauvagement massacrée. Seule survivante, Freda Henrich montrait tous les symptômes d'une infection avancée. Elle mordit les deux infirmiers avant que les policiers puissent la maîtriser. Un troisième agent, arrivé quelques secondes plus tard et nouvelle recrue dans l'unité de police, perdit son sang-froid et lui tira une balle dans la tête. Les deux blessés furent conduits à l'hôpital, où ils moururent peu de temps après. Trois heures plus tard, ils se réanimèrent pendant leur autopsie, attaquèrent le médecin légiste ainsi que son assistant et sortirent dans la rue. À minuit, le chaos régnait dans la ville. Au moins 22 zombies hantaient les rues et avaient déjà dévoré 15 personnes. Beaucoup de gens se réfugièrent chez eux. D'autres tentèrent de fuir la ville. Trois écoliers réussirent à grimper en haut du château d'eau. Bien qu'encerclés (plusieurs goules essayèrent d'escalader la tour, mais furent précipitées dans le vide), ces gamins restèrent à l'abri jusqu'à leur sauvetage. Un homme du nom de Harland Lee sortit de sa maison, armé d'un pistolet-mitrailleur Uzi modifié à double canon scié et de deux Magnum 44. Des témoins ont rapporté avoir vu Lee attaquer un groupe de 12 morts-vivants et tirer à tour de rôle avec l'Uzi et le revolver. À chaque fois, Lee visa le torse des zombies, y causant des dégâts certes considérables, mais rien de létal. À court de munitions et acculé contre une carcasse de voiture, Lee décida enfin de viser les têtes, toujours avec ses deux pistolets. Hélas, ses mains tremblaient trop violemment, et il n'en abattit aucun. Le farouche (et autoproclamé) sauveur de la ville fut promptement dévoré. Au matin, des policiers des villes voisines, épaulés par la police d'État et quelques milices de citoyens formées en toute hâte, convergèrent vers Sperry. Équipés de fusils de chasse à lunette et parfaitement au courant des résultats du tir à la tête (un fermier du coin venait de l'apprendre en défendant sa maison), ils éliminèrent rapidement la menace. L'explication officielle (diffusée par le ministère de l'Agriculture) évoque un « phénomène d'hystérie collective provoquée par la pollution agricole (due aux pesticides) des nappes phréatiques ». Tous les corps furent évacués par le Centre de contrôle des épidémies (CCE) avant que les médecins civils puissent pratiquer les autopsies. La majorité des enregistrements vidéo et radiophoniques, ainsi que toutes les photographies privées, furent immédiatement saisis. 175 dépôts de plainte ont été enregistrés, 48 sont toujours en cours. Les autres plaintes ont mystérieusement été abandonnées. Une action en justice a récemment été instruite pour confiscation de matériel de presse. On n'attend pas de décision de justice avant des années.

OCTOBRE 1980 – MARICELA, BRÉSIL

Les premières rumeurs de l'épidémie furent initialement relayées par Green Mother, une ONG écologiste cherchant à attirer l'attention des médias sur le sort des Indiens locaux qui subissent l'expropriation et la destruction de leurs terres.

Plusieurs grands propriétaires terriens, bien décidés à mater les rebelles par la violence, prirent les armes et se dirigèrent vers un village indien rebelle. Alors qu'ils s'enfonçaient profondément dans la jungle, ils tombèrent sur des ennemis beaucoup plus terrifiants : une trentaine de zombies. Tous ces fermiers furent soit dévorés, soit transformés en morts-vivants. Quelques rescapés parvinrent toutefois à atteindre la ville voisine de Santerem. On ignora leurs avertissements et les rapports officiels classèrent l'incident comme « soulèvement indigène ». Trois brigades firent route sur Maricela. N'ayant trouvé aucune trace des morts-vivants, elles se dirigèrent vers le village indien. Les faits qui suivent ont été officiellement récusés par le gouvernement brésilien, une attitude systématique dès qu'on signale une attaque de morts-vivants. Certains témoins oculaires ont décrit le carnage tel qu'ils l'ont vu :

les troupes brésiliennes exterminant tout le monde – zombies et humains. Ironie du sort, les membres de Green Mother nient également les faits et clament que le gouvernement brésilien a monté toute cette histoire de zombies pour massacrer les Indiens en toute impunité. Un major à la retraite du Bureau des ordonnances de l'armée brésilienne nous a fourni un élément de preuve : il se souvient qu'avant l'attaque, presque tous les lance-flammes disponibles furent réquisitionnés. On restitua les armes après l'opération. Vides.

DÉCEMBRE 1980 – JURUTI, BRÉSIL

Ce petit village, situé à plus de 450 kilomètres en aval de Maricela, fut le théâtre de plusieurs attaques 5 semaines plus tard. Des zombies émergèrent du fleuve et attaquèrent les pêcheurs à même leur bateau ou débarquèrent sur la rive en différents endroits. Les conséquences de cette attaque – nombre de zombies, réponse des autorités, victimes – sont inconnues.

1984 – CABRIO, ARIZONA

Cette épidémie – très secondaire, si l'on considère la zone et le nombre de gens impliqués – mérite à peine l'étiquette de catégorie 1. Pourtant, ses ramifications sont particulièrement significatives pour l'étude scientifique du solanum. Un incendie survenu dans une école élémentaire entraîna la mort par asphyxie de 47 enfants. La seule survivante, Ellen Aims, 9 ans, s'échappa en sautant par une fenêtre brisée, mais souffrait de nombreuses coupures et perdit beaucoup de sang. Seule une transfusion sanguine d'urgence lui sauva la vie. Une demi-heure plus tard, Ellen présentait tous les symptômes de l'infection au solanum. Le personnel médical, n'identifiant pas la nature du mal, suspecta les poches de sang transfusé d'être contaminées par une autre maladie. L'enfant mourut alors que l'équipe soignante procédait à des examens complémentaires. Quelques heures plus tard, devant sa famille et plusieurs membres du personnel de l'hôpital, la petite fille se réanima et mordit une infirmière. Ellen fut maîtrisée, l'infirmière placée en quarantaine et le docteur de garde confia tous les détails du drame à un collègue de Phoenix. Deux heures plus tard, une armée de médecins du Centre de contrôle des épidémies débarquait sur place, escortée par une patrouille de police et des agents fédéraux « non identifiés ». Ellen et l'infirmière furent emmenées par avion vers une destination inconnue pour recevoir un « traitement adéquat ». Tous les registres de l'hôpital et les échantillons de sang furent également saisis. La famille Aims n'eut même pas le droit d'accompagner son enfant. Après toute une semaine sans nouvelles, on les informa du « décès » de leur fille et de sa rapide crémation pour des « raisons de santé publique ». Ce cas prouve que le virus du solanum peut se transmettre par simple transfusion sanguine. L'affaire soulève inévitablement quantité de questions : qui était le donneur de sang infecté ? Comment a-t-on pu lui faire la prise sans qu'il se sache contaminé ? Pourquoi n'a-t-on jamais plus entendu parler de lui ? De plus, comment le CCE a-t-il eu vent du cas Aims si vite ? (Le docteur de

Phoenix n'a pas souhaité répondre à nos questions.) Et pourquoi l'agence a-t-elle débarqué aussi rapidement ? Il va sans dire que la théorie du complot plane très largement autour de toute l'affaire. Les parents d'Ellen ont porté plainte contre le CCE pour connaître enfin la vérité. Leur témoignage a beaucoup aidé l'auteur de ce livre lors de ses recherches sur ce cas.

1987 – KHOTAN, CHINE

En mars 1987, un groupe de dissidents chinois fit passer des informations à l'Occident concernant un incident nucléaire survenu dans une centrale du Xinjiang. Après quelques mois de déni, le gouvernement chinois finit par admettre que les installations avaient subi un « dysfonctionnement » temporaire. Trente jours plus tard, l'explication s'était transformée en « tentative de sabotage ourdie par des terroristes contre-révolutionnaires ». En août, le journal suédois *Tycka !* publiait un article selon lequel des photographies prises par un satellite espion américain en orbite géostationnaire au-dessus du Khotan montraient la présence de tanks et d'autres véhicules blindés ouvrant le feu à bout portant sur ce qui ressemblait à une foule de civils tentant de pénétrer à l'intérieur de la centrale. D'autres photographies ont révélé que certains « civils » en entouraient d'autres, les mettaient en pièces et les dévoraient. Le gouvernement américain a démenti catégoriquement l'existence de ces photos et *Tycka !* a rapidement récusé l'article. Si le Khotan a vraiment été le théâtre d'une épidémie zombie, les questions restent nombreuses.

Comment l'épidémie s'est-elle déclarée ? Combien de temps a-t-elle duré ? Comment a-t-on réussi à l'éradiquer ? Combien de zombies ? Ont-ils réussi à entrer dans la centrale ? Y a-t-il eu des dégradations, voire une fusion du réacteur comme à Tchernobyl ? Des zombies ont-ils réussi à s'échapper ? Y a-t-il eu d'autres attaques depuis ? L'un des éléments corroborant cette histoire d'épidémie nous vient du professeur Kwang Zhou, un dissident chinois récemment émigré aux États-Unis. Kwang connaissait un soldat impliqué dans l'incident. Avant d'être envoyé en camp de rééducation par le travail en compagnie des autres témoins directs, le jeune homme a déclaré que le nom de code de l'opération était « Cauchemar de l'éveil éternel ». Reste une question importante : comment l'épidémie a-t-elle démarré ? Après avoir lu le livre de David Shore, tout spécialement le chapitre évoquant la capture d'un zombie du Dragon Noir par les troupes communistes chinoises, il est logique de supposer que le gouvernement chinois a mis en œuvre ou continue à développer sa propre version du projet Cerisier en fleur/Esturgeon pour créer lui aussi une armée de morts-vivants.

DÉCEMBRE 1992 –
JOSHUA TREE NATIONAL MONUMENT,
CALIFORNIE

Des randonneurs et des touristes en excursion dans le célèbre parc national signalèrent une tente et du matériel abandonné juste à côté de l'itinéraire principal. Les rangers du parc qui recueillirent ces témoignages

découvrirent une scène épouvantable à quelque 2 kilomètres du campement abandonné : le cadavre d'une
jeune femme d'une vingtaine d'années, la tête écrasée à
coups de pierre et le corps recouvert de marques de morsures. Une enquête ultérieure menée par des agents
fédéraux et des membres de la police d'État révéla que
le corps répondait au signalement de Sharon Parsons,
originaire d'Oxnard en Californie. Elle et son petit ami,
Patrick MacDonald, avaient campé dans le parc la
semaine précédente. On diffusa immédiatement un avis
de recherche. L'autopsie complète du corps révéla un
détail qui stupéfia le médecin légiste. Son degré de
décomposition ne correspondait pas à celui de ses tissus
cérébraux. De plus, son œsophage contenait des traces
de chair humaine correspondant au groupe sanguin de
MacDonald. Des prélèvements de peau sous ses ongles
impliquaient également une troisième personne, Devin
Martin, un solitaire, photographe animalier à ses heures,
parti faire du vélo dans le parc le mois précédent.
Comme il avait peu d'amis, aucune famille connue et
qu'il travaillait en free-lance, la disparition de Martin ne
fut jamais signalée. La fouille complète du parc ne
donna rien. Les caméras de vidéosurveillance d'une sta-
tion-service de Diamond Bar filmèrent MacDonald
quelque temps auparavant. Le caissier le décrit comme
« un type hagard aux yeux fous et aux vêtements tachés
de sang ». La dernière fois qu'on l'aperçut, il se dirigeait
vers l'ouest, droit sur Los Angeles.

JANVIER 1993 – CENTRE-VILLE
DE LOS ANGELES, CALIFORNIE

L'enquête reste ouverte pour tout ce qui concerne la phase initiale de l'épidémie, y compris la façon dont elle s'est propagée dans les zones voisines. Les premiers témoins en furent une bande de jeunes, tous membres d'un gang connu sous le nom de Venice Boardwalk Reds, alors qu'ils rôdaient dans le quartier pour venger la mort de l'un des leurs, assassiné par un gang rival, Los Perros Negros. Aux alentours de 1 heure du matin, ils pénétrèrent dans une friche industrielle quasi abandonnée où les Perros tenaient conciliabule. La première chose qu'ils remarquèrent fut l'absence de SDF. Ce coin isolé était pourtant connu pour abriter un immense bidonville. Les cartons, les Caddie, et tout l'attirail dont s'entourent habituellement les sans-abri gisaient abandonnés à même le bitume, mais l'endroit restait désert. Distrait, le conducteur des Reds renversa alors accidentellement un piéton trop lent pour éviter la voiture. Le jeune homme perdit ensuite le contrôle de son *camino* et finit sa course contre un immeuble. Avant que les Reds puissent dégager leur véhicule et admonester leur compagnon pour son manque d'attention, ils constatèrent que le piéton bougeait encore. Malgré son dos brisé, la victime commença même à ramper vers eux. L'un des Reds leva son 9 millimètres et lui tira une balle en pleine poitrine. Non seulement ça ne l'arrêta pas le moins du monde, mais l'écho du coup de feu résonna sur quelques pâtés de maisons. Le Red tira encore plusieurs fois sans résultat apparent. Sa dernière balle finit quand même par pénétrer le crâne de l'homme et lui ôta la vie. Les Reds n'eurent toutefois pas le temps de s'étendre sur la véritable nature de ce qu'ils venaient d'abattre. Soudain, ils entendirent des gémissements semblant provenir de toutes les directions. Une quarantaine de zombies sortirent des ombres sous les réverbères et entreprirent de s'approcher des Reds.

Leur voiture inutilisable, les Reds se mirent à courir le plus vite possible en slalomant à travers les rangs encore clairsemés des morts-vivants. Quelques blocs plus loin, ils tombèrent sur ce qui restait des Perros Negros, eux aussi à pied. Oubliant leur rivalité pour se concentrer sur la survie, les 2 gangs conclurent rapidement une trêve et cherchèrent un moyen de s'échapper ou un endroit où se réfugier. La plupart des bâtiments (des entrepôts bien conçus et sans fenêtres) auraient fait d'excellentes forteresses, mais tous étaient fermés ou condamnés. Comme ils connaissaient mieux le terrain que quiconque, les Perros prirent la direction du groupe et suggérèrent alors la Junior High School De Soto, un petit lycée facilement accessible. Les morts-vivants toujours sur leurs talons, les deux gangs atteignirent l'école et s'y introduisirent par une fenêtre cassée au deuxième étage. Une alarme anticambrioleurs se déclencha aussitôt et acheva d'attirer les zombies des alentours, gonflant leurs rangs à plus de 100 individus. L'alarme, toutefois, représentait le seul aspect négatif de ce formidable refuge. De Soto s'avéra être une excellente forteresse : structure robuste en béton, fenêtres à barreaux recouvertes de mailles et portes à armature d'acier rendaient ce bâtiment de 2 étages quasiment imprenable. Une fois à l'intérieur, le groupe agit avec une louable prévoyance, établissant un point de repli au cas où, vérifiant chaque porte et chaque fenêtre, remplissant tous les récipients d'eau et faisant un inventaire complet de leurs propres armes et munitions. Comme la police les effrayait plus que les zombies, les 2 gangs se servirent du téléphone pour prévenir leurs alliés, et non les autorités. Aucun de leurs correspondants ne crut un traître mot de cette histoire, mais tous promirent d'arriver dès que possible.

Assez ironiquement, là encore, l'affaire du lycée De Soto constitue l'un des rares cas de « surarmement » jamais enregistré lors d'une épidémie zombie : bien protégés, bien armés, bien disciplinés, bien organisés et extrêmement motivés, les membres des 2 gangs éliminèrent *tous* les morts-vivants depuis les fenêtres du premier étage, sans la moindre perte. Les renforts (membres d'autres gangs) finirent par arriver, malheureusement en même temps que les officiers du LAPD. Toutes les personnes impliquées furent rapidement arrêtées.

On expliqua l'incident comme un « règlement de comptes entre bandes rivales ». Les Reds et les Perros clamèrent la vérité à ceux qui voulaient bien les écouter. On mit leur histoire sur le compte d'hallucinations provoquées par le crack, drogue extrêmement puissante et très populaire à l'époque. Comme la police et les gangsters arrivés en renfort n'avaient vu que des *cadavres*, et non des *zombies*, aucun témoin oculaire ne put confirmer quoi que ce soit. Les corps des morts-vivants furent évacués et brûlés. La quasi-totalité des victimes étant SDF, aucun ne put être identifié et personne ne fut officiellement porté disparu. Les membres des gangs impliqués furent accusés de meurtre au troisième degré, condamnés à la réclusion criminelle à perpétuité et enfermés dans plusieurs pénitenciers de Californie. Tous furent assassinés moins d'un an après leur incarcération, sans doute par des membres de gangs rivaux. Cette histoire en serait restée là sans l'intervention d'un officier du LAPD qui a tenu à conserver l'anonymat. Il/elle avait eu accès au cas Parsons/MacDonald plusieurs jours auparavant. Certains détails bizarres l'intriguaient. L'histoire des gangsters lui paraissait crédible. Les rapports des médecins légistes achevèrent de le/la convaincre : ils correspondaient exactement à l'autopsie de Parsons. Dernier élément de preuve, on trouva un portefeuille sur l'un des morts-vivants, un homme d'une trentaine d'années, mieux habillé que les autres clochards et d'une apparence plus soignée. Le portefeuille appartenait à Patrick MacDonald. Comme son propriétaire avait reçu un coup de fusil à pompe en plein visage, son identification posait quelques problèmes. L'agent anonyme n'a jamais osé porter l'affaire devant ses supérieurs, de peur de recevoir une réprimande. Au lieu de quoi il/elle a copié tous les dossiers en question et les a montrés à l'auteur de ce livre.

FÉVRIER 1993 –
LOS ANGELES EST, CALIFORNIE

À 1 h 45 du matin, Octavio et Rosa Melgar, propriétaires d'une *carniceria* locale, furent réveillés par des hurlements frénétiques sous la fenêtre de leur chambre, au deuxième étage. Craignant que leur magasin ne soit cambriolé, Octavio attrapa son pistolet et se précipita en bas pendant que Rosa téléphonait à la police. Dehors, ramassé près d'une bouche d'égout, un homme frissonnait et sanglotait. Il était couvert de boue, très sale et habillé d'une combinaison déchirée d'égoutier. De plus, il avait un pied arraché. L'homme, dont on ignore l'identité, hurla à Octavio de fermer la bouche d'égout. Pris de court, Octavio s'exécuta. Avant de remettre le couvercle de métal en place, Octavio eut l'impression d'entendre comme un lointain gémissement. Pendant que Rosa garrottait la jambe du blessé, ce dernier expliqua en pleurant et en criant à moitié que lui et cinq autres ouvriers des égouts de la ville inspectaient un conduit d'évacuation des eaux de pluie quand un groupe de « dingues » les avait attaqués. Il décrivit ses assaillants comme des types recouverts de haillons et de blessures, qui grognaient plus qu'ils ne parlaient et qui s'étaient approchés méthodiquement d'eux en boitant. L'homme termina sa phrase dans une diarrhée de sons inintelligibles, de reniflements et de cris, puis sombra dans l'inconscience. La police et une ambulance arrivèrent 19 minutes plus tard. Trop tard. Les secours ne purent que constater le décès de l'individu. Alors qu'on évacuait le corps, les agents du LAPD notèrent le témoignage des Melgar. Octavio précisa qu'il avait lui aussi entendu des gémissements. L'officier prit scrupuleusement sa déposition sans rien ajouter. Six heures plus tard, les Melgar entendirent à la radio que l'ambulance transportant le mort avait eu un accident et avait explosé sur le chemin de l'hôpital du comté. L'appel des ambulanciers (on ignore comment la radio a réussi à récupérer l'enregistrement) consistait essentiellement en hurlements paniqués à propos du cadavre qui déchirait

son sac en plastique [1]. Quarante minutes après la diffusion radio, 4 fourgons de police, 1 ambulance et
1 camionnette de la Garde nationale débarquèrent
devant la *carniceria* des Melgar. Octavio et Rosa assistèrent au bouclage intégral de la zone par le LAPD. On
érigea une vaste tente vert sale au-dessus de la bouche
d'égout, avec un conduit isolé débouchant directement
sur l'arrière de la camionnette. Les Melgar, accom-
pagnés d'une petite foule de badauds, entendirent
ensuite l'écho de plusieurs coups de feu dans la bouche
d'égout. En moins d'une heure, la tente était pliée, les
barrières levées et les véhicules disparaissaient dans un
nuage de poussière. Il est plus que probable que cet incident soit une conséquence immédiate de l'attaque précédente, dans le centre-ville de Los Angeles. Les détails de
cette opération souterraine ne seront probablement
jamais portés à la connaissance du public. Les Melgar
ont invoqué des « raisons personnelles et légales » et
n'ont jamais cherché à en savoir plus. Le LAPD a
expliqué le déploiement de force comme une « opération de nettoyage et d'assainissement de routine ». Le
Département de la maintenance des égouts de Los
Angeles a nié avoir perdu des employés.

MARS 1994 – SAN PEDRO, CALIFORNIE

Sans Allie Goodwin, grutière dans la zone portuaire
de San Pedro, et son appareil photo jetable 24 poses, le
monde n'aurait peut-être jamais rien su de cette attaque

---

1. Le fameux *body bag* américain. *(N.d.T.)*

de zombies rocambolesque. Un container non identifié fut débarqué par le *SS Mar Caribe*, un cargo battant pavillon panaméen en provenance de Davao City, aux Philippines. Il resta plusieurs jours sur le quai sans que personne ne le réclame. Une nuit, un vigile entendit un bruit provenant de l'intérieur. Pensant avoir affaire à des immigrés clandestins, lui et d'autres gardes l'ouvrirent immédiatement. Quarante-six zombies en jaillirent. Ceux qui se trouvaient à portée de dents furent aussitôt dévorés. Les autres se réfugièrent dans les entrepôts, les bureaux et les autres bâtiments. Certaines de ces installations remplirent leur rôle d'abri. D'autres devinrent de véritables pièges à rat. Quatre grutiers intrépides, dont Goodwin, grimpèrent dans leur machine qu'ils utilisèrent pour empiler les containers et ériger ainsi un abri de fortune. Ce refuge improvisé protégea avec succès 13 ouvriers. Les grutiers se servirent ensuite de leur machine comme des armes, laissant tomber les containers sur tous les zombies passant à leur portée. Le temps que la police arrive (l'entrée des installations était protégée par plusieurs portails grillagés et fermés), il ne restait plus que 11 zombies. Un déluge de feu s'abattit alors sur eux (et quelques tirs chanceux à la tête, tout de même). On compta 20 morts parmi les humains, et 39 parmi les zombies. Les 7 disparus sont sans doute tombés à l'eau et les courants marins les ont emportés au loin.

Toutes les sources officielles ont considéré l'incident comme une simple tentative d'effraction. Aucune déclaration gouvernementale, à aucun niveau, n'a jamais été faite. La direction des docks, la police de San Pedro – et même la compagnie de surveillance privée qui avait tout de même perdu 8 de ses gardes – ont toutes gardé le silence. L'équipage du *SS Mar Caribe*, son capitaine et son armateur nient avoir jamais livré le fameux container, lequel s'est lui aussi mystérieusement volatilisé. Par une étrange coïncidence, un incendie se déclara le lendemain de l'attaque et détruisit la quasi-totalité des installations. Un moyen pour le moins incroyable d'étouffer l'affaire, le port de San Pedro étant immense, très actif et situé dans l'une des zones les plus peuplées des États-Unis. Le fait que le gouvernement ait réussi à supprimer presque toutes les preuves paraît incroyable. Les photos de Goodwin et son témoignage ont été unanimement considérés comme un canular par toutes les personnes concernées. On l'a licenciée pour de vagues motifs d'« incompétence psychologique ».

AVRIL 1994 – BAIE DE SANTA MONICA, CALIFORNIE

Trois habitants de Palos Verdes, Jim Hwang, Anthony Cho et Michael Kim, signalèrent à la police qu'ils avaient été attaqués alors qu'ils pêchaient dans la baie. Les 3 hommes expliquèrent que Hwang pêchait à la ligne quand son hameçon avait accroché quelque chose de gros et de très lourd. Un homme atrocement brûlé et à moitié décomposé – mais encore en vie – avait alors percé la surface. Il avait immédiatement attaqué les 3 pêcheurs, attrapant Hwang et essayant de le mordre au cou. Cho avait tiré son ami en arrière et Kim avait frappé la créature en plein visage avec une rame. L'assaillant avait aussitôt coulé. Les 3 pêcheurs rejoignirent la côte, où ils firent immédiatement l'objet de tests alcool-drogue par la police de Palos Verdes (des tests qui se révélèrent tous négatifs). On les interrogea toute la nuit et on les relâcha au matin. L'enquête est toujours officiellement « en cours ». Étant donné l'endroit où a eu lieu l'attaque, il y a fort à parier que la créature faisait partie des zombies de l'incident de San Pedro.

1996 – LIGNE DE DÉMARCATION, SRINAGAR (INDE)

Ces lignes sont tirées d'un rapport militaire signé par le lieutenant Tagore, officier des Forces frontalières de sécurité.

Le sujet s'est approché en traînant les pieds, comme s'il était malade ou saoul. J'ai constaté [avec les jumelles] qu'il portait l'uniforme des rangers pakistanais, détail curieux puisque aucun rapport ne mentionne leur présence dans les parages. À trois cents mètres, nous avons ordonné au sujet de s'immobiliser et de s'identifier. Il n'a pas répondu. Second avertissement. Toujours pas de réponse, mais son pas s'est sensiblement accéléré. À deux cents mètres, il a sauté sur une mine, une « Bouncing Betty » américaine. Nous l'avons vu encaisser du shrapnel sur tout le torse. Il a trébuché, il est tombé face contre terre, puis s'est relevé et a continué tout droit... J'en ai déduit qu'il devait porter un genre de gilet pare-balles... La même scène s'est répétée à moins de cent cinquante mètres. Cette fois, sa mâchoire a été arrachée... À cette distance, je voyais clairement que la blessure ne saignait pas... Le vent a tourné... et nous a apporté une odeur intenable qui ressemblait à celle de la viande en décomposition. À cent mètres, j'ai donné l'ordre au soldat

Tilak [le sniper du peloton] *d'abattre le sujet. Tilak lui a envoyé une balle en plein front et le sujet s'est écroulé comme une pierre. Cette fois, il ne s'est pas relevé.*

Des rapports ultérieurs décrivent la récupération du corps et son autopsie à l'hôpital militaire de Srinagar. Peu de temps après, le corps a été réclamé par la Garde nationale. Aucune information n'a jamais filtré concernant leurs éventuelles découvertes.

1998 – ZABROVST, SIBÉRIE

Jacob Tailor, documentariste réputé de la Canadian Broadcast Company, débarqua à Zabrovst, une petite ville de Sibérie, pour y filmer une carcasse préhistorique de tigre à dents de sabre conservée dans la glace et potentiellement clonable. Le corps d'un homme d'environ trente ans, dont les vêtements correspondaient à ceux d'un Cosaque du XVIᵉ siècle, accompagnait l'animal. Le tournage devait avoir lieu en juillet, mais Tailor arriva en février avec une équipe préparatoire pour faire du repérage. Tailor n'envisageait pas de faire du corps humain la vedette principale de son film, mais il demanda quand même à ce qu'on le conserve aux côtés du tigre jusqu'à son retour. Le réalisateur et son équipe retournèrent ensuite à Toronto pour un repos bien mérité. Le 14 juin, quelques techniciens débarquèrent à Zabrovst pour filmer les plans préparatoires du sujet congelé et du site archéologique. Ils ne donnèrent plus aucun signe de vie.

Quand Tailor atterrit en hélicoptère avec le reste de son équipe le 1er juillet, les 12 bâtiments du site étaient déserts. Il y avait des traces de violence et d'effraction, des fenêtres brisées, des meubles retournés, du sang et des morceaux de chair au sol et sur les murs. Un hurlement ramena Tailor à son hélicoptère, où il tomba nez à nez avec 36 goules, les villageois locaux et les membres disparus de l'équipe précédente, très occupées à dévorer les pilotes. Tailor ne comprit pas immédiatement ce qu'il voyait, mais il avait assez de jugeote pour déguerpir au plus vite.

La situation semblait désespérée : Tailor, le cadreur, l'ingénieur du son et l'assistant opérateur n'avaient ni arme, ni nourriture, ni nulle part où aller dans l'immensité sibérienne. Les cinéastes cherchèrent alors un abri de fortune dans une fermette à 2 étages au village. Au lieu de barricader les portes et les fenêtres, Tailor décida de détruire l'escalier. Ils stockèrent au premier étage toute la nourriture qu'ils purent trouver et remplirent d'eau tous les récipients disponibles. Ils utilisèrent ensuite une hache de bûcheron, un marteau et quelques autres outils pour démolir le premier escalier. L'arrivée des zombies empêcha la destruction du deuxième. Tailor ne perdit pas de temps : il arracha les portes les plus proches et les cloua à même l'escalier, créant ainsi une sorte de rampe qui empêchait les zombies – incapables de conserver l'équilibre sur une telle surface – de monter à l'étage. L'un après l'autre, ils essayèrent de grimper, mais furent à chaque fois repoussés par l'équipe de Tailor. La lutte dura 2 jours. La moitié du groupe tenait les assaillants à distance pendant que l'autre moitié dormait comme elle pouvait (les oreilles

bourrées de coton pour étouffer le bruit des gémissements).

Le troisième jour, un incroyable coup de chance fit
entrevoir une porte de sortie à Tailor. Par peur que les
goules leur attrapent les jambes quand ils leur donnaient
des coups de pied à même la rampe, les cinéastes avaient
opté pour un long manche à balai en bois. Ce dernier,
déjà fragilisé par un usage intensif, finit par se briser
après avoir été violemment agrippé par un zombie particulièrement motivé. Tailor, qui parvint à faire basculer
la créature dans le vide, constata avec stupéfaction que
le morceau saillant du manche à balai, encore accroché
à la main du zombie, s'était planté dans l'œil d'une autre
goule. Non seulement Tailor venait de tuer involontairement son premier zombie, mais il comprit aussitôt la
bonne méthode pour s'en débarrasser proprement. Dès
lors, l'équipe du film n'empêcha pas les assaillants de
grimper sur la rampe, mais les y encouragea férocement. Ceux qui s'approchaient recevaient aussitôt un
coup de hache dévastateur dans la tête. Une fois cette
arme perdue (coincée dans le crâne d'un zombie mort),
les cinéastes passèrent au marteau. Quand son manche
se brisa, ils sortirent un pied-de-biche. La bataille dura
encore 7 heures, au bout desquelles les Canadiens
épuisés se débarrassèrent enfin de tous leurs assaillants.

Jusqu'à ce jour, le gouvernement russe n'a fourni
aucune explication officielle sur ce qui s'est réellement
produit à Zabrovst. Les officiels contactés répondent
que l'affaire est « en cours d'investigation ». Cela étant,
avec tous les problèmes économiques, sociaux, militaires et environnementaux de la Fédération de Russie,

la mort de quelques étrangers et d'indigènes sibériens ne constitue pas vraiment une priorité.

Aussi stupéfiant que cela paraisse, Tailor laissa ses deux caméras tourner pendant toute l'attaque. Au final, nous disposons de 42 heures du film le plus excitant jamais enregistré, une vidéo numérique à côté de laquelle le document de Lawson fait pâle figure. Ces dernières années, Tailor a essayé d'en diffuser au moins une partie au public. Tous les « experts » internationaux ayant examiné le film ont conclu qu'il s'agissait d'un canular extrêmement bien ficelé. Tailor a perdu toute crédibilité au sein d'une industrie qui le considérait jadis comme l'un de ses meilleurs éléments. Il est actuellement en cours de divorce et sous le coup de plusieurs poursuites judiciaires.

2001 – SIDI-MOUSSA, MAROC

La seule référence précise à cette attaque apparaît sur la dernière page d'un quotidien français.

Hystérie collective dans un village de pêcheurs au Maroc. Plusieurs sources confirment qu'un phénomène neurologique inconnu des scientifiques a affecté plusieurs résidents, les poussant à attaquer leur famille et leurs amis pour les dévorer. Selon la tradition locale, les malades ont été attachés et lestés de pierres avant d'être conduits en mer et jetés par-dessus bord. Une enquête gouvernementale est en cours. Les accusations vont du meurtre avec préméditation à l'atteinte à la dignité humaine.

Il n'y a eu aucun procès et on n'a jamais plus entendu parler de l'affaire.

2002 – ÎLE DE SAINT THOMAS, ÎLES VIERGES

Gonflé, imbibé d'eau et la peau complètement dissoute, un zombie s'échoua sur la côte nord-est de l'île. Peu sûrs de l'attitude à adopter, les insulaires gardèrent leurs distances et appelèrent les autorités. Le zombie commença immédiatement à poursuivre les badauds en se traînant sur le sable. Malgré leur curiosité, les gens reculaient peu à peu devant la goule. Deux membres de la police de Saint-Thomas arrivèrent sur place et ordonnèrent au sujet de s'arrêter, sans succès. Les policiers effectuèrent alors un tir de sommation réglementaire. Le zombie n'eut aucune réaction. Excédé, l'un des agents lui tira alors 2 balles en pleine poitrine, sans résultat. Avant qu'une autre volée de balles puisse être tirée, un garçon de 6 ans, surexcité par les événements et inconscient du danger, se précipita vers le zombie pour lui asséner des coups de bâton. Le mort-vivant attrapa immédiatement l'enfant et le hissa vers sa bouche. Les 2 agents se précipitèrent pour tenter d'arracher le gosse à l'étreinte du zombie. À cet instant, Jeremiah Dewitt, récemment émigré de Saint-Domingue, jaillit de la foule, arracha l'arme de l'étui d'un des policiers et tira une balle dans la tête du zombie. Par une chance incroyable, aucun humain ne fut contaminé. Un tribunal pénal lava Dewitt de tout soupçon et invoqua la légitime défense. Des photographies du mort-vivant, horriblement abîmé, montrent un homme de type méditerranéen ou maghrébin. L'état de ses vêtements et la présence de cordes encore attachées à ses membres prouvent sans le moindre doute qu'il s'agit de l'une des goules jetées par-dessus bord au large du Maroc. Il est théoriquement possible qu'un spécimen traverse l'Atlantique en se laissant dériver, mais ce cas reste unique. L'affaire a fait école parmi toutes les épidémies maquillées ou « supprimées » par les autorités. À l'instar du *Bigfoot* canadien ou du *Monstre du Loch Ness* en Écosse, les touristes peuvent maintenant acheter des cartes postales représentant le *Zombie de Saint Thomas*, des tee-shirts, des sculptures, des montres, des réveils et même des livres pour enfants dans l'une des nombreuses boutiques de souvenirs du centre-ville de Charlotte Amalie (la capitale de l'île). Des douzaines de chauffeurs de taxis se disputent férocement le droit de conduire les touristes fraîchement débarqués à l'aéroport Cyril E. King jusqu'au site désormais célèbre où le zombie s'est échoué sur la plage. Dewitt a refait sa vie aux États-Unis. Ni ses amis de Saint Thomas ni sa famille à Saint-Domingue n'ont plus jamais entendu parler de lui.

ANALYSE HISTORIQUE

Jusqu'à la fin du XXe siècle, tous les chercheurs ayant étudié les morts-vivants étaient convaincus que la fréquence des épidémies demeurait constante. Les sociétés ayant répertorié le plus grand nombre d'attaques sont celles qui savent le mieux traiter et conserver leurs archives. L'exemple le plus évident reste celui de la Rome antique, comparée au Moyen Âge. Cette théorie avait aussi pour but de tempérer les alarmistes en rappelant que l'espèce humaine s'orientait toujours plus vers une civilisation de l'écrit. Il semble logique que les épidémies donnent l'impression de se multiplier. Encore très répandue aujourd'hui, cette théorie tombe néanmoins en désuétude : la population mondiale ne cesse de croître. Les plus fortes densités se concentrent dans les grandes agglomérations urbaines. Les moyens de transport relient les capitales les unes aux autres à une vitesse toujours plus grande. Ces facteurs aboutissent aujourd'hui à la réémergence de maladies infectieuses qu'on pensait éradiquées au siècle dernier. Il apparaît donc logique que le solanum se développe facilement dans un tel contexte. Même si l'information n'a jamais été aussi bien transmise, partagée et archivée, il est incontestable que les attaques zombies augmentent considérablement, leur fréquence suivant très exactement la courbe du développement socio-économique mondial. À ce stade, les attaques ne feront que croître et 2 scénarios probables se dégagent : première possibilité, les gouvernements de chaque pays reconnaissent publiquement l'existence des morts-vivants et créent par là même des unités spécialement entraînées pour remédier au problème. Dans ce cas, les zombies feront peu à peu partie de notre vie quotidienne – une partie marginalisée, facilement combattue, avec la probable mise au point d'un vaccin. La deuxième option risque fort de déboucher sur une guerre totale entre les vivants et les morts.

Une guerre à laquelle vous voilà désormais préparés.

Appendice : journal
de bord en cas d'épidémie

Les pages suivantes vous permettront de tenir la chronologie des événements douteux derrière lesquels se cache souvent une éventuelle épidémie (voir la rubrique « Détection », page 50, pour tout ce qui touche aux indices crédibles). N'oubliez pas : une analyse aussi précoce que possible des signes avant-coureurs et une préparation soignée vous garantiront les meilleures chances de survie. Voici un exemple de journal.

DATE : 05/07/14.

HEURE : 3 h 51 du matin.

LOCALISATION : Village X, États-Unis.

DISTANCE : approximativement 400 kilomètres.

DÉTAILS : le journal du matin (Channel 5, télévision locale) signale qu'une famille a été massacrée et à moitié dévorée par un ou plusieurs « psychopathes ». Les corps sont très abîmés et les victimes semblent s'être entre-tuées : hématomes, écorchures, membres brisés. Tous portent des traces de morsures et tous ont été tués de plusieurs balles dans la tête. La télévision précise qu'il s'agit d'un crime rituel. Pourquoi ? Et quel rituel ? D'où ? De qui s'agit-il exactement ? Les journalistes ne font que relayer l'explication « officielle ». Une chasse à l'homme est en cours. La police fédérale est chargée de l'enquête (pas d'agent local). La moitié des flics sont des tireurs d'élite. La presse n'est pas autorisée à les accompagner, car « leur sécurité ne serait pas assurée ». La télévision a précisé que les corps avaient été évacués vers Ville X, et non à la morgue de l'hôpital de Village X, pour une « autopsie complète ». L'hôpital en question SE TROUVE À MOINS DE 100 KILOMÈTRES !

MARCHE À SUIVRE : sortir les check-lists. Appeler Tom, Gregg et Henry. Réunion ce soir chez Gregg à 19 h 30. Aiguiser la machette. Nettoyer et huiler la carabine. S'inscrire pour un dernier entraînement dès demain au stand de tir avant d'aller travailler. Vérifier les pneus du vélo. Appeler les gardes forestiers pour s'assurer que le niveau de la rivière est stable. S'il y a un problème quelconque à l'hôpital, passer à l'étape suivante.

DATE :

HEURE :

LOCALISATION :

DISTANCE :

DÉTAILS :

MARCHE À SUIVRE :

DATE :

HEURE :

LOCALISATION :

DISTANCE :

DÉTAILS :

MARCHE À SUIVRE :

DATE : _____

HEURE : _____

LOCALISATION : _____

DISTANCE : _____

DÉTAILS : _____
_____
_____
_____
_____
_____
_____
_____
_____

MARCHE À SUIVRE : _____
_____
_____
_____
_____
_____
_____
_____
_____

DATE : _____

HEURE : _____

LOCALISATION : _____

DISTANCE : _____

DÉTAILS : _____
_____
_____
_____
_____
_____
_____
_____
_____
_____

MARCHE À SUIVRE : _____
_____
_____
_____
_____
_____
_____
_____
_____
_____

DATE :

HEURE :

LOCALISATION :

DISTANCE :

DÉTAILS :

MARCHE À SUIVRE :

DATE : _____

HEURE : _____

LOCALISATION : _____

DISTANCE : _____

DÉTAILS : _____
_____
_____
_____
_____
_____
_____
_____
_____
_____

MARCHE À SUIVRE : _____
_____
_____
_____
_____
_____
_____
_____
_____
_____

DATE : _____

HEURE : _____

LOCALISATION : _____

DISTANCE : _____

DÉTAILS : _____
_____
_____
_____
_____
_____
_____
_____
_____
_____

MARCHE À SUIVRE : _____
_____
_____
_____
_____
_____
_____
_____
_____
_____

REMERCIEMENTS

D'abord et avant tout, merci à Ed Victor pour y avoir cru.

Merci à David, Jan, Sergei, Jacob, Alex, Carley, Sara, Fikhirini, Rene, Paulo et Jiang pour les traductions.

Merci au docteur Zane et à son équipe pour leurs recherches *in situ*.

Merci à James « Colonel » Lofton pour ses précieux conseils en stratégie militaire.

Merci au professeur Sommers pour les informations.

Merci à Sir Ian pour l'usage de sa bibliothèque.

Merci à Red et Steve pour leur aide en cartographie.

Merci à Manfred pour avoir jeté un œil dans la cave d'un vieux musée.

Merci à Artiom pour ton honnêteté et ton courage.

Merci à « Joseph » et à « Marie » pour avoir fait en sorte qu'un étranger se sente bien dans leur pays.

Merci à Chandara, Yusef, Hernan, Taylor et Moishe pour les photos.

Merci à Avi pour la transcription.

Merci à Mason pour les films.

Merci à M. W. pour ses illustrations.

Merci à Tatsumi pour sa disponibilité et sa patience.

Merci à « Mme Malone » pour avoir coupé le ruban (MERCI !).

Merci à Josene pour la ballade.

Merci à Tron pour m'avoir conduit « au bon endroit ».

Merci au capitaine Ashley et à l'équipage du *Sau Tome* pour le point GPS.

Merci à Alice, Pyotr, Hugh, Telly, Antonio, Hideki et au docteur Singh pour les interviews.

Merci aux garçons (et aux filles) du labo pour « vous savez quoi ».

Merci à Annik pour sa dextérité à manier la plume et l'épée.

Et, bien sûr, merci à tous ceux qui ont demandé à rester anonymes. Les vies que vous avez contribué à sauver seront votre meilleure récompense.

Table

Table 373

DÉFENSE
105

Table 375

Table   377

CHASSE/NETTOYAGE
189

A. Étudiez le terrain, 219 – *B. Observez la surface*, 219 – *C. Envisagez d'abord un drainage*, 220 – *D. Dénichez un plongeur expérimenté*, 220 – *E. Préparez votre équipement*, 221 – *F. Planifiez votre chasse*, 222 – *G. Observez la faune*, 222 – *H. Méthodes de chasse* (a. Technique du sniper. Chasse à l'agachon, b. Technique du harponneur,

Table 379

VIVRE DANS UN MONDE
ENVAHI PAR LES ZOMBIES
229

ÉPIDÉMIES RECENSÉES
269

Table 381